「ね、クモノスケ？」
一福が名前を呼ぶと、
ドラポンがミャアと鳴いた。
異世界落語
Isekai×Rakugo
朱雀新吾 Shingo Sujaku
Illustration 深山フギン
落語監修 柳家喬太郎
JN043157

「素人が危ない真似すんじゃねえよ」
ラッカはなんなく
全ての矢を受け止めてみせる。

「私の名前はネクロン。
ルアー。私のパートナーに
なってくれるか」

マジコは一福の首に両手を回すと、
アヤメを見て、こう言い放ったのだ。
「うかうかしていると、もらっちゃうよぉ！」
「き、貴様あああ……」

一福がヒルケイツとシュトルブルグと
知り合ったのは少し前である。
二人の王子が現れたことで、
デビルズダイニングはにわかに騒然となった。

クランエは、物心ついた時には、
石造りの四角い部屋にいた。
そして、あの日……二人の少年が牢へとやってきたのだ。
温和そうな少年が、
彼を外に出す為の策を考えてくれ、
凶暴そうな少年が、
牢を壊して、クランエを連れ出してくれた。

ISEKAI RAKUGO 7

INTRODUCTION

落語崇拝の果てに・・・

「ラクゴでなんとかならんかい？」


「ラクゴラクゴってねえ！

落語は魔法でもなんでもないんですよ！　ったく、こちらの世界の方は何もかも落語でなんとかなるって思っていて。怖い！

落語崇拝が過ぎる！」


壮絶な過去が明かされ、異世界と向き合うことを決めた現代の噺家《はなしか》、楽々亭一福《らくらくていいっぷく》。

マドカピアで落語を披露する日々の中、彼の人々への関わり方には、徐々に変化が生まれていた。

今までも笑いで異世界に幸せをもたらしてきた一福。

今回はシリーズ最大のピンチが訪れる。


相対する二つの軍の前線に一人向かうことになるのだが、その運命やいかに。

落語で世界を救えるのか？

大切な人たちを救えるのか？


「いいか。望み通り、世界を救ってさしあげますよ!!!!」

リミッターの外れた噺家が
世界を変えて変えて変えまくる。
抱腹絶倒ファンタジー第七弾が、
遂に幕を切って落とされる！

異世界落語 7

朱雀新吾

ヒーロー文庫

異世界落語 7

作／朱雀新吾　絵／深山フギン　落語監修／柳家喬太郎

協力／一般社団法人 落語協会
落語監修／柳家喬太郎
イラスト／深山フギン
装丁・本文デザイン／5GAS DESIGN STUDIO
校正／佐久間恵（東京出版サービスセンター）
DTP／鈴木庸子（主婦の友社）

この物語は、小説投稿サイト「小説家になろう」で
発表された同名作品に、書籍化にあたって
大幅に加筆修正を加えたフィクションです。
実在の人物・団体等とは関係ありません。

前座　ラッカ＝シンサ

サイトピアから離れたコンゴル山を越えた、ペニシルン湖のほとりにある森を更に抜けた辺境の地に、古い開拓民の一族の村、シンサはあった。

そこに、ラッカという名の一人の少年がいた。

後にサイトピアで勇者と呼ばれる者である。


ラッカは、普通の少年だった。

辺境の村に生まれ、育ち、暮らす、活発な少年である。普通に友達と遊び、近くの森へと狩りへ行く。村の子供のある一人は剣捌《けんさば》きが一番上手く、ある一人は弓に長け、またある一人は足が速く、そしてラッカは一番体力があった。

そんな平和で平凡な村へある日、王国からの使者がやってきた。

使者は、国王の命令で、このシンサ村に勇者候補を探しにきたとのことである。

村にいる十代の子供が使者の前に並べられ、ステータスを測られる。

使者は考えた。本来ならば剣が上手い子供を連れてくるように言われている。勇者は、強くなくてはならないからだ。

だが、彼は全地域に散った使者の中でも、一番遠くの村に遣わされている者であった。

剣技が得意でも、帰り道で足手まといになるような子供は、正直嫌だった。

なので、使者が選んだのは、ステータス欄の中でも、一番体力がある子供だった。

それが、ラッカであった。村を出る際、村長と父親から言われたのは、今後は村の名前も背負って生きれということである。その時から、彼はラッカ＝シンサと名乗り始めた。

サイトピアの都へ着くと、郊外にある軍と同じ施設へと入れられ、訓練の日々が始まった。

勇者候補はラッカだけではなく、全国から同じように様々な村から集められた子供達がいて、全員が競い合うライバルであった。

「サイトピアを救うには勇者が必要である」

後でラッカも知ることになる話だが、たった一言、そんな預言者の言葉があったらしい。

預言者の言葉は絶対である。その言葉を成立させる為に、宮廷の要職は躍起になった。

預言者の言葉が現実を呼ぶのか、預言者の言葉を現実にする為に、世界が回るのかは定かではない。

ただ、当時、魔族のサイトピア周辺での目撃例が増えてきていた事実もあり、預言者の口にしている「勇者の存在」が「魔族が世界を支配せんが為に人々を襲いだす」という不安とセットとなり、信憑《しんぴょう》性を高めていった。

かくして、その言葉に運命を左右され、預言者を虚言者にさせまいと選ばれた少年達は血反吐《ちへど》を吐くような訓練を毎日受け、勇者の洞窟や祠《ほこら》などと呼ばれる、「由緒正しき修行場」で生死の境を彷徨《さまよ》うような実践をこなしていくのであった。

ラッカ＝シンサに才能があったのかどうかは分からない。ただし、彼には確実に「最悪を受け入れる鈍さと、現実的に苦難を乗り越える体力」があった。

達観なのか、諦めなのか、彼は多くの試練を、妙に斜に構え、それでも、突破していく。自ら辞めるという選択肢もない。村から国に売られたも同然であり、脱落して、故郷に帰る気もなかった。

その、愚鈍さと意地が彼を生き残らせたとするならば、それこそ「勇者の適正」と呼ぶに相応《ふさわ》しいのかもしれない。

気が付けば他の勇者候補はいなくなった。

辛い訓練に耐えきれずに逃げ出した者もいれば、モンスターとの戦いで傷つき、命を落とした者もいる。

最後の一人となり、勇者となってからが本当の地獄だった。

ラッカを無敵とすべく、訓練は厳しさを増す。

朝から晩までヘトヘトになるまで剣を振り、気絶するように眠り、また起きて剣を振る。そんな生活が続いた。


そんな時、出会ったのがピートであった。


彼との出会いがラッカを変えたと言っても過言ではない。

冒険者として、後にコンビを組む二人である。ラッカはピートに全幅の信頼を置いていた。彼がいるから無茶が出来た。彼がいるから、ヘラヘラと笑い、傍若無人に安心して突っ走ることが出来た。

その生き方が心地よくて、魔王を倒す為ではなく、近隣を襲うモンスターや賊を退治して、生計を立てる。それも悪くないと思う程になっていた。


だが、その相棒のピートもクエストの途中で命を落とす。

ラッカは特に変わった様子もなく、それからも一人でモンスターを倒して、冒険者として活動していた。

だが、どこか胸にはポッカリと穴が開いた感覚が、確かにあった。

そして、魔族がサイトピアを目指して侵攻を始めた頃には、すっかり彼は世の中がどうでもよくなっていた。魔族がサイトピアを襲ったと報告が入っても、ベッドから起きようとしなかったぐらいである。

それでも、考える暇《いとま》もなく敵がやってきてくれるのは、嬉しかった。

人生を誤魔化すことが出来るからだ。

ヘラヘラと、遊び半分で生き、戦う。

血反吐《ちへど》を吐く程の訓練のお陰で、ラッカはすっかり人間離れした強さを手に入れていた。魔族を殲滅《せんめつ》することは容易《たやす》かったが、やはりそれでも彼は満たされなかった。

そんな中、救世主が召喚されたという話を聞いた。

またか、と思った。

何かがあると、奴らは絶対に別の何かに頼る。

自分達でどうにかしようなどとは、考えない。

村々を回り、勇者になれそうな子供を選別したかと思えば、今度は古《いにしえ》の異世界映像端末《テレビジョン》を使って、異世界からの召喚に頼る。

他力本願も良いところである。

だが、宮廷から流れてくる噂によると、その召喚された男は、ただの芸人だったらしい。

宮廷視聴者《ロイヤルウォッチャー》のダマヤの失態だと知って、ラッカは大笑いすると同時に、その芸人に少し、興味を持った。

その男は一切武力を持たず、魔力もなく、戦うには程遠い人物だった。

だが、彼が一たび舞台に上がり、芸を演じると、周りが勝手に変わっていく。

その影響は初めは小さく、だが、徐々に波紋のように広がり、世界を巻き込んでいった。

ラッカは彼が本当に救世主なのかもしれないと、考え出した。何かが変わるのではないか、と。

相棒と一緒に過ごしたこの世界と、あの日々と同じ色が、つくのではないかと期待したのだ。

だが、しばらくしてラッカは気が付いた。

その男はこの世界を見てはいないということに。

自分の足元しか、見ていない。誰かの背中しか見ていない。

ラッカと同じような人間だったのだ。

外面《そとづら》だけよく、結局はその表面で人を拒絶しているだけの、ひとでなし。

――鏡を見ているようで、イライラしたのかもしれないな、俺は。

そう答えを出すと、ため息をついた。

「結局、俺は、何の為に生まれて、死んでいくんだろうな……」

そう呟《つぶや》くと、ラッカのいる牢獄の扉が開いた。一人の人物が鉄格子の前まで歩み寄る。

ラッカは口の端を持ち上げ、皮肉っぽく笑った。

「噂をすれば、いたよ。なんだよ」

男は、飄々《ひょうひょう》とした口調でラッカに語りかける。

「気分はどうですか？」

「最悪だよ」

「闇には慣れましたか？」

いしたそうです」

「大体慣れるらしいです。ラッカ様はオクラさんが闇を吸い込んで流していたから、闇酔いしたそうです」

「あの時は気持ちが良かったくらいさ」

それは本当だった。空でも飛べそうな気持ちだった。それでもシーンダ＝スタンリバーには敵《かな》わなかった。

「あんたはどうなんだ？」

「あたしは、そうでもなかったですね。異世界の住人で、魔力がないでしょう？　だから、影響がないみたいなんです」

「ふうん。異世界にも闇属性が溢《あふ》れているのかと思ったぜ」

「さあ、どうでしょうかね。そういったものが数値化されたら、あるいはあるのかもしれませんけど。クランエ師匠は逆に闇を受け入れる器が大き過ぎて、幾らでも入ってしまって、びっくりして気絶したみたいですね。あたしを助けに、送還術を使った時ですが……」

「ああ、そうか。あいつの正体を、知ったのか……」

クランエが魔族の王の息子であることを、ラッカは知っていた。クランエは、幼い頃から聡明で、優しく、真面目過ぎる部分が目に余る程、人間味に溢れていた。

　ラッカにとって、魔族に対しての嫌悪がそこまで強くないのは、彼との関わりの時間に培われたものが大きいのではないだろうか。


「俺はどうなるんだ？　俺も、あんたみたいに寝返れば、生かしてくれるのか？」

「あはは。寝返り、ますか？」

「うーん、どうでもいいや。あれだけ調子の良い状態でシーンダ＝スタンリバーの大将に負けたんだ。完敗さ。そう考えると、どうでもよくなった。もう、この世に思い残すことなんてねえよ」

　ラッカはそう言うと、牢屋の中に設置されているベッドにごろりと横になった。

　あれだけの闇も、怒りも、全てを手にしたような、無敵に溢れた力も、ねじ伏せられた。

　初めのうちは押していた筈《はず》だったが、シーンダ＝スタンリバーは冷静にラッカの動きを読み、彼の尋常ではないスピードを捌《さば》き、人間離れしたトリッキーな攻撃を凌《しの》いだ。

　戦闘が後半になって、気が付くと体が重くなり、息が切れ、ラッカの剣は空を切るようになった。

「なんでだ！　なんで倒せない！　こんなに力に溢《あふ》れているっていうのによ!!」

思うようにならなくなった自身に対して、忌々しく、呪詛《じゅそ》の言葉を吐くラッカに、マドカピア軍総司令官のシーンダ＝スタンリバーが同情するように語りかける。

「なんでだ、ではない、ラッカ＝シンサ殿。闇に身を任せるとはそういうことではないんだ。そもそも、闇というのは一つの属性に過ぎない。踵《かかと》属性の貴殿は、踵の声を聞くことに専念すべきなのだ」

「訳の分からないことを…………！！！」

それから直ぐに、ラッカの魔剣はシーンダ＝スタンリバーに弾き飛ばされ、彼は捕縛された。

そしてここ、マドカピア城の敷地にある塔に捕らえられたという訳である。

「まあ、ラッカ様には休息が必要だったんだと思いますよ」

「ケッ。よく言うぜ。ふざけやがって」

「ですが、まあ、あたしもあたしなりに、出来るだけやってみることに決めましたので」

「うん？」

そこでラッカは初めてその男の顔を見る。

――あれ、こいつ、こんな顔をしていたっけ。

その印象は不思議であった。以前より少し腑抜《ふぬ》けているようで、以前よりもどこかギラギラしているような……。

「休もうにも、よく眠れていないと思いますので、今日は差し入れを持ってきました。これ、お客さんから頂いたんですよ」

「旦那が、プレゼントを？」

「ええ、枕の差し入れです」

「マクラ？」

そのよく分からないチョイスに、ラッカは何故か素直に受け取ってしまう。見た目は装飾の付いた、普通の枕だが、側面に小さな仕掛けが付いている。

「本当に、枕なんだな」

「はい、落語にマクラは欠かせませんので。これで、良い夢を見て下さい」

そう言って、異世界から召喚された噺家《はなしか》、楽々亭一福《らくらくていいっぷく》は、小さく笑った。

一席　トロル【つる】

異世界ターミナル。その北東に位置するサイトピアを南下して、グリバトル大河を越えた場所にある、マドカ大陸。そこにはマドカピアという国があり、ターミナルに於《お》いて最大の武力を誇っていた。

マドカピアには他国よりも格段に多くの魔物が生息している。大気中の闇属性の気が数倍だからである。なので、そこで暮らす人々の生活は容易《たやす》いものではない。彼らの生活には魔物との戦いが常にあり、そして同時に共存もあった。お互いの領域を荒らさないように、居住区の割り振りを考え、またある者は魔物の血を自らに入れ、半魔として新たな種を作る者もいた。マドカピア国内でそれらの者達が差別され、迫害されるようなことはない。生きることに関して何よりも厳しい場所だが、「生きる為の選択」に関してはどこよりも寛容な国、それこそがマドカピアだからである。

そんなマドカピアを好んで訪れる変わり者も、少なからず存在する。

まずは命知らずの冒険者。凶暴な魔物が多い土地であれば、それだけクエストレベルも上がり、戦うモンスターの経験値も高い。冒険者として自らを鍛える為にはこれほど最適な土地はないと言えよう。また、稀少なアイテムを求める商人も、屈強な傭兵《ようへい》を従えて海を渡ってくる。

他には研究者等がいる。

闇魔法が盛んなマドカピアに、魔法の研究にやってくる魔法使いもいれば、闇の魔法アイテムを作る目的で訪れる魔倶師《まぐし》等もいる。

そして、モンスター研究者である。

先述したように、マドカピアは他のどの地域よりも魔物の量が多ければ、種類も数多くある。様々なモンスターの生態を調べてみたい研究者からしてみれば、宝の島なのだ。マドカピアを訪れたことのないモンスター研究者は恥ずかしくてそもそもその資格すら名乗れない程である。

そんなモンスター研究者の一人に、有名な人物がいた。マドカピア城下から少し離れた村に住んでいる、テンダーミシュランという老人である。だが、誰も彼の本名を呼ぶ者はいない。人々は尊敬を込めて彼を「モンスター爺」と呼んでいた。

知る者からすればその道一番の権威で、とにかく分からないモンスターが出たらモンスター爺に聞けば直ぐに解説してくれると評判であった。

また、クエストで強敵のモンスターが現れて歯が立たない時など、冒険者は彼に弱点や攻略法を教わりにきたものである。

今でもモンスター爺は研究を重ね、沢山の知識を保有しており、誰よりも魔物に詳しいのだが、最近では人々が彼の元を訪れることは少なくなっていた。

その理由は、皮肉にもモンスター爺自身の功績にあった。長きにわたる努力で、マドカピア本国は勿論《もちろん》、ターミナル全土の冒険者達に魔物の知識が広まったのである。

若い頃、モンスター爺は自らの人生の目標である新説のモンスター辞典を完成させる為に、冒険者として全世界を渡り歩いた経験がある。その時のリーダーは今や伝説の冒険者と呼ばれている万能戦士のゴンザレスであった。世界に一体しかいない透明なドラゴンの存在を発見し、仲間と協力して山に帰したという伝説はあまりにも有名である。モンスター爺の首には、その時のドラゴンから礼として貰《もら》った透明な鱗《うろこ》のペンダントが装備されている。

そして、モンスター爺は己の冒険と研究で得た成果を全て詰め込んだ「新説モンスター辞典」を魔法使いに複製してもらい、無償でマドカピア全土に流通させたのだ。

その結果、モンスター爺の知識は、彼を訪れなくても誰でも調べれば知ることが出来るようになり、辞典は冒険者や旅人が持っていくアイテムの必需品となった。

モンスター爺は決して自身の知識を独り占めにしようとはしない。モンスターへの興味は勿論個人的なものであるが、その知識を広めることで、多くの人々の役に立つことを、彼は知っていた。

本人は、その行動で当時のマドカピア王から直接感謝の意を伝えられ、表彰され、更には爵位まで授かり、今ではマドカピア城下近郊に土地を持つ領主である。最初、そのような仰々しいものは恐れ多くて受け取れないと彼は拒否したのだが、王様から直々に与えられた名誉を無下に断る訳にもいかず、自分が生活出来るだけの食料を貰《もら》っては質素な生活を送り、後は領民達に富を分配している、領主としても、とても優秀な爺であった。

なので、本人は何もしなくても死ぬまである程度生活が保障されているのだが、それはそれで退屈である。

今では若いモンスター研究者達が、新しいモンスターの噂などを持ってきてくれるのが年に数度の楽しみではあるが、爺はもっともっと、モンスターの話がしたかった。

そう、つまり地位も名誉も彼には何の意味もなく、ただモンスターの話を誰かに聞いてほしいという欲求だけが、余生の全てを占めるものとなったのである。

その心を満たす為、モンスター爺は城下を訪れては、冒険者養成学校などでモンスター講座を開く。初めは権威である研究者から話を聞くことが出来ると大喜びで招かれるのだが、いざ授業が始まると、そうはいかない。

「ええ、よいかの。よく聞くんじゃ。この世界にはゴブリンというモンスターがいる。まあ、冒険に出たらまず初めに出くわす、スライムと肩を並べる、始まりの魔物とも呼ばれているのう。ホブゴブリンにゴブリンナイト、ゴブリンウィザードにゴブリンマスター。ゴブリンといっても多くの種類がある。ホブゴブリンは温厚で人に近いな。ゴブリンナイトはたまたま騎士の鎧《よろい》を盗んだゴブリンのことで、別に騎士道もなにも持ち合わせていない、ただ、剣を持ったゴブリンのことをゴブリンナイトと呼んでいるだけじゃ。ゴブリンウィザードも同じで、ただたまたまローブを盗んだだけのゴブリンのことを言うだけじゃから、実際には魔法を使える訳でもないので、恐れる必要もない。一度、襲った村から花嫁衣裳を盗んで装備していたゴブリンがいたことがあっての、それをわしはゴブリンウエディングと名付けたのじゃが、そんなゴブリンはそれっきりで、金輪際出現したことはなかった。一応、わしのモンスター辞典にも『ゴブリンウエディング』の欄があるが、幻のゴブリンと銘打ってはおる。さあ、この表を見てみよ、これはゴブリンの分布図で、どの土地にどれだけゴブリンがいるのかが分かる。真っ赤な地域があるのう。ここはサージエント地方じゃな。サージエント地方には多くのゴブリンが生息していて、ここからは今でも多くのゴブリンを輩出している。今、わしが喋《しゃべ》っている、皆が息をしている間にも、数十、数百というゴブリンが生まれておる訳じゃ。そこは魔界と繋《つな》がるゲートが存在している。こちらの世界にゴブリンを送り込んでいるという訳ではなく、あちらで生まれ過ぎたゴブリンのかさを減らす為に次から次へと捨てている訳じゃ。でないと、あちらがゴブリンでいっぱいになってしまうからな。『ゴブリンの生まれいづる地』などとも呼ばれておるな」

　熱心に生徒に向かって喋《しゃべ》りながら黒板に表を張り付け、チョークで重要な部分を書き込んでいくが、あまりに早口で、どの生徒もモンスター爺の板書にはついてこれない。

「さて、重要なゴブリンの弱点じゃが、ゴブリンには基本的になんでも効く。剣も打撃も魔法も、全ての攻撃で倒せる。剣でいうなら、首をはねるのが一番楽かもしれんな。片腕を落としたくらいじゃどうってことないぞ奴ら。ＨＰでいうと、大体30～50、ゴブリンマスターレベルになると１００を超えているものもいるから、油断をしてはならん。また、弱点や相手のＨＰよりも測れないものが、ゴブリンの攻撃力じゃ。これはもう、個体差が確実にあって、積極的に攻撃してこないものから、やたらめったらに襲いかかってくる獰《どう》猛《もう》なもの、妙に戦い慣れしていて、武器の使い方に長けているものもいる。数が多くても統率が取れていないゴブリンなら崩しやすい時もあれば、ゴブリンマスターなど、明らかに指揮系統がしっかりしている時もあるから、一概にゴブリンと捉えて侮ってはならない訳じゃ。さあ、それでは一つ一つのゴブリンの特性とステータスを見ていこう。まずは普通のゴブリン。この、普通のゴブリンの中でも、わしはレベルと強さ、ＨＰなどで少なくとも十八種類に分けることが出来ると考えておる。まずゴブリンレベル１は木の棒でも倒すことが出来…………」

とにかくゴブリンの授業の時はゴブリンのことだけ、何時間も語る。その日だけではない。次の授業もゴブリンの続き。半年をゴブリンでみっちり埋めて、それが終わるとスライムを半年語る。いや、スライムだとモンスター爺は一年語らないと終わらないだろう。それはそれで仕方がない。それだけ、モンスター爺には知識があり、淡々と事実を述べるだけで時間を消費することが出来るのだから。ゴブリン退治を生業《なりわい》とするゴブリンハンターがいたならば、お金を払ってでも受けたい講義であることは間違いない。

その日の授業でも、途中、あまりの長さに耐えられず寝てしまう生徒がいた。真面目なモンスター爺はそれを見ると、怒りをこらえきれずに怒鳴りつける。

「人が授業をしているのに眠るとは何事じゃ！！！」

モンスター爺は何時間も授業しているが、ゴブリンだけの話を、長い呪文のようにずっと聞いていたら、眠くもなるだろう。

モンスター爺の授業では、生徒達の大半が最後は意識が持たなくなり、爺が激高して終わるというのが常であった。

そして、モンスター爺が冒険者養成学校の教員から謝罪を受けた時に、ショックなことがあった。

次の講義の話を断られてしまったのだ。

勿論《もちろん》、直接的ではなく向こうの言い分では「モンスター爺侯爵様のような、身分の高い方に報酬もなく講義をしてもらうのは申し訳ありませんので……」という言い回しなのだが、それが本音でないことぐらい理解している。

自分の授業の何が問題なのか、モンスター爺には分からない。

——何故じゃ。同じモンスターの授業ばかりするわしが悪いのか？　魔物の情報を百パーセント間違いなく頭に入れておけば、いつどこで戦闘になっても安心じゃろうが。武器屋に武器講座、防具屋に防具講座を開かせたら、わしと同じようにステータスや素材、その武防具が、どういった戦闘に向いているか、効かない敵やステータス補正などの、全ての情報を解説する筈《はず》じゃ。それと同じではないか。わしは何も間違っておらん。わしの知識に嘘はないぞ。ゴブリンの全てを語って、何が悪い。

そう、悶々《もんもん》とした気持ちでブツブツと文句を言いながら宿に向かっていたところ、爺は一人の女性から声をかけられた。

「モンスター爺？　モンスター爺ではないですか」

手を振りながら明るい表情で語りかけてきたのは、パーマがかった紫髪で、肩を出した上着を着ているセクシーな女性である。髪や耳や首にアクセサリーを装備して、ミニスカートを穿《は》いている。

「おお、これは、アヤメ姫ではないですか」

「きゃはは、モンスター爺、久しぶりですね。今日は買い出し？　モンスター学会ですか？　それとも講演会ですか？」

「いや、近くの冒険者養成学校の少年部で、授業をですな」

それを聞くとアヤメは左右で色の違う瞳を大きく輝かせて、モンスター爺に尋ねる。

「へー、上手くいきました？」

「それが……途中で寝る生徒が多くて、腹が立って怒鳴りつけてやりましたわい」

「うーん。まあ、モンスター爺の話は、知識はしっかりしていて、為にはなりますけど、なんせ退屈ですからね」

「た！　た！　退屈!!」

マドカピアの姫からそう、はっきりと言われて、モンスター爺は腰が抜ける程のショックを覚える。

「きゃは。自分の知識を惜しみなく、滝のように相手に押しつけて、爺は楽しいかもしれないですけど、相手のことを考えて話していないから、聞く方はたまったもんじゃないです。まあ、私も完璧主義者だから、爺の気持ちは分からないこともないですけどね。きゃはは♪」

「たまったもんじゃない…………」

軽い口調で放たれるあまりにも重い言葉にモンスター爺は押しつぶされそうになるが、それでもアヤメは笑顔のまま話し続ける。

「それにモンスター爺は好きなモンスターの話をしていれば気が済む訳ですけど。冒険者養成学校の生徒達には他にも沢山学ばなくちゃいけないことがあるんですよ。彼らの履修のコマ数とか考えたことあります？　座学は勿論《もちろん》ですけど、モンスターの知識以外にも魔法に関する授業やフィールドで拾えるアイテムの活用法など、当然戦闘に関わる授業、兵法、過去の戦争からターミナルの歴史。実技訓練なんか何時間もかけてやるんですよ。彼らにはそれこそ星の数程、沢山学ぶべきことがあるんです。ゴブリンに関しての偏った知識だけで数日間も費やす暇なんてないんですから。そりゃあ、モンスター学科なんてものがあれば、モンスターのことを専門にして学びたい生徒が集まるでしょうから、その生徒達に話せばいいですけど、今のところそんな部門はない訳じゃないですか。それならば、ちゃんと爺は学校から与えられた時間で、生徒に効率良くモンスターの知識を授けなくてはならないのでは？　彼らに満遍なく知識を与え、彼らが冒険に出た時の命の危機を減らしてこそ、マドカピアの為になるのですよ？」

「そ、それは……ごもっともです……」

ギャルのような容姿にもかかわらず、両手に正論のナイフを握って、笑顔で何度も胸を抉《えぐ》ってくるアヤメにHPをゼロにされ、泣きそうな表情でうなだれるモンスター爺。そんな打ちひしがれた彼の姿を見て、流石《さすが》に言い過ぎたと感じたアヤメは、苦笑して、自らフォローに回る。

「いや、きゃはは。まあ、そうは言っても、そもそもモンスター爺のお陰でマドカピア全土に正しいモンスターの知識が広がった功績は大きいですけどね。ひいお婆様が女王の時代に表彰されるぐらいですから、たいしたものです。それに、私はモンスター爺の授業も、興味ある所は好きですけどね。ガーゴイルの由来だとか、面白いじゃない。ほら、元々は千年前ターミナルに君臨した破壊王の愛玩動物として創造され、飼い慣らされていたってやつ」

アヤメからモンスターの話を振ると、モンスター爺の消え去ってしまった心の火が復活し、瞳は生気を取り戻す。

「そうなのです。ガーゴイルの面白い所はそこです。キマイラは意志を持たない、創造主に従う。ケルベロスは場所に縛られ、そこを守る。ガーゴイルがいまだに何故マドカピアの魔獣部隊の乗り物として使役されているのかは、元々が『飼われる』意図で創られたから、という所から由来しているのですじゃ」

生き生きと蘊蓄《うんちく》を披露するモンスター爺をアヤメは苦笑しながらも、愛おしそうに見つめる。

「そういう、本当に、深く知識を学びたい人にとってはとても面白い話なのだけれど、やっぱり興味がない人からすると……」

「退屈、ですかのう」

「うん」

だが、モンスター爺はずっとこのスタンスでやってきた。自分の知識をただただ垂れ流すことでしか、人に教えることは出来ないのだ。

「ですが、やはり、やり方を変えて、もっと人がわしの知識を聞いてくれて、世の中の役に立つのなら、姫様、わしは変わりたい。どうすればよいでしょうか？」

モンスター爺からそう詰め寄られると、アヤメは待ってましたとばかりにニコッと笑い、胸をドンと叩く。

「それなら私に任せて下さい！　これから爺はどこに行くつもりだったんですか？　もう、今日中に領地に帰るの？」

そう尋ねられ、モンスター爺は首を横に振る。今日は近くに宿を取っており、帰るのは明日であると、アヤメに伝える。

「それなら丁度良いです。夜ご飯も兼ねて、デビルズダイニングに行きましょうよ」

「ええ、構いませんが。ご飯を食べて、どうするのですか？」

「デビルズダイニングでは、落語をやってます。落語を見るんですよ」

「ラクゴ」

モンスター以外のことにてんで興味のないモンスター爺でさえも、その名前は知っていた。なんでも異世界から召喚された芸人が披露する、変わった芸らしい。

モンスター爺は不審な感情を隠すことなく、アヤメを一瞥《いちべつ》する。

「ラクゴ、ですか。ですが姫様、わしはほら、年寄りじゃから、あまり流行《はや》りものは好きではなくてですのう……」

「分かっています。ですが落語とは元々異世界に於《お》いては流行りではなく、三百年以上前から受け継がれる知識と技術の研鑽《けんさん》から生まれた、芸能だと言ったら？」

アヤメの一言に、研究者のモンスター爺は、ほうと声を漏らす。

「……そんなに昔の文化なのですか」

「ええ。こちらでは最近現れた新しい芸として扱われていますが、異世界側からしますと、どちらかというと歴史ある、流行りではない文化なのです」

「おお。五年前に発見された新種のトロル、クラシカルトロルと同じですね」

クラシカルトロルは今までのトロルと全く違う形態をしているので、最近進化したトロルの亜種だと思われていたが、詳しく調べると、実のところは現存するどのトロルよりも前から存在した、トロルの源流だったのだ。

発見されたのが最近だからといって、その存在自体の歴史が浅い訳ではないという教訓を、モンスター爺はクラシカルトロルから得たばかりだった。

それが、そのラクゴという芸にも当てはまるというのだろうか。

アヤメとモンスター爺が店に入ると、デビルズダイニングはほぼ満員状態であった。酒や料理を注文する声が響き、客の隙間を縫ってスピーディーに仕事をするウエイトレス達が駆け、活気に満ち溢《あふ》れていた。これだけの人々が店に集まるようになったのも、落語が原因であるとアヤメは語る。皆、落語を心待ちにしているのだ。

少し前、一定期間ではあるが、落語はマドカピアで禁止された。それは他でもないアヤメがマドカピア王に懇願して発令したお触れであり、マドカピアの人々は突然落語を奪われ、悲観に暮れた。

それが晴れて、禁止令が解除されてからというもの、デビルズダイニングは連日連夜の大賑《おおにぎ》わいである。またいつ落語が見られなくなるかもしれないと、危機感を覚えた客がやってくるようになったのだ。今では落語の評判はマドカピア全土に広がり、険しい山の僻《へき》地《ち》や、深い森の奥に住む特殊な部族の者達まで、店を訪れるようになっていた。

うきうきとした感情を全身に纏《まと》い、喧騒《けんそう》の中をすいすいと進むアヤメの背中を必死で追いかけ、モンスター爺は気が付くと最前列まで来ていた。アヤメが予約しておいたのだろうか、一つだけ空いているテーブル席に二人は座ると、アヤメはウエイトレスを呼び止めて、注文する。

「サミュエーリュのマリネに、カイゼルワイン。モンスター爺は、ビールで良いですか？」

「あ、はあ」

モンスター爺はこういった店に来るのも久しぶりであった。冒険者だった頃は情報収集も兼ねてよく酒場に顔を出したものだが、引退してからはついと足が向かなくなった。

「はい！　お待たせです！　ワインにビールですね。サミュエーリュはもうしばらくお待ち下さい」

これだけ賑わっていてもオーダーが通るのが早いのがデビルズダイニングの良い所だ。全く待たずに飲み物が運ばれてきて、モンスター爺とアヤメはグラスを合わせた。

冷たいビールが喉を通っていく。瞬間、若かった頃の風景が頭をよぎる。仲間達とモンスターについて語り合った幾つもの夜。「こいつは根っからのモンスター好きだからな。冒険者じゃなく、モンスター側の住人だ」とパーティーのリーダー、ゴンザレスによくからかわれたが、それも含めて輝かしい思い出で、かけがえのない仲間だった。彼らは今、どこで何をしているのだろうか。

そんなノスタルジックな思いに耽《ふけ》っていると、客席からワッと歓声が上がる。

「始まりますよ。あれが異世界からやってきた、噺家《はなしか》の、一福様です」

そう、デビルズダイニングの中心に小さな舞台が設置されていることに、モンスター爺も気が付いていた。横には四段程の階段が置かれてあり、舞台と共に魔法の照明も当てられ、輝いている。きっと、あそこでラクゴという芸を披露するのであろう。

歓声が起きたのは、厨房《ちゅうぼう》に繋《つな》がるスタッフ通用口から一人の人物が姿を現したからである。そこに現れたのは、浅黄色の一枚の布で占める見慣れない衣服に身を包んだ、優男であった。

魔法使いのローブとも違うそのいで立ちの男は、ゆっくりと歩いて舞台を目指す。

「あれが、ハナシカ」

「ね、見たことないでしょう？」

「ええ。確かに見たことはありません。ですが……」

「ですが？」

「何かの文献で読んだことが……あるような？」

「え」

そう、噺家の姿は見たことがない。だが、確かにモンスター爺は、どこかでそれらの情報を目にしたことがあった。

「コウダンシ。マンザイシ。フクワジュツシ。マジシャン……」

よく分からない単語を並べる。これらの情報を、一体どこで手に入れたのか、モンスター爺は思い出そうとするが、上手くいかない。

噺家は拍手を受けながら、階段を昇り、台の上の赤色のクッションに座る。

「えー、楽々亭一福と申します。どうぞ一席お付き合いの程、宜しくお願い致します」

そう言って頭を下げると、更に客からの大きな拍手が彼を包む。しばらくすると一福は顔を上げて、快活に喋《しゃべ》り始めた。

「まあ、最近はあたしも色々とありまして。国に落語を禁止されたりして、ストリートで披露する等、まあ大変でしたね。でも、そんなことを経て、まあ、結局あたし自身の本質に気が付いたといいますか」

飄々《ひょうひょう》と、だが、柔らかい表情で一福は語る。

「単純に、落語が好きなんですね。落語を演じることが義務だとか使命だとか、そんな堅苦しい感じのことを、いつからか思っていたんですね。なので、最近では基本に立ち返ろうかと思いまして」

——基本に、立ち返る、か。

彼は元々異世界の住人で、こちらの世界へやってきた。分からないことだらけであり、その中でも様々な経験を得て、あの舞台に立っているのだろう。

それで今、基本に立ち返ることに気が付いたと、笑顔で言っているのだ。

モンスター爺もモンスター一筋でやってきたのだが、どこか、驕《おご》りがないだろうか。自分はこの道の権威であると、どこかで思っていないか。先程、酒場の雰囲気で若い頃を思い出した感覚が小さな棘《とげ》となり、自らの胸に刺さり、痛みとなった。

「とまあ、あまりしんみりしても仕方ないので、早速ネタの方にいきたいと思うんですが。さあ、何にしても、物事には由来なんてものがありまして。この国、マドカピアもマドカというのは『闇の』なんて意味があって。ピアは『王国』ですよね。それで合わせて『闇の王国』という意味で、マドカピアとついている訳ですが……」

「……!!」

——違う。それは巷《ちまた》に流布している間違った認識じゃ。「太陽の国」マドカピアが元来の意味であり……。

モンスター爺が間違いを訂正しようと腰を浮かすと、直ぐにそれを制するように、隣に座っているアヤメが片目を瞑《つぶ》ってみせる。

「姫様？」

アヤメは何も言わない。だが、その表情は「大丈夫」と、無言で爺に語っていた。

「と、まあ、今ではそういう風に言われているんですけど、実はこれ、本当はそうじゃなくてですね。マドカ、というのは元々『太陽』という意味でして。『太陽の王国』という意味なんですよ」

へえ、と感心する客がいることにモンスター爺は驚いた。誰もが知っていることかと思ったが、既に時代はそうではないのだ。

「マドカが『闇の』というのはただの後付けなんです。勿論《もちろん》、この国は闇属性の気が多いですから、そのことが逆にマドカ、という言葉の意味を変えてしまった、ということかもしれません」

そして、驚くべきは、そのような事実を目の前の噺家《はなしか》がしっかりと勉強して、軽妙な語り口で真実を伝えている点である。彼はターミナルに来て、まだ一年も経っていない筈《はず》だ。それなのに、まるでこの土地の住人であるかのように、歴史を諳《そら》んじることが出来る。そして、何よりその言葉は人々の胸にしっかりと届いているではないか。

彼の言葉と自分の言葉。何が違うのかと、モンスター爺は考えた。

「勿論《もちろん》、あたしの身の回りにも由来なんてものはございますよ。噺家《はなしか》とは？　まあ、お喋《しゃべ》り、噺を生業《なりわい》とする者、という意味で噺家ですし、落語とは、何故落語なのか？　これはまあ落ちがあるから落語という意味ですね。楽々亭なんて言葉も、皆さんに落語を楽しんでもらいたいっていう意味と、それを生業にするあたし達も、そんなに気を張らずに、気を楽にして演じていこう、なんて意味もありまして。そうそう、この扇子にも由来があります」

そうして、一福は扇子を懐から取り出して、客に見えるように左右に掲げる。

「道具として使うこの扇子にも由来は勿論あります。えーと、あたしのいた世界では、戸に羽と書いて扇《おうぎ》という漢字になるんですが、まあ要は扉が羽根のようにパタパタと開いて風を送る的な意味合いで、扇ぐという意味となり、扇子なんて言葉が出来た訳です。あ、そうは言っても、あたしはこれを使ってチンチローネを食べたり、剣に見立てたりで、実際にうちわみたいな使い方なんてしたことありませんでしたね」

さっと開いて見せて、バツが悪そうに舌を出しながら、パタパタと自身を仰ぐと客席で笑い声が上がる。

「それに、あたしの一福っていう名前にもちゃんと意味があるんですよ。世界で最高の、一番の福を呼ぶ男っていう意味でしてね。まさか異世界で一番の福を呼ぶ男として、こちらの世界に呼ばれるとは思ってもいなかったんですが……」

そう言って、一福が小さくため息をついて肩を竦《すく》めると、客から更に上乗せの笑いが起きる。

「えー、では今回はそのような、物の名前の由来にまつわるお噺で一席お付き合い願います」

一福が扇子で舞台を、トンと叩く。

その瞬間——世界が、変わる。


『こんにちは。賢者様、いらっしゃいますか』

『おお、誰かと思ったらお前さんかい。まあ、上がりなさい』

『はい、上がらせてもらいますが、派手に上がりますか、陽気に上がりましょうか、それとも陰気に上がりますか？』

お化けのように両手を胸の前でだらんと垂らす男を見て、面白がる賢者。

『ほう、上がり方にも色々あるんじゃな。それじゃあ、派手に陽気に明るく上がってもらいましょうかの』

『かしこまりました。それなら、うんとこせーの、どっこいしょーのよっこいさーのせ！！！』

大きくジャンプして、回転しながらドタバタと家に転がり込む男に賢者は目を丸くする。

『まあ、随分やかましく上がってきたな。で、今日の用件ってのはなんなんだい』

『いえね、さっき丁度ゲイツの家に行ってきてね、皆で話をしていたんですよ。そこで賢者様の話が出ましてね』

『ほう、皆はわしのことをなんと言っていた？』

賢者が尋ねると、男は満面の笑みで能天気に答える。

『ええ、あそこの賢者は特にやることもなくぶらぶらして、羨ましいな、と』

『ん？　なにか？　それは、わしのことか？』

『ええ、その通りです。「本当、特にやることもなく、賢者だなんていって良い身分だな。あれは裏でどんな悪いことやっているか分からんぞ」と誰かが言うと、皆も頷《うなず》きながら「そうだそうだ」って同意してました』

『ほう、それはまた、酷い言われようじゃのう』

『いえね、だからおいらはね、「何を言うか。あのじいさんはああは見えてもしっかりもので、素晴らしいじいさんだ。賢者様だぞ！」って……』

男が拳を振り上げてそう言うと、賢者の顔はみるみる綻《ほころ》ぶ。

『いや、嬉しいじゃないか。普段ボーっとしているお前さんがそんなことを言ってくれるなんてな』

『いや、そう言おうかと思ったんですが、ターミナルの男がベラベラ喋《しゃべ》るのはみっともないから、実際には言いませんでしたけどね。勿論《もちろん》、心の中では凄く、はい、思ってはいましたけれどもね……はい』

『言ってないのかい。そうかい、言ったのかと思っちゃったよ』

『堂々と断言するんじゃないよ。男らしくなるポイントがずれておる』

マイペースだが、どこか憎めない男の雰囲気に怒りも失せ、ため息交じりに息を吐く賢者。

『はあ、で、お前さんは本当は何て言ったんだい？　皆がわしが裏では何やっているか分からないと同意していたら、何て言ったの？』

『へい。「ああ、そりゃあ違いないな！　あのじいさんは裏で何をやっているのか、分かったもんじゃない！！！」と』

『もう、本当、ただのイエスマンじゃないかお前さん。最低じゃな』

あまりに調子の良過ぎる男に、賢者は呆《あき》れを通り越して笑ってしまった。

『いや、だけどそこである一人が言ってましたよ。「あの人のことをそう悪く言うもんじゃない。あの賢者様はこの村の生き地獄だって」ね。生き地獄だから、大切にしないといけない、と。あら……じいさん、地獄ですか？　地獄の番犬ケルベロスとか、ヘルハウンドっているでしょ？　あんな感じ？　地獄の爺？　ヘルジジイ？』

『あのな、それを言うなら生き字引ってことじゃろう。辞書が必要ないくらいに知識が豊富ということじゃ』

賢者がわざわざ解説を加えてあげると、男は納得がいったように何度も首を縦に振った。

『へー、なるほど。生き字引。それじゃあ賢者様は、なんでもご存じなんですね』

『そりゃあ、まあ、伊達に年は取っておらんからな。お前さんよりは知っておるぞ』

『ほう、じゃあ聞こうかな。ゴブリンってモンスターいますよね。知ってます？』

『知っておるに決まっておろう』

『あれ、なんでゴブリンなんて名前なんですか？』

男の質問に、賢者は迷うことなくすんなり答える。

『ゴブリンっていうのは元々「子鬼」などという呼ばれ方をしていたんじゃ。人間界ではな。それが、ヤツらの元々いる世界。魔界の魔術師がやってきて使役しているのを聞くと、どうやら「ゴブリン」と呼んでいる。だからこちらでもヤツらのことは「ゴブリン」と呼ぶことにした。魔界の奴らは我々とは言語が違う。だが、ここで面白いのがな、魔界語でゴブリンとは「子供」という意味なんじゃ』

『へー、つまり人間は「子鬼」と呼んでいて、魔界語でゴブリンは「子供」って意味なんだ。妙に共通している所があるんですね』

『そうなのじゃ。そこが実に面白い。言葉や文化が違っても、本質は変わらない、ということじゃな』

一福が語る落語を聴きながら、モンスター爺はもうすっかり感心していた。

神が乗り移ったかのような登場人物の演じ分けの芸当は勿論《もちろん》だが、彼が落語の中で語る情報、ゴブリンの解釈に関して、何の間違いもないのである。

ひょっとして、このラクゴを考えるのに、自分のモンスター辞典を参考にしてくれたのかもしれない。

そう考えると、なんとも嬉しい、胸が温かくなる気持ちであった。

男はすっかり賢者の知識に感心して、次の質問へと移る。

『ええと、賢者様。先程酒場で冒険者連中とトロルの攻略法を話していたんですけど』

『ほう、トロルか』

『そこで、そういえばトロルってどこで遭遇出来るのかなって話をしていたら、冒険者のケビンがダンジョンで出会えるって言うんですよ。で、おいらがどこのダンジョンかって聞いたら、「それは、その、あそこのダンジョンに決まっているじゃないか。ほら、川の、岩の、山の、いや、どこだっけ？」みたいな訳の分からないことを言って。あいつ、実際はよく分かってないんですよね』

『ふうむ。そんなことも分からんかのう』

『賢者様は分かりますか？』

当然と、賢者は長い髭《ひげ》に片手を添えて笑う。

『ああ。トロルは元々毛むくじゃらの巨人で、「穴倉の怪物」と呼ばれておってな、だから岩づくりのダンジョンを潜っていけば、いずれは出会える。簡単なことじゃ』

『なるほど、流石《さすが》は賢者様、よくご存じですね！』

『ああ、そうじゃろう』

先程とは打って変わり手放しで褒められ、賢者は気持ちよくなっていく。

男は更に質問を続ける。

『で、賢者様、その穴倉の怪物と呼ばれていたモンスターが、なんで「トロル」って名前になったんですか？』

『ん？』

『だって、「穴倉の怪物」でしょ。そこから、なんで「トロル」なんて三文字の名前になったんですか。おいら、気になりますね。それもゴブリンと同じで魔界語で「穴倉の怪物」って意味が「トロル」っていう単語なんですか？』

『ふ、む。それにはちゃんとした理由がある。何事にも事象があれば理由があるものじゃ』

　そう告げると、賢者はトロルの由来に関して真剣に語り始めた。

『それは、もう現役を引退した老騎士がな、一人で岩の洞窟を冒険していた時のことじゃ。その地下深くで、二体の穴倉の怪物を見つけたのじゃ。老騎士は見つかってはならんと直ぐに柱の影に隠れた』

『はい』

『二体の穴倉の怪物をじっと見ていると、オスじゃな。オスの方の穴倉の怪物がとろーっと歩き出して、ぽいと、岩に座った。……次にメスの穴倉の怪物が、るーっとやってきて、オスの隣の岩に座った』

『…………』

『……そこで老騎士は思った。ああ、なるほど、これで……トロルじゃな、と』

『…………？　なんです？　どういうこと？』

　男が何が何だかさっぱり分からないといった表情で見つめると、賢者はため息をつく。

『いや、分からないのかい。もう一度説明するから、しっかり聞いておきなさい。老騎士がな、岩の洞窟で二体の穴倉の怪物を見つけた。すると、オスの穴倉の怪物がトローっとやってきて、ぽいと岩に座った。もう一体、メスの穴倉の怪物もルーっとやってきて岩に座ったから、ほら、トロルじゃ』

賢者が大袈裟《おおげさ》にトロー、とルーと、抑揚をつけて説明してくれたお陰で、男はその意味に気が付き、目を輝かせる。

『ああ！　なるほど。……トローっとやってきて、ルーっとやってきたから、トロル。なるほど。へー、面白いですね‼　これは確かに分かりやすくていいぞ。よし！　おいらもどこかで同じようにやってみますね！』

男の言葉を聞いて慌てるのは賢者の方である。からかう為に冗談を言ったことに、男は気が付いていないのだ。

『ああ、いや、お前さんには難しいかもしれんからやめておいた方がいいかもしれんぞ』

『いや、絶対にやってやります。いいことをお聞かせ頂きありがとうございます』

『やめとけ、お前さんには難しくて出来やしないぞ』

「いやいや大丈夫、任せておいて下さいと言って、男は賢者の家を後にします」

男が賢者の家を出て曲がり角を曲がると、直ぐに一人の友達と出会う。

『おう、今暇か？』

『はあ？　お前とはさっき酒場で話をしてただろうが。俺は明日朝からちょっと大きなクエストに挑むから、早く帰って準備をしなくちゃならんって言っただろう？』

『トロルって、なんでトロルって言うか知っているか？』

『……お前、本当に人の話を聞かない奴だな』

『トロルは元々「穴倉の怪物」って呼ばれていたんだ』

『おお、そういえばうちの死んだじいちゃんは確かにそんな風に言っていた気がするな』

『さあ、じゃあなんでその穴倉の怪物が「トロル」なんて呼ばれるようになったかは、知っているかい？』

『いや、それは知らんな』

　食い付きのよい友の反応で、男は嬉しくなって本題へと移る。

『さあ、じゃあなんでその穴倉の怪物がトロルと呼ばれるようになったかというとだな。それは、もう現役を引退した老騎士がな、一人で岩の洞窟を冒険していた時のことだ。その地下深くで、二体の穴倉の怪物を見つけた。老騎士は見つかってはならんと直ぐに柱の影に隠れた』

『ふんふん』

『二体の穴倉の怪物をじっと見ていると、オスだな。オスの方の穴倉の怪物がとろるーっと歩き出して、ぽいと、岩に座った。……次にメスの穴倉の怪物が、とろるーっとやってきて、オスの隣の岩に座ったから…………これでトロル＝トロルだ。…………いや、トロル＝トロルなんて名前じゃないな。トロルが一個多い。ゴリラ＝ゴリラ、みたいなことはない。うーん?? なんで？ …………もう一回。もう一回やらせて』

『もう一回だけだぞ』

すぐさま友は男に許可を与える。

『うん、ありがとう。ええと、老騎士がな、一人で岩の洞窟を冒険していた。その地下深くで、二体の穴倉の怪物を見つけた。老騎士は見つかってはならんと直ぐに柱の影に隠れた。二体の穴倉の怪物をじっと見ていると、オスの穴倉の怪物がトロルーっと歩き出して、ぽいと、岩に座った。……次にメスの穴倉の怪物が、トロルーっとやってきて、オスの隣の岩に座ったから…………』

『……トロル＝トロルだな』

『違うんだよ!! そうじゃないの』

『何が違うんだよ。自分でやっておいて』

困惑する男に友人は鋭く突っ込みを入れる。

『…………うん、帰るね』

『何をしにやってきたんだあいつは……』

踵《きびす》を返した男は再び賢者の家を訪れる。

『賢者様。もう一度さっきのトロルのやつを教えて頂きたいのですが!!』

『直ぐ帰ってきよった。早速どこかでやってきたな。そして、案の定失敗している』

賢者の足元に詰め寄り、男が哀願する。

『賢者様！　先程のトロルの件《くだり》をもう一度おいらに教えて下さい！　お願いします!!　トロルの一連の流れを!!』

『……仕方がないのう。もう一度しかやらないからな。しかと聞いておけよ』

『はいッッッ！！！！』

そして賢者は再びトロルの由来の話を始めてくれた。

『穴倉の怪物がなんでトロルになったかというとな、現役を引退した老騎士がな、一人で岩の洞窟を冒険していた時、その地下深くで、二体の穴倉の怪物を見つけた。老騎士は見つかってはならんと直ぐに柱の影に隠れた。二体の穴倉の怪物をじっと見ていると、オスの穴倉の怪物がとろーっと歩き出して、ぽいと、岩に座った。……次にメスの穴倉の怪物が、るーっとやってきて、オスの隣の岩に座った。さあ、これでトロルという訳じゃ』

瞬きもせずに集中して、じっと賢者の言葉を聞いていた男が、大きく頷《うなず》く。

『……なるほど。分かった。オスがとろーっとやってきて、ですね！！　分かった分かった。とろるー、じゃ駄目なんだ。とろーっとやってきて！　とろーっとやってきて！！！！！　とろーっとやってきてえええええ！！！！！！！！！』

『はいはい！　早速本番をぶちかましてきますんで！　行ってきます』

そう言って両手を振り上げると、男は風のように立ち去っていった。

『うるさいのう。ここで練習せんでくれんかの』

『よし！　とろるー、じゃなくて、とろー、だな。うんうん、直ぐにやろう。やってやるぜ！　おい、お邪魔します！』

男は先程の友人の家に行くと、躊躇《ためら》いなく扉を開け放った。

『待たせたな!!　トロルの由来を言いにきたぜ!!』

『家にまでやってきたなコイツ。どんだけトロルの由来を俺に言いたいんだ』

床に座って武器の手入れをしていた友人が、呆《あき》れ顔で男を見上げる。

『今、暇か!?』

『いや、だから明日のクエストの為に準備してんだって。忙しいから帰れよ！』

『明日、トロルと戦うか!?』

『いや、明日は廃村のクエストだから、トロルじゃないだろう。多分遭遇するのはゾンビやゴーストなんかのアンデッドだな』

『いや、それでもトロルと遭遇する可能性もゼロではない。穴倉があるかもしれんじゃないか。トロルと遭遇した時の為に、トロルの名前の由来を聞いておいた方がいいよ‼』

『いや、だから名前の由来なんて知っていても何の攻略にもならないだろうが。せめて弱点とか教えて⁉』

友人がもっともな意見で突っ込むが、男は聞いていない。とにかくトロルの名前の由来を言いたくて仕方がないのだ。

『仕方ないな……それだけ言ったら直ぐに帰れよ』

流石《さすが》に諦めた優しい友人がそう告げると、男は瞳を輝かせてトロルの由来を語り始める。

『穴倉の怪物がなんでトロルになったかというとな、現役を引退した老騎士がな、一人で岩の洞窟を冒険していた時、その地下深くで二体の穴倉の怪物を見つけた。老騎士は見つかってはならんと直ぐに柱の影に隠れた。二体の穴倉の怪物をじっと見ていると、オスの穴倉の怪物がな。いいか？　ここ大事だぞ。ちゃんと聞いてろよ。いいか？　とろーっと歩き出して！　聞いた？　とろるー、じゃなくて、とろーっとね！　とろーっていう部分がとても重要だからね‼　とろーっとだかんね！！！』

『分かったよ。うるさいな。とろー、だな。分かったから早く最後まで言って直ぐに帰ってくれよ』

『了解了解！　えーと、老騎士が二体の穴倉の怪物をじっと見ていると、オスの穴倉の怪物がとろーっと歩き出して、るっと、岩に座った。……次にメスの穴倉の怪物が、るーっとやってきて、オスの隣の岩に座った。…………ああ、だからこれでトロルルという訳だな』

『…………』

『ん？　なんか違うな。…………ええ⁉　トロルルじゃないよな。ちょっと待ってくれ、もう一回！　ええと、現役を引退した老騎士が一人で岩の洞窟を冒険していた時、その地下深くで二体の穴倉の怪物を見つけた。二体の穴倉の怪物をじっと見ていると、オスの穴倉の怪物がとろーっと歩き出して、ると、岩に座った。……次にメスの穴倉の怪物がるーっとやってきて、オスの隣の岩に座った。ええと、これで…………？』

『トロルルだな』

『違う違う！！　ええ！？？　なんでトロルルになるの⁉』

完全にどこか段取りを間違えている筈《はず》だが、どこが間違いなのか分からない男はパニックになってしまう。

『老騎士が岩の洞窟を冒険していた時二体の穴倉の怪物を見つけた。二体の穴倉の怪物をじっと見ていると、オスの穴倉の怪物がとろーっと歩き出して、るっと、岩に座った。……次にメスの穴倉の怪物が、るーっとやってきて、オスの隣の岩に座ったから……

トロルになっちまう!!　なんでだ！　何度やり直してもトロルになってしまう！　おいらはトロルがトロルになってしまう世界軸に閉じ込められちまったのか！！？？』

『訳の分からないことを人の家で大声で叫ぶんじゃないよ。ほら、もう満足しただろう。明日のクエストでトロルに出会った時の参考にするから、もう帰れ』

『違う!!　トロルだから！　トロルなんかじゃない!!　ちゃんと！　絶対においらはトロルにするから、頼む、もう一回。もう一回だけチャンスをくれ!!』

『もう一回だけよ？』

『ありがとう！』

海のように心の広い友人に感謝を述べてきつくハグをして、男は再びトロルの由来を語り始める。

『老騎士が岩の洞窟を冒険していた時二体の穴倉の怪物を見つけた。二体の穴倉の怪物をじっと見ていると、オスの穴倉の怪物がとろーっと歩き出して、るっと、岩に座った。……次にメスの穴倉の怪物が…………………うう、…………メスの穴倉の怪物が！！！』

『何を泣いてんだよ。その、メスの穴倉の怪物がどうやってやってきたんだよ？』

『………黙って、やってきた』

オチを口にして一福が頭を下げると、酒場は大きな拍手に包まれた。

◇　◇

「どうでしたか？」

「………………」

アヤメが感想を尋ねるが、モンスター爺は放心状態であった。

目の前で行われたことの意味が、理解出来なかった。

落語の中で話されていた通り、トロルは穴倉の怪物で、ゴブリンと同じくそれの魔界語がトロルなのだ。なのに、賢者はそのことを告げずに、最後まで冗談を通し続けた。

だが、一福が演じている様子を見ると、彼はしっかりとターミナルの知識を学んでいる人物であると確信していた。

あれが本当に出鱈目《でたらめ》な情報を持っている者がふざけてやっただけの話だったとしたら、モンスター爺は激昂していただろう。だが、そうではない。目の前の男は、絶対にトロルをしっかり調べた上で、あんな嘘をついているのだ。その意味が、モンスター爺には理解出来なかった。

「な、何故じゃ。あの、ハナシカ、イップク様は半端な知識でトロルに触れてはいない筈《はず》。隠居した賢者が男にトロルの正式な由来を告げれば、良かったのでは？」

「はあ？　モンスター爺、何を寝ぼけたことを言っているんですか？」

完全に呆《あき》れ果てた表情のアヤメは、腰に手をあて、モンスター爺にぴしゃりと言い放つ。

「賢者が普通にトロルの由来を言ったら、そこでオチも何も付かずに噺《はなし》が終わっちゃうじゃない。それだとぜんっぜん！　面白くないじゃないですか」

「面白く……ない」

ストンと胸に落ちてくるアヤメの言葉。確かに、それはその通りであった。

「一福様は別にモンスターの授業をしたい訳じゃないんですよ。落語を演って、人々を楽しませたいんだから。それに、トロルの由来がああじゃないことぐらい、マドカピアの冒険者だったら直ぐに気が付くでしょう。一福様が冗談を言っていることぐらい、誰だって分かるわ。まあ、商人だとか貴族だとかの、モンスターと関わらない人達が今の話を真に受けるっていうのも、それはそれで面白いんですけどね」

要は、信念をどこに置いているのか、という話である。

同じモンスターの話をするにしても、一福は笑いが優先。モンスター爺は、モンスターの知識を正確に伝えることが優先。

だろうか。

——だが、だがじゃ。それにしても、わしの講義はしっかりと伝わっていると言えるのだろうか。

モンスター爺は疑問を抱く。一福は冗談のトロルの由来を面白おかしく伝える為に、様々な知識を得て、考えて口にしている筈《はず》だ。

それに比べて自分は、ただの知識の垂れ流しで、それを聞く相手の態度が悪い所為《せい》と文句言って、改めようともしない。自分は一福のように、聞かせたい話を、正確に伝える為の努力をしたのだろうか。

「わしの授業が退屈なのも当然か……わしもあんな風に、イップク様のように冗談を交えて講義が出来たらなあ」

落ち込みつつ、ふと漏らした言葉に、アヤメが目を輝かせる。

「それは良いアイディアじゃないですか爺。早速一福様に話をしてみましょう!! 控室に一緒に行くんです。きゃは♪」

そう言って、アヤメはモンスター爺の手を引くと、一福が消えた厨房《ちゅうぼう》横の通路へと駆け出した。

「え!? あの、新説モンスター辞典を書かれた、あのモンスター爺様ですか！」

控室でアヤメからモンスター爺を紹介された一福は興奮を抑えきれないといった表情で

爺に駆け寄り、その手を取る。

「うわあ！　モンスターに関係する噺《はなし》をする時にはいつもモンスター爺様の御著書にはお世話になっています。いやあ、とんでもない人にお目にかかれましたね！」

「い、いや。わしはそんな大層な者では……」

一福が自分の存在を知っていてくれ、更には感動してくれていることに、狼狽《うろた》えてしまう。

「ええと。それで、なんでしたっけ？　悩み事があるとか」

「ええ。モンスター爺のモンスター学の講義が真面目過ぎて誰も聞いてくれないんです。だから、一福様に何か良いアイディアがあればと思って……」

「へえ、真面目な授業も悪くないとは思いますけどねえ。でも、ちょっとユーモアがあると生徒さんはちゃんと聞いてくれたりしますからね。なるほど。それでしたらこういう案が――」

そこまで笑顔で口にしておいて、一福の動きが止まった。そして、少し考えるように天井を見上げた。何か悩んでいるような表情を見せるが、それはアイディアがなくて困っている風ではない。

そう、アヤメには直ぐに理解出来た。モンスター爺の事情に踏み込むことに、躊躇《ちゅうちょ》しているのだ。

「……え、と。そうですねえ。何かあれば良いんですけど……」

「いや、無理にそんなことをお願いしても申し訳ないですから。イップク様にご迷惑をかける訳には……」

モンスター爺が寂しそうに笑って、両手を振りながらそう言う。そこで、ふと、一福がアヤメを見た。

アヤメは一福のその視線をしっかりと受け止めると、優しく微笑んだ。

「…………」

その表情を受けた一福は一度深呼吸をしてから、小さく頷《うなず》くと再び喋《しゃべ》り始めた。

「分かりました。では、こういうのはどうでしょうか？　実はモンスターの由来に関して、トロルに収まる前にも幾つかネタの候補がありまして、それをモンスター爺様に伝授しましょう」

「え⁉　よろしいのですか？」

「ええ。新説モンスター辞典にはいつもお世話になっていますから。ささやかながらの、お返しです」

アヤメとのやり取りが何であったのかは、モンスター爺には分からない。だが、一福は何かを吹っ切ったように次々と彼にアドバイスを与えていく。

一福が口にする案をモンスター爺は熱心にメモし始めた。

そんな二人の様子を、アヤメは黙って、微笑みながら眺めていた。

◇　◇

それから数日後、モンスター爺の講義はマドカピア国内で大評判となっていた。

今日も生徒達はモンスター爺が教室に入ってきた瞬間から、期待の眼差しで彼を見つめている。

「えー、昔、魔界で地獄の番犬達がたま蹴り遊びをしていたのじゃが。さあ、蹴るベー!!っと勢いよく蹴ったところ、ボールをロスした。これにはボールを貸していた地獄の魔王様もカンカン。元気よく『蹴るベー!!』なんて言いながらボールを『ロス』しよって、と怒られた。まあ、だからその地獄の番犬はその後、ケルベロスと呼ばれるようになったのじゃ」

ツラツラと黒板に板書していくモンスター爺。大半書き終えたところでピタリとそのチョークが止まる。

「……と、まあ、冗談はさておき」

そう言って、黒板消しで文字を消していくと生徒達はドッと笑う。

「今のはモンスタージョークの一つな訳じゃが、実際にはケルベロスという名前は『底無し穴の幽霊』という意味でな、地獄の番犬と呼ばれておるのは、地獄の支配者の忠実な僕《しもべ》であり、その顔は三つ。さて、この顔には……」

——モンスター爺様は、あたしの落語『トロル』の逆でいきましょう。

冗談を最初に入れて、引きつけておいて、本当のことを言う戦法である。

一度モンスタージョークで笑いを取った後は、とてもやりやすくなる。その後に話す内容は以前とさほど変わらないのだが、一度ギャグをやって生徒を引きつけておくと、そこからの話は目を輝かせてしっかりと聞いてくれる。

——緩急が、一番大事です。きちんと聞いてほしい知識を絞り、緩急をつけましょう。

劇的なまでに変わった周囲の反応にモンスター爺は感動していた。

長々と喋《しゃべ》りたい知識だけを垂れ流すのも控えるようにした。生徒に知ってほしい、モンスターの情報の触りだけを、まずは教える。

——相手を沼に落としたいのでしたら、逆に出し惜しみをした方が良いですよ。あたしだって、一日に精々二席の落語しかしません。一日三十席のネタをするよりも、それぐらいの方が相手にとって、効果があるものなのですよ。そうすれば勝手に向こうから寄って

くるようになりますから。それこそ、黙って、飛んできます。あはは。

一福の言う「沼」の意味はよく分からなかったが、要は授業で扱う部分は触りだけにしておいた方が良い、ということだろう。

確かに、モンスター爺が一福のアドバイスに沿った授業をするようになってから、授業が終わった後にモンスターに興味を持った生徒がよく質問をしにきてくれるようになった。

「さて、ケルベロスの鬼火がいつも周りに彷徨《さまよ》っているんじゃが、鬼火が何故『ウィル＝オ＝ウィプス』と呼ばれるようになったかというとな、とある墓地での話じゃ。一人の墓守が番をしていたら、三体の火の玉がな、うぃる!! おーー!! と飛んできて、うぃぷすッッ！！！ っと灯ったのじゃ。それで、鬼火のことを『ウィル＝オ＝ウィプス』と呼ぶようになった訳じゃな」

モンスター爺のモンスタージョークは冴えわたり、生徒達は机を叩いて笑い転げていた。

「先生。先生」

「なんじゃ、どうした？」

授業が終わって教室を後にし、廊下を歩いていると後ろから、モンスター爺は一人の生徒に声をかけられる。いつも授業を真剣に聞いてくれている、真面目な子であった。

「ケルベロスに関してなんですが、ケルベロスにも強さのランクだとか、種類はあるんでしょうか？」

「ああ、そうか。それは確かに今日説明していなかったな。じゃが、今から補足しても君も次の授業があるだろうから。ええと、わしは課外授業をしても問題ないのじゃが……」

「学校の方には僕の方から嘆願書を出しておきます。それに、僕だけじゃないんです。クラスメイトや、他のクラスの子も、もっと先生の話が聞きたいって言っていて……」

「……そうか。ありがとうな」

モンスター爺の授業を受けたいと懇願する生徒の必死な顔を見て、爺はこれまで、モンスター一筋で生きてきて良かったと思った。自分の知識を、次の代へと繋《つな》げる。そして、それを相手から願われることが、どれほど嬉しく、尊いことか。

「……なるほど。待っていれば、黙って、飛んできたか…………イップク様の言う通りじゃ」

「モンスター爺先生？」

「ああ、いやいや。分かった、では、今日の放課後、B教室に集合じゃ。ノンストップで続けるからのう。トイレに行っておくんじゃぞ」

モンスター爺の軽口に、生徒が笑う。

それからしばらくして、多くの生徒の要望で冒険者養成学校に、モンスター学科が設置されることとなる。

つる

ご隠居の家に遊びにきた男が、つるという鳥が昔は「首長鳥」と言われていたという蘊《うん》蓄《ちく》を教わる。

それなら、何故その首長鳥がつるというようになったのかを男が尋ねると、ご隠居が由来を教えてくれる。

『首長鳥が唐土《もろこし》から飛んできた時、オスがつーっと飛んできて、ぽいととまった。次にメスの首長鳥がるーっと飛んできたから……つるというようになったのじゃ』というのを聞くと、これはいいことを教えてもらったとご隠居の家を飛び出して、友達に同じようにつるの由来を話して聞かせるが……どうも上手くいかない。

『オスがつるーっと飛んできて、次にメスが……あれ？』

一度ご隠居の元へ戻って教えてもらって再度挑戦するも『オスがつーっと飛んできて、るっととまった、次にメスが……次にメスが……!!』と、再びおかしくなってしまう。

『次にメスが、どうやって飛んできたんだ?』と尋ねる友人に、男が一言。

『………黙って、飛んできた』

『つる』といえば桂歌丸《かつらうたまる》師匠ですね。

落ち着きのあるご隠居と、惚《とぼ》けた男とのやり取りは、落語のお手本と言えるでしょう。また、ネタの構成としましても、人から聞いた話を真似して失敗するという、これまた落語のお手本のような噺《はなし》です。

そばの勘定を誤魔化す手法を真似て失敗する『時そば』。

博打のイカサマを真似して失敗する『看板のピン』、つると同じくご隠居から阿弥陀池《あみだいけ》という池の由来の冗句を聞いて、真似しようとして失敗する『阿弥陀池』等々。

前半で振りを作っておいて、後半で落としまくるという構成は、見ていて楽しいですし、きっとこうなるんだろうなと予想出来ていても、思わず笑ってしまうものです。

今回の『オスがとろーっとやってきて、メスがるーっとやってきたから、トロル』というネタはあたし的にもしっくりくるといいますか。良い感じに仕上げることが出来たと思います。

『巨大羽ゲトカのオスがどらーっとやってきて、メスがごんっとやってきて』や、『一つ目巨人のオスがさいくろーとやってきて、メスがぷすーっとやってきて』。『落語マシーンのオスがいちーっとやってきて、メスがぷくーっとやってきて』なんかよりも、はい、しっくりくると思います（笑）。

……さて、それではお後が宜しいようで。

二席　骨つり【骨つり】

ラッカは川岸で魚釣りをしていた。風を頬《ほお》に感じて、ゆっくり流れる水をぼんやりと眺めてしばらくすると、釣竿《つりざお》に重たい感触を覚え、グッと引き上げる。だが、針の先端に引っかかっていたのは魚ではなく、硬い、無機質な物体であった。

「け、骨が上がったか」

舌打ちをするラッカの隣で竿を垂らしている、友人のピートが苦笑を浮かべてその髑髏《どくろ》を見つめる。

「うわー、凄いな。ラッカ、これで何個目かい？」

「八個目だよ」

面白くもなさそうにそう吐き捨てるラッカ。彼の後ろの岩には髑髏が七個並んでいるので、聞かなくても分かる筈《はず》だ。最初ラッカは、釣り上げた髑髏を川に放り捨てようとしていたのだが、ピートが後で教会に持っていって供養してあげよう等と高尚なことを言い出したので、仕方なしにそこに並べてあるのだ。

「いやあ、結構な数だな。魔族との戦争があったんだっけ？　親父さんも指揮したんだろ

「うん。そうだね。想像以上に犠牲が多かったって、珍しく落ち込んでいたよ」

その頃、サイトピア軍はマドカピアのあるマドカ大陸と自国を隔てるグリバトル大河の岸に砦《とりで》を作ろうと画策していた。ノーウェイと呼ばれるその土地は誰も開拓していない場所で、どの国の陣地でもなかった。サイトピアが一度そこに砦を建設すれば、魔族を監視することも出来、ゆくゆくは魔族討伐の拠点ともなる。だが、勿論《もちろん》簡単に魔族がそんな計画を許す訳はなく、運河を渡りやってきた魔族軍と大きな争いとなった。結果、サイトピア軍は敗れ、砦作りも頓挫することとなった。その時の戦で大河に流された兵の亡骸がサイトピアに枝分かれして流れている川を辿《たど》り、各地で発見されるようになったのである。

「そうか。でも、お前もいつか戦争に駆り出される身分になるんだろ。そして、ゆくゆくは出世して、親父さんみたいに多くの兵隊を指揮することになるんだ」

ピートの父親テトラはサイトピア王直属の宮廷騎士団の団長である。昔からピートは英才教育を受け、立派な兵士、そして指揮官になるように指導されていた。だが、のんびりとした栗毛の友は、耳につけている太陽と月型のピアスを揺らしながら笑うと、ラッカにとんでもないことを打ち明ける。

「いやあ、それが、ちょっと悩んだんだけど、やめることにしたんだ」

「え？」

「軍隊に入るのはやめることにしたんだ」

「はあ？　だけどお前、士官学校も主席だろ？　卒業したら一つの隊を任せられるのが決まっているんだろう？」

ラッカの問いに、ピートは川岸に並んでいる髑髏《どくろ》をジッと見つめて、答える。

「多分、士官の髑髏はここにいないからね。結構安全なんだ。勿論《もちろん》、父さんのことを否定している訳じゃない。ただ、今更だけど、そうやって自分の命令で仲間が大勢亡くなるのは、僕には向いてないと思ってさ」

ピートが何を言いたいのかは理解出来た。彼は人一倍優しく、温厚なのだ。だが、素質がない訳ではない。人を駒として扱って武勲を上げる隊長もいれば、命の重みを理解した上で、最善の策を練る将軍もいる。後者こそピートの人柄で、彼の父親もそういった部類の軍人であった。

「いや、確かに向いてない部分はあると思うけど、別に壊滅的にダメなことはないと思うぞ」

ラッカは正直にそのことを友人に伝える。だが、ピートはそれに対して、微笑みを返すだけであった。

「うん、そういうのも分かっている。分かっている上で決めたんだ。ラッカ、僕は冒険者になるよ。自分の命のことだけを考えて、自分本位に楽しく生きる、冒険者にさ」

ピートの決断が固いことを知ったラッカは肩を竦《すく》めて苦笑する。

「…………お前さ。親父さんが怒るぜ」

「怒るかな。僕のことを父さんは結構分かっていると思うけど」

「そこの親子関係はよく分かんねえけどな。まあ、確実にミヤビは怒るだろう。宮廷騎士団入りするであろうお前を追って、あいつはあいつで宮廷魔術学校へ入学して、主席だろう？　宮廷職特別学科なんて履修して、要職間違いなしだなんて言われているんだからな」

妹の名前が出ると、初めてピートは苦虫を噛《か》みつぶしたような苦渋の表情を浮かべる。

「ああ、確かにミヤビは怒るだろうな。その時はラッカにお願いされたからって言ってもいい？」

「おま！　んなことしたら俺が滅茶苦茶怒られるだろうが」

「うん。ごめんね」

「いや、ごめんねじゃねえよ！　お前の妹だろうが。なんで俺が怒られなくちゃいけないんだよ」

ピートのこういった無意識な無邪気さを、長い付き合いのラッカはよく知っている。

傍《はた》から見ると、ラッカを窘《たしな》めている、抑え役のイメージが強いが、同じだけラッカもピートの不可解な言動に突っ込みを入れていて、お互い様な関係なのだ。外に対しては常識的なのだが、ラッカに対しては遠慮なく不合理なことを求めてくる。典型的な、問題のある優等生タイプである。

「まあ、それか、あれだな。ミヤビに関してはクラに頼むか」

「ああ、クランエに上手く言ってもらえば大丈夫じゃない。クランエはミヤビのこと、妹みたいに可愛がってくれるし、ミヤビは兄のように慕ってるし。あ、そういえばさ。僕達ってクランエの素性、よく知らないじゃない？」

「ああ、地下に幽閉されていたからな。でも、あれだろ？　魔族の王族の捕虜かなんかなんだろ？」

「僕もなんとなく調べたんだけどね、そこらへんは国が隠蔽しているから詳しくは分からなかった。で、クランエって、基本痩せてて子供みたいな顔していたから、これからは僕達が兄貴分だ！　なんて豪語して弟になっちゃったけど、僕が調べたところ、クランエって僕と同い年みたいだよ」

世間話のように軽く語るピートの情報に、ラッカはその日一番の衝撃を受ける。

「え!?　マジ？　じゃあ俺よりも二つ年上ってことじゃねえかよ。年上に兄貴呼びさせてたの？」

「マジマジ。だから、今度からラッカの方がクラ兄って呼ばないとだね」

「いや、今更そんな立場を逆転させるのも、凄いダサいじゃねえか。ヤダよ。内緒にして半ば本気でお願いしてくるラッカにピートはニコリと笑ってみせて、頷《うなず》いた。

「いいよ。その代わり、ミヤビに、僕が冒険者になる理由は上手く伝えてくれよ」

「……お前……本当、良い性格してるよな」

ラッカはじとっとピートを睨《にら》み据えるが、彼の方は朗らかに笑っているだけであった。


それからピートは有言実行、士官学校を卒業しても騎士団には入らずに、すぐに魔法戦士として冒険者となり、ラッカの相棒となった。

元々、ラッカはステータスは最強だが、自由人で、誰の指示も聞かないし、好き勝手に行動していた。パーティーに愛想をつかされてダンジョンで独り置いてけぼりを食らうこともあったのだ。だが、ピートとコンビを組んでからはそうなっても二人で先へ進むことが出来たし、そもそもピートのコミュニケーション能力で、そういう状況になること自体減っていった。そう、まるでラッカのサポートの為に、彼は冒険者になったかのようであった。

二人が冒険者コンビになって四年が経ったある日、川を下った所にある洞窟の前で、敵に遭遇した。

それは偶然にも彼らがあの日、釣りをしていた川であった。

「なんだよ！　洞窟に入る前だってのに、スケルトンだらけじゃん！」

ラッカはスケルトンが投げてくる骨を半身《はんみ》になって避ける。

ピートは剣で弾きながら、対アンデッド魔法の為に周囲に聖水を撒《ま》きながら、ラッカに話しかけてくる。

「ねえラッカ。このスケルトンってさ、元々何の骨か知ってる？」

何故かピートはよく戦いながら会話をしてきた。緊張感を削ぐその話し方が、冒険者仲間の中には好きではないと言う者もいたが、それに漠然と答えるのがラッカはなんとなく嫌いではなかった。

「あ？　そら決まってるだろ。戦士や騎士が死んだ亡骸が骨になって、それに悪魔が乗り移ってスケルトンになるんだろう？」

「それが違うんだよね。あれは全くもって人の骨でもなんでもなくて。スケルトンは元々ああいうモンスターなんだって。うーんと、説明が難しいな。要するに、あのスケルトンの骨は、彼らの、オリジナルの骨なんだ」

「ん？　つまりなんだ、骨から生まれてくるってこと？」

ラッカは理解に苦しみながら首を捻って、一体のスケルトンを叩き斬る。

「そう。骨しか生まれてない、って言い方が一番正しいかな。アンデッドはアンデッドな

んだけど、元々生きていた人間が、っていう訳じゃあ、ないんだ」

「マジかよ……詐欺じゃん。ていうか、よくそんな話知っていたな」

「ああ、本当だよ。全世界を旅して回ってモンスター研究をしているモンスター爺さんって方がいて、その人の著書の新説モンスター辞典に書いてあったんだ」

そこまで説明した頃には、二人で殆《ほとん》どのスケルトンを倒していた。

ピートは右手にショートソード、左手にショートロッドを装備している。多くの魔法戦士は剣と杖が一体化したマジックソードを使うのだが、ピートはそれを好まずに左右別々のホルダーに各々の武器を収めている。更に右耳の太陽のピアスは魔力を増幅する効果があり、ピアスに魔法を放つと、効果や範囲を調整することも出来るのだ。左耳の月型のピアスは、耐魔法効果を有しているとのことであった。

「でもさ、それを聞いたらそんなん、全然怖くないじゃん！　じゃあさ、ゾンビも？　ゾンビもただ気色悪い腐った人間のように見えて人間じゃないの？　元々があいう形のモンスターなんだな!?」

そんなラッカの問いを、ピートは笑顔できっぱりと否定する。

「ああ、いや、ゾンビは元々死んだ人間さ。ネクロマンサーの魔法で蘇ったり、アンデッドモンスターに殺されたりした人間が、ゾンビになるんだ」

「怖い！　やっぱりゾンビは死んだ人間なんだ！　怖い！　ゾンビはゾンビで、ゾンビの赤ちゃんとかで生まれてこいよ、それこそ！」

「はっはっは！　ラッカは怖がりだなあ」

身を震わせるラッカを見ながら、ピートは愉快そうに笑った。

「いや、まあお陰でスケルトンは全く怖くなったけどよ。今まで、成仏しろよ、なんて唱えてて、恥ずかしいわ。今度から普通にこう言うわ。死ね!!　って！」

そしてラッカの一振りで最後のスケルトンが倒れた。

スケルトンが崩れ落ちた地面に、数多《あまた》の骨が混ざっていたが、どれも同じものにしか見えなかった。


そして、二人はクエストの為、洞窟の中へと入っていく。

そのクエストの夢が終わり、ラッカは目を覚ました。

◇　◇

石で囲われた牢の中に、小さなベッドがあり、そこがラッカの寝床であった。

彼が目を覚ますと、着物を装備した一人の男が鉄格子を隔てて、立っていた。

「……ラッカ様。何の夢を見たんですか？」

穏やかな笑みを頬《ほお》に張り付けて語りかけてくるその男は、噺家《はなしか》の楽々亭一福である。

「ああ、いや折角《せっかく》の差し入れだからよ。早速試してみたけどよ。いや、この枕にはダイヤルが付いていて。ここの側面の隅に丸い枠があるだろう？」

「ああ、そうなんですか。あたしも同じのを持っているのに、全然気が付かずに普通に寝ちゃいました」

「なんだよそれ。ほら、このダイヤルで枠の中の絵柄が変わるんだよ」

そう言ってラッカは実際にダイヤルを回してみせる。そうすると枕の側面に付いている枠の絵が次々に変わる。剣の絵や、酒瓶の絵、ドラゴンの背中に乗って空を飛んでいる人物の絵などが、交互に映し出される。

「本当ですね。絵柄が変えられる、デザインが選べるってことなんですかね？」

「枕のワンポイントをかよ。っていうか、よく分からない枕を人にプレゼントするなよな。まあ、スロットみたいで面白くてな。で、記念すべき一回目は、これで寝てみたんだよ」

そう言って差し出された枕のマークを見て、一福は苦笑する。

「ああ。まあ、今の状況、いつ死んでもいい状況だから、おあつらえ向きかと思ってこれにしたんだよ」

　そう言って笑うラッカに一福は問いかける。

「で、どんな夢だったんですか？」

「ああ、釣りをしている夢だったよ」

「釣りの夢ですか？」

「ああ、ていうかマドカピアの職業には釣り師っていうのがあったな」

「え？　漁師じゃなくて？」

「まあ、そこはマドカピアのお仲間に聞いてみな」

「はい。で、釣れたんですか？」

　ラッカの皮肉を普通にスルーして、一福は質問を続ける。ラッカは鼻白んだ気持ちになるが、同時に一福の変化にも気が付いていた。やはり、どこか雰囲気が違っている。機械のように笑っていた部分が、無理なく感情を表現しているような気がするのだ。

　――まあ、俺にはどうでもいいけどな。

「何が釣れたって？　それが、最悪だよ。魚は全く釣れやしねえのに……」

「え、まさか骨でも釣ったんですか？」

「髑髏《どくろ》の絵ですか？」

「え、なんで分かるんだよ」

「えっへっへ、そういうネタがあるんですよ」

「また、ラクゴかよ」

ラッカの悪態に笑顔を返して、一福は扇子を懐から取り出すと、自身の顎にそっと添える。

「なるほど。つまり、そのダイヤルの絵は、見たい夢を選択する為のものなんですね。まるで『夢分限《ゆめぶげん》』みたいだな……。ダイヤルの絵と関係する所は、髑髏《どくろ》を釣り上げた部分だけですか？」

「ん……そうだな。そんなもんだな」

「……そうですか。それならあまり夢に大きく関わる訳でもないのか……」

一福には、スケルトンと戦闘した後の洞窟のクエストに関しては話さなかった。

「どうですか。マドカピアの闇の気は？　慣れましたか？」

「……最悪の気分だよ。このプレゼントも、結局闇を俺に覗《のぞ》かせる嫌がらせなんだろう？」

「自分で髑髏をチョイスしておいて、随分な言い草ですね」

「うるさいよ……あんたは本当、闇の気にもしっかりと馴染《なじ》んで、元々マドカピアの方が向いていたんじゃねえのか」

「うーん。どうですかね。確かにラッカ様の言う通り、マドカピアの方があたしが元々いた世界に近い所があったりするんですよね」

険を含んだ言葉にも素直に反応する一福に、ラッカは苛立ちを覚える。

それ以上、ラッカは何も語らず、しばらく無言が続くと、一福は特に気まずい表情も見せずにそれではまた来ますと、牢から去っていった。


——まったく何を考えているのやら。


だが、ダイヤルで自身が見る夢を決められる枕《アイテム》なんて、一体どこで入手してきたのだろうか。

今、一福がどういう風にマドカピアで立ち回っているのかは、なんとなく気になった。

◇　◇

一福がその枕を手に入れたのは、二日前のことであった。

その日の夜、一福がデビルズダイニングに行くと、モンスター爺が来ていた。

「イップク様」

「これはモンスター爺様。今日も講義だったんですか？」

一福の問いに大きく頷《うなず》くと、モンスター爺は笑顔になる。

「ええ、今日は朝から夕方まで、様々な所で授業でしたから、疲れましたよ。最近では冒険者養成学校だけじゃなく、士官学校でもお呼びがかかったり、講演会の依頼があったりと、大忙しです」

「それはそれは。大人気ではないですか。身体を壊さないように気を付けて下さいね」

「ええ、ありがとうございます。全てはイップク様のお陰ですぞ。今日は講義でアンデッドモンスターの授業をやってきました」

「うわ。ゾンビとか、ゴーストとかでしょう？　怖いのは苦手なんですよね。『夢八《ゆめはち》』とか『へっつい幽霊』なんかに使えたら良いですけど」

怖い怖いと言いながらも直ぐに落語に繋《つな》げようとする一福を愉快そうにモンスター爺は見つめる。

「まあ、アンデッドに限らず、何かモンスターでラクゴを作りたい時は言って下され。いつでも協力いたしますぞ。あっはっは！」

モンスター爺の悩みを聞き、一福が講義内容にアドバイスをするようになってから、講義は大人気となっていた。モンスター爺はただ自分の話を聞いてくれる者がいれば十分なので、謝礼を必要最低限しか受け取らないということも良い方向に働き、今やモンスター爺の講義はマドカピア中で引っ張りだこである。

深々と頭を下げて礼を言うモンスター爺に、一福は謙遜して両手を振る。

「いえいえ、あたしはただ、落語をしただけですから……っと」

そう言おうとして、一福は口を押さえた。直ぐ後ろで二人のやり取りを見守っていたアヤメを見る。アヤメは口元を綻《ほころ》ばせて、視線を一福に送る。それに一福は一度だけ頷いて応えると、モンスター爺の方へと向き直り、大きな笑い声を上げながら言った。

「あっはっは！　そうです！　これも全て落語のお陰です!!　精々、落語とあたしに感謝するがよいですぞ!!　あっはっはっはっは！！！」

「いやいや。流石《さすが》にそれは極端過ぎるでしょ。一福様」

思わずアヤメも笑いながら突っ込みを入れるのであった。

「いやいや。イップク様の仰る通り、とてもお世話になりましたのでな。今日はお礼を持ってまいりましたぞ」

「お礼なんて、いりませんよ。あたしはただ落語をしただ…………」

また反射的に同じ言葉を言いそうになり、グッとこらえる一福。

「あはは。いえ、では、ありがたく頂きましょうかね」

そう言うと、モンスター爺もとても嬉しそうな顔をして包みを取り出す。

――まったく、面倒な癖がついていたんですね。

そう、一福には癖がついているのだ。謙遜して、自分を当事者から外そうとする癖が。

だが、本人は努力で、それを克服しようとしている。アヤメは少しその後押しをしてあげているだけなのだ。


「差し上げたいのは、これですじゃ」

「へえ。これは、枕、ですか？」

それは、一見、何の変哲もない枕であった。少しカバーの側面等に独特な装飾があしらわれてはいるが、別段不可思議な点はない。

「これは、わしの知り合いの魔倶師《まぐし》に特注させたドリームジャンボトロルの毛で作られた枕ですじゃ」

「ドリームジャンボトロル……。これまた、凄い名前ですね」

「トロルの中でも一、二を争う程の獰猛《どうもう》さで、体毛には強い幻覚を見せる魔力が込められています。ドリームジャンボトロルに絞め殺される冒険者は、死に至りながらもその最期は素晴らしい夢を見られるようで、至福の表情で死んでいくのです」

楽しそうにドリームジャンボトロルの生態を語るモンスター爺に、苦々しく舌を出す一福。

「……なんだか、夢のようでいてその実、とてつもなく恐ろしいモンスターさんですね」

「そのドリームジャンボトロルの体毛が入った枕がこれですじゃ。その名も、ドリームジャンボ枕《ピロー》ですじゃ」

「あはは、そのまんまですね」

「ええ、ラクゴはマクラが大事とアヤメ姫に聞きましてな」

モンスター爺の口から思わず出た、洒落《しゃれ》た言葉に一福は噴き出して笑う。

「あっはっは。それはその通りです」

「ドリームジャンボトロルの、毛の場所によって見られる夢が違う、ということが研究の結果分かりましてな」

「勿論《もちろん》、モンスター爺が発見したんですよ」

一福の隣でアヤメが、自分のことのように胸を張る。

「へえ。色々な夢が見られるとなると、『夢分限』ですかね」

「ユメブゲン⁇」

「いえいえ、こっちの話ですが。ありがとうございます！　喜んで頂きます。ああ。ですが、二つあるんですね。それなら、この一つを、ある人にプレゼントしたいのですが……大丈夫ですか？」

「ああ、それは構いませんぞ。差し上げたものですから。元々魔倶師《まぐし》のマジコ殿、ああ、わしの知り合いの魔法研究家の名前ですじゃ。そのマジコ殿に頼んだ時も、一つで良いと言ったのですが、毛皮は二つ分あるからと、おまけで二つ作ってくれたのですじゃ」

「そうですか。ありがとうございます。良い夢が見られそうです」

そして、その枕を一福は冷たい独房にいるラッカへ、差し入れとして贈ったという訳であった。

その一連の顛末《てんまつ》をアヤメは黙って観察していた。

——一福様の、世界への関わり方が変わってきている。

以前なら、そもそも簡単に贈り物を受け取ることもなければ、それを誰かにプレゼントする、ということもなかった。アヤメの視線やプレッシャーが勿論《もちろん》あるだろうが、そもそもの一福という人物が、人の厚意を素直に受け止める性格で、そして他人に対しては些《いさ》かお節介な程、世話を焼くタイプであることを、この世界で唯一アヤメだけが知っているのだ。

——何福様だろうが変わらないわ。もっと、自分をこの世界に解き放ってくれるんだったら。

◇　◇

ラッカの元を訪れて髑髏《どくろ》の夢の話を聞いた後、一福はいつものようにデビルズダイニングへと向かう。店へ入ると、知っている顔があったので声をかける。

「これはこれは、シノさんではないですか」

眼鏡をかけた痩せた男、彼こそがマドカピア軍の名参謀、ケス＝シノである。マドカピア軍のサイトピアへの侵攻計画も、彼が考えたものである。

「イップク様。すいません、出番の前に、少し良いですか？」

「ええ。かまいませんよ」

にこやかに応対する一福。シノの後ろに緊張した面持ちの、褐色に肌の焼けた男が立っている。

「彼は、知り合いの釣り師なんですが、イップク様の大ファンでして」

そう聞くと一福は笑顔を見せ、二度程頷《うなず》いてみせる。

「ああ、シノさんのお友達ですか。いえ、客席によくいらっしゃるのは拝見しておりました。大体、いつも真ん中の方の席でご覧になられている方ですよね。挨拶が遅れてすいません。楽々亭一福でございます」

自分の普段座っている席まで覚えていてもらって、男は跳び上がらんばかりに嬉しそうに挨拶を返す。

「はじめまして！　俺は釣り師のルアーっちゅうもんです！　シノの言った通り、俺はイップク様の落語が大好きでして！　とくにメグールのサミュエーリュが好きなんですわ！」

「あはは。マドカピア領外の噺《はなし》なのに、好きなんですね」

メグールはサイトピア領である。敵国の落語を演って、受け入れられるか、初め一福は少し気になった。

「案外そこらへんは気にせえへん気質ですからね。サミュエーリュ（魚）の話なので、釣り師としては、分かりやすくて面白いんですわ。実際、物知らずの領主がいたら、あんな感じになるんやないか、と思ったりしたら、おかしゅうて！」

ルアーの言う通り、マドカピアの民は、驚く程そのあたりは気にしない。サイトピアの地名や風土が出てくる落語をしても何の問題もなかったのだ。

逆にサイトピアではマドカピアに関する噺は極端に嫌われて禁忌扱いをされる。

そこに国民性の差があるのだろう。

侵略しようとしている者と、されている者の差であるから、当然なのかもしれないと、一福は納得していた。そもそも、一福の分け隔てない感覚の方が、ターミナルでは異端の側なのだ。

「いや、丁度話を聞いたばかりなんですが、マドカピアには釣り師なんて方がいらっしゃるんですね。漁師さんみたいなものなのかな」

「ああ、そこの違いはっちゅうとですね。漁師は船に乗って魚を釣る者で、釣り師は地面から川に向かって釣りをする者なんですわ」

「へー、そこで区分けされるんですね」

「ええ、厳密には海釣り師や川釣り師、沼釣り師、湖釣り師と、ジャンルもありまして。俺は川釣り師です！　あ、先月は沼釣り師で、半年前は湖釣り師でした！」

「なるほど。ふざけてますね……」

一福の呟《つぶや》きを聞いて、シノが苦笑しながら説明する。

「テリトリーというか縄張りといいますか、生業《なりわい》の中でそういったものが厳密に決まっているんですよ。ルアーみたいに色んな場所を行ったり来たりできる釣り師は、キャリアも実力もある、限られた者ですよ」

「ふうん」

一福の瞳が小さく光るのを、シノは見逃さない。きっと、ネタに使えると考えたに違いない。

――イップク様のスイッチが入った瞬間は、分かりやすいですね。

「いや、ほんまシノの言う通りでして。俺は実際は川専門の釣り師なんですが、この異常気象でっしゃろ？　全く魚が捕れない。揚がるのは戦やクエストでやられた兵士や冒険者の死体ばかりですよ」

「なるほど、死体ばかり……なるほど！」

なるほどと二回言う一福にシノが苦笑いする。そこでシノは我慢出来ずに直接一福に尋ねる。

「また、何かラクゴのアイディアでも閃《ひらめ》かれたのですか？」

「おや、何故それが分かりますか、シノさん」

「分かるに決まっているじゃないですか。僕はイップク様のラクゴのマドカピア一の研究者ですよ」

一福から教えを請い、原典を幾つか学んでもいる。一度は無理矢理頼んで『ニグニグ草』を教えてもらったが、最近ではあまり抵抗なく他のネタについてもすらすらと解説をしてくれたり、時間のある時に簡単な指南をしてもらってもいる。

そんな中で一福から聞いた、ある釣りに関するネタを、シノは思い出す。

「ひょっとして、『唖《おし》の釣り』ですか？」

シノが出した落語の演目に、一福はプッと噴き出した。

「いやあ、あっはっは。シノさんは、またコアなヤツをついてきますね」

朗らかに、楽しそうに笑いながら、一福は首を横に振った。

「いやあ、ルアーさんの話を聞いて『骨つり』にしようかと」

「おお、『骨つり』。なるほど」

「本当は少し前に、ちょっとやってみようかな、と思っていたところだったんです。だけど、どう異世界落語に改編しようかと悩んでいたんですが、ルアーさんの話を聞いて、なんとかなりそうだと思いましてね」

一福とシノの会話に、ルアーがおずおずと首を挟み込んでくる。

「あの、俺の仕事をネタにしますの？　そんな、イップク様のラクゴみたいに、何か面白いことも何もありまへんで。ただただ、魚を捕ったり捕らなかったりの退屈な日常でっさかいに」

「いやいや、そんなことはありませんよ。そもそも、落語とは日常の中にあるもの、当たり前のものを少し非日常に描いて面白さを作るものですから。皆さんの生活基盤を知らないことには何一つ始まらないのですよ。だから、是非色々お聞きしたいです。ひょっとしたらルアーさんも何か別視点から見た新しい発見があるかもしれませんよ。あ、そうだ、今度一緒に川に行って、そのお仕事を見学させて頂けませんか？」

「え、ええ、俺はかまいまへんが」

「ありがとうございます!!!」

ギラギラと瞳を輝かせて勢いよく頭を下げる一福。

シノはゆくゆくその変化に驚いている。

こうやって、落語の先にある現実を見据えた発言など、以前はなかった。プリモワの解決をシノに理解させる時でも、事の真相が分かっていた筈《はず》の一福が遠回しにヒントを与えることがあったが、やはりそこは自分は落語をするだけで、後はそちらで勝手に考えて解決して下さい、あたしは関係ありませんから、というスタンスだったのだ。その一福が、勿論《もちろん》自身のネタの出来の為が一番であるだろうが、一介の釣り師の為に、落語を作るのだという。

今までぼんやりと線を引いていたことを飛び越えてきている。それは、彼がこの世界に根付いてきた証のようにも思えた。

その変化の先に、アヤメがいることにも気が付いている。彼らの雰囲気は違う。ラッカ=シンサがマドカピアにやってきて、捕らえられた日、一福は全身ボロボロで宿屋へ帰ってきたという。

それからの一福はアヤメを時折目で追うようになった。それは、厳しい母に怒られまいかと、不安そうに見つめる雰囲気が大半であったが、同時に、確実な信頼を向けている視線でもあった。

——まったく、僕には勝ち目がないのかな。いや、まだまだ、落語を追いかけてやるぞ。

◇　◇

その日の夜の落語が終わった後、デビルズダイニングでカクテルを飲みながら、アヤメは一人思案していた。

一福の生活や本人の意識が変化しているのは目に見えて理解している。

一福のたっての願いで、ラッカへの面会を許したのは正解だったのか。本人はなにやら毎日熱心にラッカの元を訪れては差し入れや雑談をしているようだが。

だが、ラッカに会わせなかったら、何をしでかすかも分からなかった。かつてのようなヤケクソめいた悲壮感ではない。徐々に前のめりになっている一福の瞳が、アヤメが過去を覗《のぞ》いた時のような「彼の瞳」を取り戻しつつあることに喜びを覚えつつ、一種の危惧を覚えているのだ。別の意味で、目を離すととんでもないことをしてしまいそうな、突っ走ってしまいそうな。そんな危うさがあった。

だが、それを当人にけしかけたのは、他でもない、アヤメなのだから、あまり強くは言えない。

――本当、ある意味別人だわ。いや、本人に、なってきたということかしらね。

アヤメ自身も、我に返ってみると、結構なことを一福に言っていたと思い出す。

――私がそばにいると、約束します。

完全に愛の告白である。

その前に全ての人格で散々殴っておいて、である。

――最悪だわ。ボコボコにした後に愛の告白なんて、痛過ぎるわ。

――まったくだわ。

――まったくじゃ。

そこで、アヤメの頭に直接語りかけてくる声があった。アヤメの中にいる、もう二人の人格である。一人はマドカピア王の闇の力を継ぐ、姫の人格。もう一人は魔法専門のグリーンであった。

——あれじゃのう。完全にヤンデレという認識をされてしまったのではないか。

——ヤンデレ、とはちょっと違うのかもしれないわよ。暴力で人を支配しようとする。ひょっとすると、DV女というレッテルかもしれないわよ。

——二人共、よく知ってますね、そんな言葉。

アヤメはうんざりしながら返事をする。本当は無視したいのだが、頭に直接語りかけてくる為、相手をしないと結局後々が面倒くさいのである。

——イップクは何を考えているのかしらね。ラッカ＝シンサに枕を差し入れしていたけど、何か画策している訳じゃないでしょうね。

——まあ、フクが変わったといっても強さやHPなんかのステータスが上がった訳では全くないからのう。何か考えてようが、あんなひよっこ、わらわがボコボコにしてやるからのう。安心せい！　そして、ボコボコにした後に、また優しい言葉をかけてやればいいんじゃろうが！　ほら！　わらわは多感じゃからの！　多感じゃから男心もよく分かるのじゃ！

——いやいや、姫様のそれが心配なんですよ。それに、男心を暴力からの優しい言葉のワンパターンで理解しないで下さい。

アヤメの突っ込みに、闇の姫が不満の声を上げる。

——だがのうパープル。お主が解き放った行為自体が、お主の首を絞めることになるかもしれんぞ？

姫の言葉に、グリーンも同意する。

——ああ、それはそうね。イップクをわざわざ外界へと連れ出すような真似をして……。

——?? どういう意味ですか？

「おや、アヤメ姫。お一人？」

二人の人格の意味深な発言の真意を尋ねたかったが、その時、アヤメに声をかけてくる者がいた。アヤメは仕方なしに声のした方を振り向く。

「あら、貴方は。ネクロマンサーのネクロンじゃないですか」

そこには長身の女性が立っていた。魔法使いのローブを羽織っているが、その、髪や首に飾られてある髑髏《どくろ》のアクセサリーで、一目見て彼女がネクロマンサーだと分かる。

ネクロマンサーとは、死者をアンデッドに変えて使役する、特殊な魔法職業である。

　ネクロマンサーのネクロンは酒が好きで、アヤメとはたまに酒場で会うと、一緒に飲む仲であった。

「ネクロマンサー界も不況でね。良い死体は著名なネクロマンサーが手を回して全部牛耳っていて、大変なんだよ」

　ネクロンのネクロマンシー技術はマドカピアでも随一で、骨の状態からでも肉体を復元して、ゾンビでもほぼ人間と同じ形に出来るのだ。

「修復魔法と造形魔法の掛け合わせで、あそこまで芸術的なアンデッドを作れるのは、私ぐらいのものだよ」

「まあ、あなたの仕事は死体がないと始まりませんもんねー」

　正直、最近では戦争が起きてもマドカピア軍は強固になってきている為、あまり死体が出ない。それは当然、良いことではあるのだが、ネクロマンサー業界からすると、商売にならないのである。

「だから、アヤメ姫。陛下にこのままサイトピアを滅ぼしまくって、敵の死体持って帰ってくるように頼んでくれないかい？」

「あのねえ、そんな野蛮な真似出来る訳ないじゃないですか。魔王じゃないんですから」

「なに、他の国からは魔王って呼ばれているじゃないか。もうマドカピアは魔族でも良いと思わないか？」

ネクロマンサーは、確かに黒魔術の最たるものの術者である為、特に自国へ対しての魔族扱いも嫌っていない風がある。だが、マドカピアは蛮族ではない。サイトピア遠征やそれに基づくエルフ国、ドワーフ国侵攻も、一時期、世界中でマドカピアに攻め入って滅ぼそうとしていた活発な動きがあった為、モーニングラウンドがシノの提言を聞き入れ、仕方なしにとった抑止行為なのである。その途中、王子の情報が手に入った為、サイトピア近郊で軍が駐留していたというイレギュラーはあるが。剣聖アルステッドの活躍により失敗に終わったサイトピア城下への奇襲も、そもそもは王子奪還を目的としていたのだ。

「ああ……、どこかに良い死体や骨が転がってないものかな」

どこかに良い男でもいないものかとぼやくノリで、呑気に愚痴をこぼすネクロンは、既に四杯目のワインのおかわりを頼んでいた。

◇　◇

翌日、一福とシノとルアーは、城下を出て直ぐ近くにある川へと足を運んでいた。

「ほら、また死体ですよイップク様！」

「ひゃあああ！！！」

川に着いてルアーが直ぐに竿《さお》を取り出して水面へ落とすと、程なくして死体が引っかかってきた。腰を抜かす一福。本当に、涙目になって怖がっている。

軍の参謀として戦地へ赴くシノは特に死体は珍しくもないので、そんな一福を苦笑しながら面白がって眺めている。

「本当に、直ぐ死体が揚がるんですね。これ、でも魚が揚がったら、死体を食べた魚だって、忌み嫌われるんじゃないですか！！？」

「いやあ、それはそこまでやあらしまへん。英霊が宿ってるって好んで食べる奴もいるくらいですから」

「ふむふむ。英霊が宿ると、喜ばしい」

一福はルアーの言うことを熱心にメモをしている。

「この方々は、戦場で亡くなった方なんですか？」

「いやいや、ここはマドカ大陸でっさかい。人間同士の争いで亡くなった者は殆《ほとん》どいまへん。冒険者や、この川の上流にある村なんかで結成されたモンスターの討伐隊の死体ですね。やはり畑を荒らしたり、村を襲ったりするモンスターを退治するのにはこれだけの犠牲が必要っちゅうことですわ」

「そうですね。一年程前に、キングワームが大量発生した時は、結構な数の犠牲者が出てますよね」

「ああ、シノの言う通りですわ。最終的には軍が動いて、退治してくれましたんや」

「じゃあ、あの時部下を庇《かば》って激流に飲まれた槍隊《そうたい》の副隊長の亡骸なんかも揚がってくるんじゃないですか」

「そらそうやな……いや、そうやなくて、俺は釣り師やから。死体やなくて魚を釣らへんと意味がないねん！」

うんざりしてそう言うルアーだが、一福は構わずに死体の話を続ける。

「骨は？　揚がらないんですか？　大体こんな生々しいものばかりが揚がるのでしょうか？」

「いや、骨も揚がりますよ。ほら！　早速おでましでっせ!!」

あれだけ死体を釣りたくないと嘆いていたルアーだが、一福の反応が面白くなった為、言うや否や、一福の目の前に頭蓋骨を釣り上げる。

「ぎゃあああああああ！！！！」

腰を抜かしてひいひいと逃げ回る一福。

それを見て周りで釣りをしていた者も笑い声を上げて大喜びしていた。

「こ、これは本当に、完全なる頭蓋骨……。こ、怖い……。ですけど、こ、これで。出来る」

恐る恐る髑髏《どくろ》を見つめながら光輝く一福の瞳。シノには一福が確信を持っているのが分かった。まさに『骨つり』の世界なのだ。

「ですが、『骨つり』だとしたら、普通はここで供養してもらうんですよね」

「はい」

供養はターミナルにもある。呪いを解く行為で教会などで出来るが、教会で供養された魂は直ぐに天に召されるのだ。

「なので、『骨つり』のように骨を供養して、その幽霊がお礼を言いに来る、という筋は、ちょっと厳しいかもしれませんね」

「やっぱりそうですか」

シノが原典の『骨つり』を知っているから、話が早い。まさにサイトピアでイヘ＝ブコが担ってくれていたアドバイザーの役を、マドカピアではシノがやってくれているのだ。

「ですが、マドカピアだと他にも方法はありますね。骨が恩返しに来る噺《はなし》ならば、それこそゾンビだったり。ああ、ネクロマンサーがいいかもしれません」

「ネクロマンサー？」

「ええ。使者を蘇らせて使役する、特殊魔法使いです」

「ほう、詳しく聞かせてもらえませんか？」

「ええ、いいですよ」

そして、しばらくシノからネクロマンサーについて説明を受けると、すっかり一福の中

では物語が構築され、異世界落語が出来上がっていくのだった。

◇　◇

「いやはや、ありがとうございます。ルアーさんとシノさんのお陰で、異世界版『骨つり』の筋書きが出来そうです」

深々とお辞儀をして二人に礼を告げる一福。シノはルアーが釣った魚を串に刺して、魔法で焼いてから一福に渡す。ルアーは釣り師としてのプライドが許せないのか、まだまだ魚を釣り上げる為に川に向かって竿《さお》を構えている。受け取った魚を一口食べると、一福が感嘆の声を上げる。

「うわあ、これは美味しいですねえ！　皮はパリパリで、身はポロポロ。そしてなにより、内臓の苦みが絶妙ですね」

「気に入って頂けて良かったです。というか、これこそ、死体の近くを泳いでいた魚なんですが、イップク様は平気なのですか？」

「う……。それを言わないで下さいよ。全く気にしない訳ないじゃないですか。で

も、出されたものはきちんと頂く、という文化もあたしの世界にはありまして……」

「なるほど。奥ゆかしい方々なんですね、異世界の住人は」

「あはは、全員がそういう訳でもありませんよ」

「それでは、ハナシカという職業がそういう性格が多いのですか？」

「その質問にはＮＯと答えておきますかね。噺家《はなしか》なんて職業、変わり者ばかりですよ。芸がなければ社会不適合者にしかなれなかったというおかしな人もいれば、超がつく程真面目な人や、高座に上がるまで噺家だって分からない人もいる。あたしみたいな完全な落語依存症、中毒な人間までいるんですから。まあ、人それぞれですね」

そう笑いながら息を吐く一福は、どこか達観したような表情であった。

「それでは、こちらからも少しお聞きしたいことがあるのですが」

「はい、なんでしょう」

「シノ様は、何故サイトピアへと侵攻されたのですか」

そもそも、その質問自体、今までの一福が出すような内容ではなかった。落語の創作の為の質問ならズケズケと放っても、世界に干渉するようなことは意図的に避けていた筈《はず》だ。

「よその世界からやってきた者が突然すいません。シノ様が侵攻を進言したと聞きました。その経緯に関して、前々から伺いたいなと思っておりまして」

真剣な一福の表情に、シノは正面から向き合い、一つ頷《うなず》くと正直に語り出す。

「イップク様は、ターミナルに来た時に、我々マドカピアに関して、どう耳にしましたか？」

「ええと……」

「大丈夫ですから、正直にお答え下さい」

シノに促され、一福は答える。

「はい。魔族が世界を滅ぼそうとしている、と聞きました」

「まあ、サイトピアや近隣諸国からしますと、その時はそうだったかもしれません。ですが、それより以前の話があるのです。もう、かれこれ百年も前から、我々マドカピアの民は魔族として、忌み嫌われておりました。何故だか分かりますか？」

「侵略や、悪いことをしていたからですか？」

一福の問いに、シノはゆっくりと首を横に振る。

「それが、我々は何もしていなかったんですよ」

「え？　何もしていないのに嫌われているんですか？」

「ええ。唯々《ただただ》嫌われているだけなのです。マドカ大陸に住んでいる、というだけで」

「迫害、されていたんですか。マドカピアの方々は元々こちらに住んでいた訳ではないと聞きますが」

一福の意見に同意するように、シノは大きく頷いてみせる。

「そうなんですよ。普通の人間が闇の気が多いこちらで順応して、今のマドカピア人が生まれたということになります。そこがあまり文献には残っていないのですが、僕には仮説がありまして……」

「まあ、どこからか追い出されたんでしょうね。移民が作った国が、マドカピアという訳ですかね」

一福の鋭い指摘に、シノは純粋に驚いた。

「その通りです。僕もそう思っていまして」

なんとなく一福もその国の目星がついていそうだ。今までの一福ならどこの国かを尋ねても、はぐらかすだけだったのだろうが、シノは試しに聞いてみた。

「その、追い出された国というのは、一体どこの国だと思いますか？」

「うーん、十中八九、サイトピアでしょうね」

「…………」

躊躇《ちゅうちょ》なく答える一福に、思わず黙ってしまう。シノの考えも同じだったのだ。

思わずルアーを振り返るが、彼はまだ魚釣りに夢中で、どうやら会話は聞こえていないらしい。そんなシノの目配せに頷いて、一福は少し小さな声で続きの考えを語る。

「サイトピアの方々のマドカピアの方への対応を見ていますと、なんでこんなに憎むのか、と思いましてね。ひょっとしたらかつて酷い目に遭わされたのかもしれない。もしくはかつて支配されていたのだろうか、と考えまして。どちらにせよ、元々は同じ場所に生きていた人達なのだと思います。どちらの国も経験しているあたしが言うんですから、間違いないです。当然、文化の違いなんかはありますけどね」

確信を込めて断言する一幅の言葉には、説得力があった。

「で、同族嫌悪というものもありまして。いまだその意識が残っているのかもしれませんね。自分達と同じルーツであることを認めたくなくて。ああ、ただ、それよりも、暗示と言いますか、催眠にも近い何かがマドカピアの方々にかかっている気もしますね。マドカピアであること自体に、憎しみのバイアスがかかっているのです」

「……凄いです、イップク様」

今まで彼は語らなくても、頭の中ではここまでのことを考えていたのか。みくびっていた訳ではないが、シノは目の前の芸人の観察眼に、震えを覚える。

「サイトピアの王様や上の方あたりは、それを知っていて、躍起になってマドカピアを滅ぼそうとしたのではないでしょうか？」

「はい。その通りです。イップク様がマドカピアに来られる前まではエルフやドワーフから攻め込まれようとされていたのですが、それを主導して手を回していたのは、サイトピアなんです」

「ふむ。やはりそういうことですか」

一福の読みは間違っていないように思える。理屈にかなっているのだ。

「まあ、マドカピア軍は大変強固ですので、勿論《もちろん》大陸に上陸を許すことなく、その手前で撃退しておりましたが、それがまあ、結構な長い期間続きまして」

「あちらでいう魔族討伐の時期ですね」

「ええ。八年前にサイトピアや周辺諸国が協力して、マドカピアの対岸に砦《とりで》を建てようとしたことがありまして。マドカピア軍はそれを阻止する為にグリバトル大河を渡って、戦になったのですが。流石《さすが》にこのままでは他の国が結束して攻めてきた時に抗えないと思い、しばらくして私は進言したのです。反撃に打って出るべきだと。一度、我々の力を見せつけてやらなくてはマドカピアは滅ぼされてしまう。それを強く思ったのと、陛下もまた思うところがあったようで、受け入れて下さいました」

シノの言葉を受けて、一福は神妙に頷《うなず》く。

「ご子息、クランエ師匠の件ですね」

「その通りです。サイトピアにいる筈《はず》の王子の情報を得る為に、その戦の際に間者《かんじゃ》を送り込みました。それらの理由が絡み合って、進軍したのです。それが、イップク様が聞いていた、魔族の侵攻の真実ですよ」

「はあ。まあ、本当に立場が違うと、こうも見え方が違いますかね」

「勿論《もちろん》、私はマドカピア側からの意見ですので、それが過剰防衛とみなされても仕方ないとは思います。それに、イップク様にも謝らなくてはいけないことがありますし」

「え？　ああ、先の襲撃の際にあたしのことを殺そうとした件ですか？」

シノはもう、驚き過ぎて、逆に驚くことを放棄してしまった。

「ええ。サイトピアが異世界映像端末《テレビジョン》を使って救世主を召喚したことは間者《かんじゃ》を通して知っていました。その時はどういったものか分かりませんでしたが、マドカピアの脅威となる因子は滅ぼしておかなくてはと、イップク様の抹殺も襲撃の任務に加えました」

「まあ、当然だと思いますよ。自国を守る為ですからね」

飄々《ひょうひょう》とシノの話を聞く一福。彼はやはり自分の命に対しての価値観が低いのかもしれない。その点に関しては、以前とあまり変わっていないように思える。

「その時の間者の頭はマドカイヤという者だったのですが、頭は切れるのですが、どうにもやり方が汚くて。インキュバスを悪くいう訳ではないのですが、自分が魔族と呼ばれようが特に気にしない。逆に魔族と呼ばれるに相応《ふさわ》しい謀略を行う者でした」

「ああ、確かに。あたしもお会いしましたけど、エルフの姫様のメイドさんに乗り移っていうことを聞かせたり、なかなかの悪党でしたね」

一福自身も標的にされかけていたので、マドカイヤに関してはよく覚えている。アナスタシアの給仕のテレサに取り憑《つ》いて脅迫していたのだが、最後は逆にアナスタシアの調略に嵌《はま》り、返り討ちに遭ったのだ。

「まあ、彼のようなマドカピアの名を汚す間者の噂をアヤメ姫が聞きつけ、自ら出向き、粛清されたのですが。更にそこからアヤメ姫が継続して王子捜索の任に就いたのです」

「で、そのとばっちりであたしも見初められて、誘拐されてきた、という流れですね。あれ？　そうなるとやはり元を辿《たど》れば出兵を決めたシノさんの所為《せい》であたしも攫《さら》われた、ということになりますね？」

「いや、心より謝罪致します」

芝居がかった、恨みがましい視線で睨《にら》まれ、思わず謝ってしまうシノだが、一福はケラケラ笑いながら片手を振って話を戻す。

「まあ、冗談はさておき。にしても、皆さんの嫌われ方は、やはり異常ですよ。世界にとって、悪者が必要なのか、何か意図があってのことなのかは、分かりませんが」

「ドワーフ国もエルフ国も、占領しても統治するかどうかは、迷っているんです。陛下は」

「それでは、サイトピアを攻めて滅ぼす気はないのですね」

「まあ、ここまでくればコテンパンにやっつけた方が良い、というのは僕の意見ですけどね。しばらくは攻めあぐねていましたが、最近はサイトピアの力も弱くなってきているようですので。ここで弱みを見せて、また目の敵にされても面倒くさいですから」

そう、面倒くさい、というのがシノの本心であった。一福が言ったように、あれだけ執着される意味が分からないのだ。マドカピアの民として、何よりも恐ろしいのは、今この瞬間も、世界中の憎悪にこの国がさらされているという、背筋が冷たくなる事実であった。

「でも、何かきっかけがあれば撤退しても構わない、と思っていらっしゃいます？」

「それに関しては、お答え出来ませんね。軍のこれからの方針を勝手に口にしてはなりませんし。その判断は一瞬ずつ、変化していってます」

「あはは、そこは釣られませんか。流石《さすが》に。ああ、そういえば、先程も話に出ました、陛下のご子息、クランエ師匠の件ですが、それって、結構大きな事実になります？」

「勿論《もちろん》ですよ。それをどう利用するかによって、世界の情勢にも関わってきます」

サイトピアの天才召喚師、クランエがマドカピアとサイトピアの血を引く王子であったということには、情報としてかなりの価値がある。一福はアヤメから聞いたのだろうが、マドカピアでもこのことを知っているのは国の上層部の一握りである。

「例えば、クランエ師匠が二つの国の架け橋となる、なんていうことにはならないでしょうか？」

「うーん。それは難しいですね」

「と、言いますと？」

「先程も述べた通り、これまでの歴史がありますから。そう簡単にはいかないですよ。クランエ王子も大変ですよ。いがみ合い、殺し合いをしていた国同士の親善大使なんて。イップク様が先程言ったように、もし、二つの国が元々一つだったとしても、ですね」

一福もそのことは分かっているのだろう。残念そうな表情一つ見せず、次にとんでもない提案を言ってのける。

「では、それをあたしがやるとなったら、どうですかね？」

「………ふむ」

それには返答を躊躇《ためら》ったが、内心、クランエがやる数倍可能性があると感じた。

「イップク様が、サイトピアとマドカピアを、ですか？」

「ええ。まあ、もう既に二つの国で、落語を披露してますからね。こちらには誘拐されてきたんですけど」

そう言ってケラケラ笑う一福を尻目にシノは思案する。

落語で世界を繋《つな》ぐ。多分、元々一つだった、人々を。

そんなこと。そんなことをしたら、それこそまさしく――救世主ではないか。

「そのこと、イップク様は、どこまで本気で考えていらっしゃいますか？」

「まだ、なんとなく、でしか。ですよ」

はぐらかした一福だったが、その瞳は小さく燃え、口の端は不敵に持ち上がっていた。

シノは、目の前にいる人物が本当に自分の知っている楽々亭一福なのか、疑問を感じる程だった。

「ああ、ただ、シノさん。その前に多分、解決しないといけない問題があると思います」

「はい?」

「さっきも言いましたけど、あたしはね、サイトピアがなんらかの形で、マドカピアの心象が悪くなる為の暗示をかけていると思っています。暗示なのか、魔法なのか、分かりませんが。これは、確実です。どうやらその暗示の影響を受けていないあたしにとっては、両国とも、普通の人間に見えますし、人と人との関係性でお付き合いさせて頂いてます」

「は……はい。ですが、何故……」

「その理由は、マドカピアを早く滅ぼしたいからです」

「そんなに憎まれているのですか、僕達は?」

思わずシノは部外者である一福にすがるように、そう問いかけてしまう。

「憎まれているから、でもない気はするんですよね」

「え、ですが、憎む暗示をと、イップク様ご自身が仰っていましたが」

「憎ませるのは手段であり、理由でないとしたら? 例えば、サイトピア側に、世界に知られたくない秘密があって、その鍵を握るのがマドカピアだったとしたら。マドカピアさえ滅ぼしてしまえば、秘密は未来永劫《えいごう》、闇に隠してしまえる」

「その、秘密とは何でしょうか。元々同じ人種だったことに、関係があるのでしょうか」

「多分、ですね……いやあ、ここから先は流石《さすが》に推測の域を出ませんので、口には出さないでおきましょう」

「…………そうですか」

これは確実に先程シノがマドカピア軍の情報を漏らさなかったことへのお返しであった。あの一福が、最後には駆け引きめいたことまでやりだすのだから、シノはもう笑うしかなかった。

◇　◇

さて、後日、デビルズダイニングの高座で、一福の落語が始まろうとしていた。

「マドカピアには沢山の職業があるようですね。魚を釣る方にも色々とあるみたいで、漁師さんもいれば釣り師さんもいて、釣り師さんの中にも川釣り師や沼釣り師や色々とあるそうで。これね、あたし達の業界でも似たようなものなんですかかね。噺家《はなしか》は噺家でも区分がある。江戸落語や上方落語で、地域は分けられてますし、屋号もあります。楽々亭、幸福亭、月光亭、成仏亭、往生亭、椿家、花房家等々、そう考えますと人の仕事の文句言ってられませんね」

一福が屋号を羅列してもターミナルの人間には理解出来ないが、それでも彼がなにやら多くのハナシカの名前を挙げているのは分かるので、ふんふんと興味深そうに相槌《あいづち》を打っている。

「さて、今日はそんな川釣り師さんが主役の落語です。『骨つり』という一席で、お付き合い下さい」

一福が扇子で舞台を、トンと叩く。

次の瞬間――世界が、変わる。

『さあ、釣れないなー。まったく、最近の異常気象の所為《せい》で、魚が別の所に逃げたかもしれないしな。大変だよ』

釣り師が愚痴を言いながら釣糸を投げる。少し待つと、ちょっとした手ごたえが感じられた。

『ん？　おお、何かかかったか？』

一縷《いちる》の希望を抱いて、竿《さお》を引くと、針の先には骨がぶら下がっていた。

『うわ、頭蓋骨だよー。まったく、こんなんばっかり釣れて、最悪だよー』

もう、その時点でデビルズダイニングでは笑いが起きていた。釣りだけに限らず、川沿いを歩いていたら骨を見つけることが結構あるからだ。

釣り師が泣きながら頭蓋骨を捨てようとしているところに、通りがかりの僧侶から声をかけられる。

『これこれ、亡骸を捨ててはいけませんよ。ちゃんと供養してもらいなさい』

『うーん、そりゃそうだわ。じゃあ、僧侶さんの所でお願いしますよ』

『では、私の神殿なら十サークルの二十パーセントオフで供養することが出来ます』

『なんだよ。金取られるのかよ。商売上手だなー』

『あっはっは』

文句を言う釣り師を笑い飛ばす僧侶。彼はきっと、誰かが死体を釣り上げるのを待っていて、こうやって商売をしているのだろう。

『俺からすれば、目当ての魚も釣れずに頭蓋骨釣り上げて、挙句《あげく》に供養だなんだで金取られたら稼ぎも何もない、ただの大損じゃねえか』

文句たらたらの釣り師に、別の男が声をかけてくる。

『そこの釣り師さん。私なら、その倍の値段でいいですよ』

『え？　倍の値段？　何言ってんの？　二十サークル払わないと駄目じゃん。絶対嫌だよ』

釣り師のリアクションに、男は笑いながら首を横に振る。

『そうじゃありません。供養の値段の倍、私が払ってその骨を買い取りましょうと言っているんですよ』

『え！？？　あんた、この骨を買い取ってくれんの？』

『ええ、私はネクロマンサーです。その骨はなかなか良い質ですので、買い上げたいのです』

確かに、僧侶は供養が仕事だが、ネクロマンサーは供養される前の骨に用がある。金を払ってでも死体を買い上げたい理屈は理解出来た。納得した釣り師は、自分の釣った骨をネクロマンサーに買い取ってもらうことにした。

『ネクロマンサーに売れると、結構な値段になったな。これは良い商売かもしれんぞ。あいつら、死体を探しているからな。最近国のお触れで墓を荒らすのが禁止されたから、一番死体が手に入る場所は戦場か、今ではあの川だもんな！　まあでも、俺の本職は釣り師だから、明日はちゃんと魚を釣るぞ！』

「さて、この釣り師、懐も潤ったものですから、酒屋でお酒をたんまりと買って、家へと帰ります」

家で楽しく酒を飲んでいると、コンコンと扉を叩く音が聞こえてくる。

『え？　なんだ？』

『……夜分にすいません。開けて下さい』

『開けて？　誰だい？』

ドアを開けると、そこには魔法使いのローブを着た、ターミナルでは珍しい程真っ白な肌の美しい女性が立っていた。

『あんた誰？　家を間違えているんじゃないの？』

『いいえ、そんなことありません』

『だけど、俺にはあんたみたいなべっぴんさんの知り合いなんていないよ』

正直にそう告げる、胡散《うさん》臭そうな視線の釣り師に、女性は衝撃の事実を告げる。

『実は、私は、昼間貴方様に拾って頂きました亡骸です』

『え？　あ、あんた俺が昼間に釣った、御遺体の？　頭蓋骨？』

『ええ、そうです。あの川の近くのクエストでモンスターと戦って命を落とした魔法使いです』

『マジか。いや、あのネクロマンサー、凄いレベルなんだな。こんな、生きているみたいに蘇らせられるネクロマンサーなんて、初めて見たよ』

確かに色の白さは気になったが、目の前にいるのが死体だとは思えない。それ程、女性は綺麗な姿だった。

『ええ、今晩は蘇らせて頂いたお礼にやってきました』

『え、いや俺は別に骨を釣っただけで、蘇らせた訳ではないけど』

『いえ、貴方様が釣りをして私の骨を拾って下さらなければ、こんな形でも、再び地面に足をつけることは出来なかったでしょう。貴方は命の恩人です。御主人様からも是非お礼を差し上げてこいと、言われております』

『ああ、そう。いや、俺はよく骨を釣るんだけど。でも、供養くらいはしてあげないとって、また川に放り返したりはしないかな』

『慈愛に満ちた、素晴らしいお考えです。あ、お酒をお召しになられていたのですね。これは気が利きませんで、お注《つ》ぎしましょう』

『あ。ああ、ありがとうございます』

そっと男の横に座る魔法使い。死体とは思えない良い匂いにクラッとする。

『さあ、今日は私が朝までお付き合いさせて頂きますので、どんどん飲まれて下さい』

『おお……………うっひゃあ。こりゃあ、最高だぜ……ッッ!!』

「まあ、骨の恩返しというものでしょうか、この釣り師の男は、その晩、夢のような一夜を過ごしたのでした。そして、それをこっそり覗《のぞ》いていたのが隣の家の男です」

『あいつ、あんな美女と……、羨まし過ぎる！！！！！　羨まし過ぎるぞおおおおお！！！』

隣の男は釣り師に、一体どういう経緯で美女が現れたのかを聞く。

『なんと？　頭蓋骨を釣り上げてネクロマンサーに売ったら？　マジか!!　よし、俺も同じようにやってやるぞ！』

直ぐに竿《さお》を掲げて川へとやってきた男。しばらくすると、川面が揺れ、糸が引かれた。

『よっしゃ！　かかったな!!』

竿を上げると、大きな魚がかかっていたが、男はがっかりと肩を落とす。

『ったく、なんだよ。こんな魚なんかいらねえよ！！！』

そう吐き捨てて、釣った魚を思い切り川へ放り投げた。

その様子を、周りで釣りをしている者達は不思議そうに眺めている。

『おい、見たか。あいつ、あれだけ大きな魚釣ったのに、リリースしちまいやがった』

『頭でもおかしくなったのかね』

「それからも何度も魚を釣り上げますが、男は全て川に戻してしまいます。そして、それから一時間経った後に、用を足そうと中州に立ったところ、足元に埋まっている立派な頭蓋骨を見つけます」

『おお!!　やった!!　こいつは最高に硬くて素敵な頭蓋骨だ！』

大喜びしながら頭蓋骨に頬《ほお》ずりをする男の様子を見て、周りの者はいよいよ気味が悪くなってくる。だが、男はそんなことおかまいなしに頭蓋骨を持って走り去り、ネクロマンサーの元へ売りに行く。

『おお、これは立派ですね。では、これだけの値で買い取りましょう』

『え、こんなに⁉　やった‼』

隣人の言う通りに事が運び、大喜びの男。収入も得て、男は帰りに酒を買い、家路を辿《たど》る。

酒を飲みながらワクワクして家で待っていると、夜更け頃、扉が叩かれた。

『きた！！？　待ってました！！！』

『今日、頭蓋骨を拾ってもらった者だが……』

『はいはいはい‼　お待ちしてましたよおおおーー！！！』

早足で扉を開けると、そこには重厚な鎧《よろい》を着た、筋骨隆々の男らしい戦士が立っていた。

『うわあ！！！』

思わず悲鳴を上げる男だが、男らしい戦士は家の中へと入ってくると、直ぐに礼を述べる。

『我はあの中州で死んでいたガチムチな戦士である‼　よくぞ我を蘇らせてくれた‼　お

礼に朝まで付き合おう!!!!』

『ぎゃあああああ!!!　ウソだろう。いや、そんなの全くいらないので、か、帰って』

『まあまあ、遠慮するな遠慮するな。さあ、共に夜を明かそうぞ!!』

『なんだよこいつ。えらいグイグイ来るな!』

骨を見誤ってしまったことを後悔する男。悔しがりながら、大声でこう叫ぶ。

『うわあ、まさかこんなことになるなんて!　骨釣って、蘇らせたは良いけど、こいつは随分、ヨミが甘かった』

一福がオチを口にして頭を下げると、酒場から大きな拍手が鳴り響いた。

◇　◇

「あっはっは。面白いもんでんなあ」

自分をモデルに落語が作られるなんて、こんな夢のようなことがあるなんてと、ルアーは涙が出る程誇らしい気持ちで高座に向かって喝采を送る。

だが、手放しで喜んでいる訳にもいかない。自分の職業はやはり釣り師である。釣り師は魚を釣ってこそ。一福の落語にモデルとして登場したのは嬉しいが、これを戒めに、自分は死体ではなく、魚を釣って生計を立てていかなくてはならない。

そう、決意を新たに表情を引き締めた時、一人の女性から声をかけられた。

「あんた、釣り師のルアーだね」

「え、ああ。そうやが」

見ると、なんだかジャラジャラした飾りを着けた、長身の美女が立っていた。

「今のラクゴ、観てたかい？」

「え？　い、今の？　ああ」

なるほど、きっとこの女性はルアーと同じく落語のファンで、今回の噺《はなし》のモデルとなったルアーに興味があって、話しかけてきたのだろう。装備は眼鏡と骨の付いた装飾品ばかりでかなり化粧も濃いが、顔そのものはかなりの美人である。

「ええと。そう、ほんまや。今のラクゴは俺がモデルやで」

「知っている。最高だったぞ」

――手放しに褒めるやん。照れるし。

あまりにも直球で褒められ、ルアーは嬉しくなる。

「いや、せやかて今のはほら、イップク様は俺のこと、誇張した感じで仕上げてくれはってるから、別に俺があんな釣り師って訳じゃなく。ていうか、別に憧れるようなネタちゃうやろ。あはは!!」

自虐的に突っ込みを入れて大きく笑うルアーに釣られて笑うことなく、尚も美女は真剣な眼差しを彼に向け続ける。

「誇張か。私はそうは思わないぞ。すごく……そそられる」

——グイグイくるやん。この美女。えらいグイグイくるやんけ！！！

「私の名前はネクロン。単刀直入に言う。ルアー。私のパートナーになってくれるか」

「！！！　いや、パートナーとか、そういうのはまだ早いというか。そんなん、お互いをもっとよく知ってから、やなあ」

「ええい、つべこべ言うな。私はお前が欲しいんだ！！！」

その声に周りもニヤニヤと笑いながら、冷やかしを含んだ視線で様子を窺《うかが》っている。

「ちょ！　声がでかいって。また。ちょ、ちょっと、外で話さんか？」

その提案に、ネクロンは大きく頷《うなず》いた。

「いいだろう。よし、では早速川へ向かうぞ!!」

「川!?　なんやあんた。川に行って何をする気なんや」

「したい」

赤紫のルージュに染まった唇から放たれるその言葉に、ドクンと、鼓動が鳴る。

「し、し、『したい』って。おま、はしたな過ぎるやろ。いくらマドカピアの女や言うても、そら、はしたな過ぎるわ。よう言わんわ。そら、確かに人がいない川は、知ってるは知ってるがやな……」

「よし、じゃあそこに行こう！」

あまりにグイグイくるので、いよいよルアーは勘ぐってしまう。

「あんた、あれちゃうか。ラクゴやないけど、俺がこの前拾った髑髏《どくろ》やないやろうな。可哀そうやからって丁重に埋めてやったのを恩義に、俺の前に現れたんか？」

「いや、私は生身の人間だ。髑髏は今から探しに行くんだぞ！」

「は？　何を言ってんねん？　今から川に行くんやろ？」

「ああそうだ。川に死体を探しに行くのだ!!」

「死体!?　なんでやねん」

「さっきから言っているだろう。死体、と」

「死体？　あ！『したい』やなくて、『死体』かい!!」

ルアーは額を押さえて呻《うめ》くように突っ込むが、美女は全く動じない。突然死体を探しに行くと言われ、ルアーは訳が分からない。

「えー、嫌やわーー!!　昨日だって三体死体を釣り上げたんやで」

「おお！！！　最高じゃないか。なんでそれを早く言わない。そういえばまだ先の戦で命を落とした槍隊《そうたい》の副隊長の亡骸は揚がってなかったな。よし、他に先を越される前に行くぞ!!」

「ちょ、ちょっと、いや。腕を引っ張るな!!　なんて強引な女なんや！」

　嫌々ながらもコンビを組んだ二人であったが、ルアーには骨を釣り上げる才能があり、初日だけでも十体近くの死体を釣り上げるのだった。また、彼の釣る骨は不思議と保存状態も良く、それに惚《ほ》れ込んだネクロンの賛美も、ルアーは複雑ながらもやはり耳には心地よく、結局ズルズルとコンビを組むこととなる。

　ここに、マドカピア初の、釣り師とネクロマンサーのコンビが誕生することとなる。死体を釣って、蘇らせる手法はこれ以降流行し、数年後、マドカピア軍にネクロマンサー隊が設立される運びとなる。

一福のちょっと一服

骨つり

男が川で釣りをしていたが、魚は全く釣れずに、人の頭蓋骨を釣ってしまう。男がその骨を寺に持っていって供養してあげると、その夜、男の家に昼間釣ってもらった骸骨だと名乗る女が訪ねてくる。親切にしてもらったお礼にと、二人で酒を飲んで夜通し過ごすことに。

それを見ていた隣の男が、同じ思いをしようと釣りに出かけるが、魚は釣れるがなかなか骨が釣れない。中州の地面に埋まっている骸骨をようやく見つけて、隣の男は喜んでそれを抱えてお寺で供養してもらい、家に帰ってわくわくしながら待っていると、やってきたのは派手な着物を着た、太刀を持った大男。

『礼をしにきた。夜伽《よとぎ》をしてやろう』

隣の男はたまったもんじゃないと悲鳴を上げる。

『もう帰ってくれ。あんた、誰なんだ？』

『我が名は石川五右衛門という』

そこで男は合点がいき『なるほど、やはりカマには縁がある』というサゲで終わります。

石川五右衛門が釜茹《かまゆ》でで処刑されたことと、オカマをかけた駄洒落《だじゃれ》落ちですね。

江戸落語では『野ざらし』、上方落語では『骨つり』と呼ばれて、骨を釣る部分は同じなのですが、ストーリーがちょっと変わってきますね。『野ざらし』の場合、隣の男が骨を見つけて酒をかけて供養した際に、自分の住所を教えると、それをたまたま聞いていた幇間《たいこ》持ちが、生きている女性と男が約束をしていると勘違いして、住所を訪れる、という流れとなっています。

あたしの世界でこのネタを演る際、昔は確かに骨が釣れたかもしれないんですけど、現代ではなかなかそういうこともなくて。ですがターミナルだと川で骨が釣れるなんて日常茶飯事でしょうから「あー、あるある」という笑いが起きますのでこういう落語はやりやすい訳です。

ただ、それを供養して幽霊になって恩返しにくることに関しても「あー、あるある」と思われてしまうと、今度は驚きがないというか、面白さが半減してしまうんですよね。なので、ネクロマンサーさんが骨を蘇らせて、恩返しにくるという少し捻った展開にしたっていうのに、すぐにそれを真似して、あるあるに変えてしまうような動きがあるから、この世界は嫌いなんですよ。落語を超えてくんなっつうの（笑）。

……さて、それではお後が宜しいようで。

三席　ドラゴンの皿【猫の皿】

「さあ、ラッカ様。今日も来ましたよ」

鉄格子の向こうに着物の男の姿を見つけると、ラッカはあからさまに嫌な顔をして、ため息をつく。

「毎日毎日、本当にあんたも懲りないね。それに今日は結構な早朝じゃねえか？　一体どうしたいんだよ。俺のことはもう放っておいてくれないか？　それとも何か？　ここから脱走でもさせてくれるってのかい？　確かにここの門番はサイトピアの無敵の牢獄門番へブン＝コスナーさんに比べて弱っちそうだけどよ」

ふざけてそう返すが、一福は否定する訳でもなく、妙に神妙な顔で突っ立っている。

「なに？　本当に俺を脱走させる気なのかよ」

「うーん、ラッカ様をここから出す手段を考えてはいるんですけどね。最悪、脱走というのも悪くないですね。まあ、一緒に考えましょうよ」

「一緒にかよ。ていうか、思ったけど、よくあんた俺への面会が通ったよね。それこそ、脱走なんて企てているってのに」

「まあ、こちらの有力者の伝手《つて》を頼ってお願いしているだけなのですが。勿論《もちろん》反対されている方もいるでしょうが、基本的にはあたしはラッカ様のこの独房には出入り自由とさせて頂いております」

「ふーん。とんでもない有力者みたいだな」

一福が言っている人物とは、マドカピア国王モーニングラウンドと、その娘のアヤメのことなので、有力者どころかこの国に於《お》ける最高権力者である。

「それならそいつらに頼んで、俺をここから出してくれよ」

「それは、流石《さすが》に色々な事情で難しくてですね。全面的に協力してもらうと立場を悪くされる方々でして」

申し訳なさそうに告げる一福にラッカはかすかな苛立ちを覚える。

——どこでもかしこでも仲良くやりやがって。良いご身分なこった。

マドカピア全域に立ち込める闇の気が自分に覆いかぶさってきていることをラッカは認識していた。

「ていうか、別にいいよ。俺のことなんて気にしなくてもよ。放っておいてくれよ。あんたはこっちで楽しくやってろよ。なんでだよ。別にマドカピアにやってきたことだって、俺が勝手にやったことで、あんたには関係ないんだよ」

「いえ、そうはいきません。あたしの所為《せい》でこんなことになったんですから、なんとかお助け出来ないかと思っております」

　その言葉は結局一福自身の自己満足に過ぎない。ラッカはそのことをはっきりと本人に伝える。

「あのな。結局あんたは、自分の所為で俺が死ぬのが嫌なんだよ。後味悪いからな。自分を助けにきたヤツが惨《みじ》めにも闇に飲まれて、捕まった。ただそれだけのことさ。それを、あんたは欠片《かけら》でも自分の所為だと、自分が関係していると感じてしまいたくない。後ろめたさを感じているだけじゃねえかよ」

　そう言われると、一福は反論することもなく、その事実をあっさりと認めて、観念したように笑うのだった。

「もう、全くその通りですよ、ラッカ様。あたしはね、自分が行ったことで、何か変わってしまうことがとても怖かったんです。あたしの落語で物事が動く。何かが進展する。それが怖くてたまらない。だけど、落語を捨てる訳にもいかない。落語はあたしの全てでしたので。それが、ジレンマでした。落語は演らない訳にはいかないが、落語の影響や責任は絶対に見ようとしない。見たくない。知りたくない。その、あたしの無責任のツケとして、あはは、なんとなくですけど。ラッカ様がそのツケを全て担いでサイトピアからやってきた、借金取りに見えましたね。あっはは」

屈託なく笑ってこそいるが、それこそが包み隠さない一福の本音だろう。

これだけ自分の心情を語る一福をラッカは見たことがなかった。自分の巻き添えに、歴史の表舞台に引きずり込もうと色々と画策しても、靄《もや》のようにはぐらかし、落語という霧の中にこもって隠れていた、あの男は今、目の前にはもういない。

次は嫌味でもなんでもなく、ただ聞いてみたくなり、ラッカは尋ねる。

「その借金取りはこうやって牢屋にぶち込まれちまったけど、どうなんだよ。あんたはそのツケを清算出来たのか？」

「いえいえ、まったくですね。この世界であたしの落語で起こってしまった出来事っていうのが、これがもう多過ぎて多過ぎて。利息の回収作業だけでも大変ですよ」

「け！　今更気が付いたって遅いんだよ」

「ええ。ですがラッカ様は生きてますので、まだ手遅れではありません。そういう風に、色んなことに関わっていく機会が、あたしにはまだあるんです。そう、ラッカ様の仰る通り、これは全てあたしの醜いエゴ、人間の業でございます」

そう、まだラッカは生きている。それが、一福の救いであり、行動指針であった。

「へいへい、それなら精々俺を長生きさせてくれよ。そうしたら借金も完済できるしな」

「それだけじゃあ、ありませんよ」

そう呟《つぶや》いた一福の瞳を見て、ラッカは思わず息を飲む。

「なにも、今までやってきた落語の尻拭《しりぬぐ》いだけするつもりはありません。これからですよ。これから演る落語にも、注目して頂けましたら幸いです」

「な、なんだよ。ラクゴで世界でも救おうって面だな」

「あっはっは。いや、こうなったらもう落語で世界を壊してしまおうか、ぐらいに思っています」

「壊す!? そいつは豪快でいいやな！　あはは」

そこで思わず、ラッカは笑ってしまった。

そんな自分に驚き、直ぐに不貞腐れた様を演じて、横を向く。

「もういいわ。別にあんたが俺の生き死にの面倒見る必要はないから。これはまあ、普通に気にしないでくれよ。いや、俺はもうこの枕で寝るだけだよ」

「さっきもお聞きしましたが、今日はどの枕を使ったんですか？」

「ふん。これさ」

そう言ってラッカが背中越しに、枕の側面のダイヤル枠の中の、財布マークを見せる。

「財布。すると、お金の夢ってことですか。見られました？」

「まあ、な」

夢の中で、ラッカは金の中に埋もれていた。

金銀財宝、宝石を放りながら、どんちゃん騒ぎを行っている。

夢の中で財を手に入れ、楽しく酒を飲み、女性をはべらせているラッカだが、実に心の中は渇いていた。

金があれば好きなものを買えるし、皆も寄ってくる。だけど、それだけだ。

何故なら、ラッカも、金で国に売られたようなものだったからである。

ラッカは、貧しい村の、活発な少年であった。ただし、幼い頃からステータスの体力値が高く、タフであっただけ。村の討伐隊に混ざってモンスターを退治することも多々あった。

そんなラッカが十歳の頃、都からの使者によって選ばれたのだ。

「なんでだよ。俺が勇者？　そんなこと初めて聞いたぞ」

「私もだよラッカ。どうやら我が村には昔、武勲を上げた英雄がいたそうだ。その方がこの村をおこした方で、村の皆の御先祖様ということだ。それで使者殿が来たらしいが、その中でもラッカ、お前の才能が選ばれたのだ」

「え？　じゃあ、マジで勇者なの俺？」

「それは今後のお前の頑張り次第だそうだ。同じような境遇の、英傑の子孫に声をかけて回っているらしい。隣の村でも一人、お前と同じ日に都に上る者がいるそうだ」

「……それって、要はそこそこ見込みがある奴に片っ端から声かけているだけじゃないの？」

「そうかもしれん」

父親の言葉の芯は、既にそこになかった。とにかく父親は小さな村の中でも虚栄心の強い男だったので、自分の息子が選ばれたという事実だけがあれば良かったのだ。未来でラッカが生き残ろうが脱落しようが、どうでもいいという気持ちがラッカには伝わってきた。更に、国から巨額の援助金を貰《もら》い、村も潤うそうだ。

つまり、ラッカは村と親から、金で売られたのだ。

それからラッカは努力で最後の一人にまで残るのだが、家族にそれを伝えに行くこともなければ、家族が会いに来ることもなかった。村の代表としてシンサ一族と名乗っているが、ラッカにとってそれは、忌むべき名前ともなっていた。

金があればなんでも手に入る。だけど、金で、人は変わってしまう。冒険者ギルドでも、金の貸し借りでのトラブルが多い。

夢の中、金で大騒ぎする自分を俯瞰《ふかん》して見ながら、ラッカは苦笑する。

「まったく、なんて夢だ。金の夢ならもっと、それこそ現金に喜んでおけばいいのに。それを上から眺める夢なんざ、悪趣味にも程がある。これじゃあ俺も親父と変わりはしない。俗人だよ。勇者が聞いて呆《あき》れらあ」

「まあ、そういうもんだよ、ラッカ」

チリンと両耳のピアスを鳴らし、空中に相棒のピートが現れる。

「また現れやがったな、お前は。お前の顔を見るのは昼寝の時だけにしておいてくれよ」

「金はあって困るものじゃないけど。って僕が言うのはよくないかな。僕は世間的にも恵まれている方だからね」

その口ぶりは、まさにピートらしい意見であった。ピートは自分の育ちの良さをよく理解して物事を考えて、口にすることが多かった。

「まあ、でも確かに俺が言うのとお前が言うのとじゃあ、違うかな。元々持たざる者のなんたらってヤツさ。本当に何も食べるものもない貧しい奴や子供からすれば、それこそ金を神様みたいに崇めることだってあるし、それを否定しやしねえ。金が全てじゃねえ、なんて綺麗事を口にする奴は、そもそも金をそこそこ持っている奴なんだからさ。それなら全財産をスラムの子供にでも恵んでやればいいんだよ」

「だけど、金があっても、どうしようもないですよ。ラッカ兄さん」

今度はクランエまで現れたから、ラッカは目を丸くしてしまった。

「ああ、お前もか。夢とはいえ、随分久しぶりだな。まあ、なんせ魔王とサイトピアの姫様の子供だからな。その気になれば幾らでも金は手に入りそうなもんだが、そういう問題じゃあないわな」

「私は、そんなものよりも、何よりもピート兄さんやラッカ兄さんに助けてもらった、あの瞬間から、二人の為、この世界の為に何か出来ることはないかと思って、生きてきました」

夢の中なのに、変わらず真面目なクランエに苦笑を浮かべながら、ラッカは言う。

「あのな。あれは、ピートなんだよ。俺は何もしちゃいねえ。ああ、あと年齢的にはお前の方が上みたいじゃねえかよ。俺、それ知らなかったからよ。すいませんね、クランエ兄さん」

「そんなことはない。兄さんは私の兄さんですよ。だって、直ぐに一福様を救出に向かったのも、早くしないと私がまた突っ走って余計なことをしでかしかねないと思ったからじゃないですか。私が無謀に走る前に、先にラッカ兄さんが走る。それをピート兄さんが止める。そうやって私たちは、補い合って生きてきたんです。今回、ピート兄さんがいなかったから、誰もラッカ兄さんを止めることが出来なかった」

「ばっか…… 待て。俺はそんなことを考えた訳じゃあない。俺はただ好きなように、やりたいように行動しているだけなんだよ」

「でも、ここはラッカ兄さんの夢の中ですよ。ラッカ兄さんの心を反映している」

夢の中のクランエが言ったことが正しいのかどうかは定かではないが、事実、ラッカの胸の内は夢のクランエに言い当てられている。

誰かが無謀なことをする前に、ラッカは動く。洞窟に魔剣を取りに行った時も、一人で魔族の砦《とりで》を攻めに行った時も、一見ラッカ個人が無茶をしている風にしか見られていなかったのだが、彼の行動自体に救われている者が多く存在した。無鉄砲を演じながらも、誰よりも人に必要とされたい、という願望が彼にはあるのだ。

幼い頃から、家族に売られ、競争を勝ち抜いてきた彼には、それ以外の生き方はなかった。

――あれ、それなら、同じじゃないか。いや、逆、なのか？

楽々亭一福と。噺家《はなしか》と。救世主と。

誰かの責任を、全て自分で背負いたがる。

金でもない、地位でもない、名誉でもない。

そう、ラッカは、勇者は、彼の正体は、誰かに依存して、誰かに恩を着せておかなくては気が済まない、小さな男。

「そう。だから救世主としてイップクさんがやってきても、君は妙に持て囃《はや》して、逆に彼の活躍や、行動が目立つように動いた」

「ラッカ兄と似たような境遇ですからね、一福様は。サイトピアという国に救世主や勇者として仕立てられた者同士ですから。そして、だからこそ気が付いたんだ。ラッカ兄は。噺家《はなしか》の一福様が、自分と似ているようで、やはり違うということに」

「イップクさんはラクゴしか見ていない。ラクゴを通して誰かを救っているようで、世界を変えているようで、本人は周りを見ようとしない。踏み込もうとしない」

「結局、誰かの為になる落語を演じながらも、世間と関係ないかのように振る舞うその様子を見て、腹が立ってきた。ラッカ兄は頑張って、皆から認められようと戦って、最前線に立つのに、誰も評価してくれない。『勇者だから、当たり前』という呪いで、誰も認めてくれない。ラッカ兄は勇者であろうとしながらも、その実一番勇者を呪っている」

「……違う」

「自己嫌悪ってやつだね」

「…………違う」

目の前で語っているクランエとピートは、もはやラッカの幼馴染《おさななじみ》の二人ではなく、影となっていた。そしてその影の形は、どことなくラッカ自身に似ているのだ。

「だけど旦那は、どこでも、誰にでも受け入れられる」

「本当は、どこにいても、誰のことも見てはいないのに」

「孤独なようでいて、人に慕われる」

「まるで俺とは違う。俺はこんなにもがいているのに、それなのに、皆が離れていく。誰も俺を理解しようとしない。勇者とは、選ばれるものではないのに。全て、俺が死に物狂いで勝ち取ってきたものなのに、誰も認めてくれない。褒めてくれない。そばに……いてくれない。皆、いなくなる……」

「それなのに、旦那ばかり。この世界に、しっかりと立っていない筈《はず》の旦那ばかりが持て囃《はや》される……だから……」

「「……それが気に食わない」」

「違う!!」

　そこで、ラッカは夢から覚めた。

　全身汗まみれで、しばらく起き上がることが出来なかった。

◇　◇

そんな悪夢のような話を聞かれても、正直に答えられる筈《はず》もないラッカは一福の質問に、ヘラヘラ笑いながら、こう答えた。

「今日見た夢は、金の夢だったよ」

「ほう、良い夢でしたか？」

「ああ、金で酒でも女でも、好き放題さ。まったく、楽しい夢だったよ。金があればなんでも出来る」

　まあ、俺にはもう関係ないけど、とラッカは一福に背中を向けて寝転がった。

　話すこともなくなり、一福もじきに帰るだろうと思ったが、一向に来客は立ち去る様子を見せない。そして、地面に座り込むと、こんなことを言い出した。

「寝るしかやることがないというラッカ様に対して、あたしは落語しかやることがありませんから。じゃあ、ここで少し練習でもさせてもらいましょうかね」

「……勝手にしろよ」

「ラッカ様が今日見られたのがお金の夢だということで思いつきました。まあ、お金に目がくらむという噺《はなし》は結構多くありましてね。そりゃあ仕方がない、落語には欲深い人間が沢山出てまいりますし、それこそ人間の業を描く落語に相応《ふさわ》しい登場人物ともいえましょう。そんな中でも『猫の皿』という噺があたしの世界にはありまして」

「………」

背中を向けて、ラッカは何も言わない。

「ただ、これを異世界落語で演るならどうするか、ということに悩んでおりまして。まあ、猫はこちらの世界でミャーゴという名前で、もうまさに猫のまんま存在しますので『ミャーゴの皿』で演じてみようかと思います」

そして、一福はラッカの背中に向けて『ミャーゴの皿』という落語を演じだす。

「骨董品《こっとうひん》を扱う商人が、仕入れの旅に出て、帰路を辿《たど》る際、近道として普段通らない山道を通ります」

『いやあ、今回は散々だったなあ。あの町なら良い骨董品が見つかると思ったんだが、あてが外れた。先に別の骨董商人が来て、買い占めていったのかもしれんが。まあ、こんなこともあるか。ああ、しかし山道も疲れたなあ』

そこで、商人の男は一軒の茶屋を見つける。

『おお、こんな所に山麓カフェがあるじゃないか。丁度良かった。おい、親父。コーヒーをくれ』

『はい、いらっしゃいませ。自家製クッキーもありますが』

『ああ、じゃあそれも頼む』

「…………」

『こんな所に山麓カフェがあって、休憩出来てよかったなあ』

『みゃーご……』

『うわ、なんだ。このカフェ、ミャーゴ飼ってるのかよ。俺、ミャーゴ苦手なんだよなあ。おい、店主、ちょっとミャーゴ俺苦手なんだよ』

「…………」

『あれ、ちょっと待てよ？　あのミャーゴが餌を食べてる皿。妙に出来が良いな。粋というか。デザインが凝っているというか。……あれ？　まさか、七名工の一人、鉄のラインハルトの鉄器じゃないか？　うお、マジか。いや、マジだ。あの独特の傷のついた彫り方はラインハルトにしか出せない。ひょっとして「慈愛の皿」か？　本物なら五千万サークルはくだらないぞ。それをなんでミャーゴの餌皿なんかにして……分かった。あの店主、物の価値が分かっていないんだな……』

「…………」

『おい、店主』

『はい？　どうされました？』

『いや、あの、ちょっと相談なんだが』

『はい？』

『その、そこにいるミャーゴを、譲っちゃくれないか？　いや、勿論《もちろん》タダとは言わない。買い取らせてくれないか』

『え？　ですが、お客さん、先程ミャーゴが苦手と仰っていましたよね』

『あ……いや、その。そう、俺は苦手なんだが、ええと、そう。嫁さんがミャーゴが好きでな。ほら、俺は仕事がら買い付けやなんやで家を空けることが多いからな。前から女房が言ってたんだ。せめてもの慰みにミャーゴでも飼っていたら、一人でも寂しくないんだが、って』

『はあ、そうなんですね。そう言われたら、譲って差し上げなくもないですけど』

『本当か!?　頼む！　譲ってくれ』

『このミャーゴはうちの婆さんも可愛がっていましてね。婆さんに相談しないと……』

『分かった！　早速だが、話をつけてきてくれないか？　一万サークル。いや、三万サークル出すから！』

『え？　たかがミャーゴにそんな値段、つけられませんよ』

『いやいや。大事なミャーゴを譲ってもらうんだから、俺のせめてもの気持ちだよ』

「…………」

一福の落語をラッカは背を向けて黙って、聞いていないふりをしているが、実のところ、しっかりと聞いている。話の筋としては、商人が旅の帰りに入ったカフェで、とんでもない値打ちのある鉄器がミャーゴの餌やり用の皿として使用されているのを見つけたというもの。それをどうしても手に入れたい商人が、ミャーゴごと買い取ろうと画策するのだ。

『よし、じゃあ金も払ったし、これでミャーゴは俺のものだな』

『ええ、文句ありませんよ。ミャーゴは持って帰って下さい』

『ああ。あ、だがな、このミャーゴも突然住む場所が変わったらびっくりするだろう。それで餌を食べなくなってしまっても可哀そうだからな。あ、そうだ。この鉄器。ミャーゴが元々使っていた餌の皿を一緒に持っていくぞ。文句はないな』

『いやいや、そのミャーゴは別にどの皿だろうが餌はしっかり食べますので、大丈夫ですよ、旅の方』

『あ、いや。そうかもしれんが、一応だな。ほら、別にこんな値打ちのない皿の一つや二つ、持っていっても構わんだろうが』

『いや、そういう訳にもいかないんですよ』

『え？』

『旅の方にはお値打ちが分からないかもしれませんがね。その皿はあの世界七名工が一人、鉄のラインハルトが作った鉄器の一つ「慈愛の皿」なんですよ。値打ちでいいますと五千万サークルはくだらない代物になっております。なので、どうかミャーゴと一緒に持っていかれないよう、お願いいたします』

『…………こ、これが、鉄のラインハルトの？』

『ええ。そうなんですよ。お客さんは分からないとは思うんですが、かなりの業物でして……』

『……いやいやいや!!　そ、そんな値打ちものを、一体なんでミャーゴの餌やり皿なんかにしてやがるんだよ！！？？』

『ええ、これを餌やり皿にしてますとね、不思議なことに、たまにミャーゴが三万サークルで売れるんです』

「…………」

落語が終わっても振り返りもせず、横になったままのラッカの背中に一福は独り言のように呟《つぶや》く。

「どうでしょうかね。まあ『猫の皿』まんまなんですけど」

「…………」

ラッカは何も言わない。一福は立ち上がると、腰をトントンと叩いて伸びをする。

「まあ、ちょっとこれで舞台にかけてみましょうかね。お聞き頂き、ありがとうございました」

背中を向け、扉を開けて、去っていこうとする一福に、ラッカは声をかけてしまう。

「あのよ……」

「はい？」

一福が振り返り、尋ね返す。ラッカはしばらく黙っていたが、頭をくしゃくしゃと掻《か》きむしると、思ったことを口に出した。

「別に今のまんま、ミャーゴでも良いと思うぜ。それでも普通に面白いラクゴだよ」

「ありがとうございます」

子供のように目を輝かせる一福に苦笑して、ラッカは続ける。

「ただし、もしこれを別の動物やモンスターにしたいっていうのならさ、ガーゴイルとかオーガとか、そこらへんにするんだったら、もうそこは思い切ってドラゴンにしとけよ」

「へ？」

「こういうのはさ、ドラゴンの皿で良いんだよ。痛快！　爽快！　で絶対に面白いんだからよ。マドカピアの人間なら尚更喜ぶぜ。それに、ラインハルトの皿も『魔神の皿』が良いかもな」

「ほう、慈愛の皿ではなく」

「ああ、ミャーゴなら慈愛でいいかもだけど、ドラゴンにするなら、鬼程頑丈な魔神が良いな。絶対に」

「ありがとうございます。それなら、そうさせてもらいましょうかね。そうなっていくと、題名は、『ドラゴンの皿』ですね」

　ラッカに丁重に礼を述べると、一福は牢屋を去っていった。

「まったく、俺も人がいいぜ……」

　そしてラッカはベッドに寝っ転がり、夢から握りしめて持ってきた一枚のコインを天井ぎりぎりまで弾くと、片手で受け止める。

「皿で気を引いて、ミャーゴを買わせる…………か。なるほど」

頭上にある枕のダイヤルをカチャカチャと弄《いじ》ってから、自分の頭の下に敷く。

「さてと、お昼寝の時間だな。じゃあ、今日もチャレンジしますかね……」

◇　◇

一福がデビルズダイニングに行くと、直ぐに釣り師のルアーが駆け寄ってくる。

「イップク様！」

「おお、これはこれはルアーさん。どうですか、調子は？」

「どうですかやありまへんで。イップク様の所為《せい》で妙なネクロマンサーの相棒にされて、毎日川に骨や死体を釣りに連れていかされているんですから！」

「それは大変申し訳ありませんでした。まさか『骨つり』を見て、死体を探す手伝いをルアーさんにさせようなんて人が現れようなんて、これっぽっちも思いませんでしたよ。落語の真似して、骨を釣って良い思いをしよう、なんて人はいるかもしれないとは思っていましたけど。事実は落語より奇なり、ですね。あっはっは!!」

一切悪びれる様子もなくあっけらかんと笑う一福に、ルアーは唇を尖《とが》らせて詰め寄る。

「いやいや、笑い事じゃないですよこっちは！　たまったもんやありませんよ」

「それでも、十分な報酬は貰《もら》っているんでしょ」

一福が悪戯《いたずら》っぽく笑ってそう言うと、ルアーは思わず言葉に詰まり、それから渋々頷《うなず》いた。

「ま、まあ。そりゃあ金は良いですよ。ネクロンは国を相手にも仕事してますさかいね」

「それなら、あたしに感謝してもらいたいぐらいですよ」

一福が胸を張ってそんなことを言うものだから、ルアーはたまらず噴き出してしまった。

「あっはっは！　すいません。別に本気でイップク様に文句を言うつもりでもなかったんですよ。せやのに、イップク様が全く悪びれる様子もありませんので、思わず笑ってしまいましたわ。いや、イップク様の仰る通りですわ実際」

完全に一福の主張を認めて、頭に手を置くルアー。

「俺は本意ではないんですけど、それでも一応一定の収入が手に入る仕事を頂いたんで、今日はそのお礼を持ってきましたんや」

「いやいや、そんなこと気になさらなくても良かったのに！　でも、折角《せっかく》なので頂いておきます」

謙遜したのもつかの間、一福は直ぐに両手を差し出して、プレゼントを受け取る。

それは、黒い皮の持ち手の先に、金色の糸と銀の針がついた、小さな釣竿《つりざお》だった。

「これは、竿ですか？」

「マジック竿《ロッド》といいまして、これを使えば落とし物が釣れるっちゅう、便利な魔法のアイテムなんですよ」

「へえ。すごいですね」

「マジコという魔倶師《まぐし》が作ってくれたんです。ほら、ここのボタンを押すと、小さくしまえるんですよ」

そう言ってルアーが竿《さお》のグリップの底にあるボタンを押すと、両手幅程の長さがあった竿は、手のひらに収まるサイズになる。

「へえ、ありがとうございます。あ、これって、頭蓋骨とかが釣れたりしないでしょうね」

「あっはっは！　やっぱりイップク様は最高に面白いですね」

そういえば、マジコという魔倶師の名前を一福は以前にも聞いていた。

――そうだ。モンスター爺様から頂いたドリームジャンボ枕《ピロー》を作ったのも、マジコ様と聞いているぞ。

さぞ名のある技師なのだろうと、そのマジコという魔倶師にも心の中で興味を示した。

「ところでイップク様、今日はどんなラクゴをするんですか？」

「ああ、今日は新作ですよ。『ドラゴンの皿』という噺《はなし》をさせて頂きます。是非、お楽しみに」

ルアーの質問に自信満々に答え、一福は笑った。

◇　◇

「道具屋の中でも、特に骨董《こっとう》の専門の男。北に南に歩いて様々な骨董アイテムを探して回ったのですが、これといって良い掘り出し物がない。まあ、長いこと商売をやっているとこういうこともあると、一旦自宅のある城下へ戻ろうと帰路を辿《たど》る途中、山を下りて、また山を登ろうという所、山と山の谷間に、ぽつんと一軒ある、小さな山麓カフェを見つけました」

それはカフェというには随分さびれた様子の店だったが、ちょっとでも休憩、回復が出来ればいいと、骨董商の男は店の中へと入る。

『おーい。客だぞ。コーヒーをくれー』

店内を覗《のぞ》き込んでも誰もいないようで、骨董商は店の周りを探してみる。

すると、裏は少し大きな平野になっていて、そこにいた生き物を見て腰を抜かしそうになった。

『ド、ドラゴン！！！』

そう、店の裏に大きな青いドラゴンが、寝ていたのだ。

『おや、お客さんですかね』

骨董商《こっとうしょう》が驚いているところに、店から一人の老人が現れて声をかけてくる。骨董商は気が付かなかったが、店の奥に部屋があったのだろう。

『さっき声をかけてくれてましたか？　いや、最近めっきりお客さんが来ないもんだから、幻聴かと思いましてね。はいはい。うちのコーヒーは自家焙煎なので、美味しいですよ』

『い、いや、ちょ、ちょっと待ってくれ！　この、ド、ドラゴン』

『はい？　ドラゴンですか？』

『そうだよ。なんでドラゴンがいるんだよ！』

骨董商の質問に、白髪で、腰の曲がった老人はのんびりと答える。

『ああ、いえね。元々はこいつは野良ドラゴンだったんですけど、このブルードラゴン。うちの裏の畑を荒らしたりして大変だったので、ちょっと私が懲らしめてやったんですよ。そしたらいつの間にか勝手に主従の誓いを立てられましてね。私の傍《そば》から離れないんですよ。まあ、それ以来別に悪さもしないんで、店の守り竜として飼うことにしたんですよ』

『ブルードラゴンを使役！！？？　じいさん何者だよ!!』

これだけの大きさのブルードラゴンを倒すことが出来る者は、並大抵の使い手ではない。冒険者ならSクラス。軍の兵士なら隊長格はあるだろう。

『まあ、昔取った杵柄《きねづか》といったヤツですかね』

そう言って笑う老店主。ひょっとすると、昔は名のある冒険者か騎士だったのかもしれない。

『凄いなじいさん。いや、でもほら俺はドラゴンが大嫌いなんだよ。俺は冒険者でもないけど、たまにアイテムを目当てに高レベルの冒険者についていったことがあるんだけど、最下層でドラゴンと出くわしてよ。俺は命からがら逃げ出したけど、他の冒険者達は全員死んじまったよ。それからドラゴンが怖くてよ。おっかねえじゃないか。強いし、倒せないし。じいさん、よくペットに出来たねー』

『まあ、ドラゴンは頭の良い生き物ですからね。実力差が分かれば、おとなしくしているものですよ……』

『ったく、さっさとケーキセット食べて帰らないと、こっちがおやつにされてしまうぜ』

骨董商は身を震わせながら店に入ろうとした。しかし、そこであるものに目がいく。

（……待てよ、あれ、凄い器だな）

そう、目についたのはドラゴンが餌を食べるのに使っている皿である。

（古代民族の独特の文字に、超精巧なレリーフ。しかもドラゴンが餌を食べる皿にしているっていうのに、一切割れたり欠けたりしていない。原料はアダマンタイト？　いや、鉄器か）

目利きに優れている骨董商《こっとうしょう》には直ぐに分かった。あの皿は、とんでもない名品であると。ひょっとするとドワーフ七名工の一人、鉄のラインハルトが作りし「魔神の皿」かもしれない。

ドワーフ七名工の鉄のラインハルトは基本的に鋼鉄で作る武器や鎧《よろい》が多く残っている。ただし、実は彼は趣味で鉄器を作っていたのだ。その鉄器は彼が亡くなってから各地で発見されるようになり、世界中の骨董屋がラインハルトの鉄器を探して世界を駆け回った。その中でも晩年のラインハルトが自身が地獄に行った際に地獄の料理を堪能する為に拵《こしら》えたのが、「魔神の皿」である。

趣味で作ったにもかかわらず、世界中にあるどんな楯や鎧よりも頑丈な皿だという。骨董コレクター達が血眼になって探したが、いまだ見つかっていない。

何故その魔神の皿が、ここにあるのか。

（魔神の皿だとしたら、五千万サークル？　いや、下手したら一億サークルはくだらないかもしれねえ。そもそも、値段なんてつけられないんだよ。やべえ、震えてきた）

骨董商としては、どうしてもあの皿を手に入れたい。だが、魔神の皿だと言われたら、それを買うだけの元値がない。なるだけ安い値段で手に入れることは出来ないか、骨董商は考えた。

（まてよ。だがあのじいさんがドラゴンの餌の皿に使っているということは、そもそも皿の価値に気が付いていないってことだよな。それならば、付け入る隙がある）

とりあえずあまりドラゴンの方ばかり気にしていても怪しまれる。店に入って席に座り、運ばれてきたコーヒーを飲む骨董商。カップを持つ手も興奮で震えてしまうが、それをグッと抑えて、努めて朗らかな声を振り絞る。

『うーん。旨いな。流石《さすが》は自家焙煎』

『そうですか。嬉しいですな』

『このチーズケーキも最高に美味い』

『ありがとうございます。常連客にも人気のメニューですので』

老店主が笑みを見せ、喜んだところに、骨董商は本題を切り出す。

『そうか。ところで、突然の話で悪いんだが、頼みがあってな』

『頼み、私にですか？』

『あの、ドラゴンを売ってくれないか』

『え？』

『いや、見てみたら、良いドラゴンじゃないか。じいさんもあまり懐かれて困っているみたいだからさ』

『あれ。でも旦那は、ドラゴンが嫌いだったのでは？　ダンジョンでお仲間を殺されたって、さっき仰ってましたけど』

『あ、あはは。いや、俺は嫌いなんだけど、俺は嫌いなんだけど……そ、そう、かみさんが好きでさ！』

『奥様が、ですか？』

老店主の問いに、骨董商《こっとうしょう》は何度も頷《うなず》いて肯定する。

『ああ、ほら俺は旅の商人だからさ。家を数カ月空けたりして、女房はその間一人きりなんだよ。子供でもいればいいんだが子宝にも恵まれずで。だから言われてたんだよ。俺の代わりにドラゴンでもいれば、心が安らぐんだけどねえって』

『旦那の代わりにドラゴンを家に置くっていうのはまあ、あまり聞かない話ですが』

『うん、いや、まあ、ちょっと変わった女房なんだよ』

老店主ののんびりした、だがもっともな突っ込みもなんとかかわして、とにかく骨董商は両手を合わせてお願いする。

『頼む。この通りだ』

『まあ、譲ろうと思えば、あのドラゴンから誓いの牙を貰《もら》ってますから、それを譲渡すれば旦那にあのドラゴンはついていくと思いますけど。あのドラゴンは私もいつの間にか気を許してしまいまして、家族同様でして……』

『それは分かる。勿論《もちろん》、ただとは言わないよ。よし、これだけ払おう！　金で解決する訳ではないが、俺の気持ちだ!!』

　そして骨董商は財布を取り出すと、五万サークルを出して机に置いた。

『五万サークルも!?　いえいえ、たかだかドラゴンに五万サークルも貰えません』

『いや、まあドラゴンの値段ってよく分かんないけど、五万は相場な気もするぞ』

　基本的に、世間一般でドラゴンの売り買いはあまり行われないが、モンスター使い等、または国のドラゴンライダーに売る際では、相場としては五万ぐらい、というのは一福もモンスター爺に取材をして聞いていたことである。

『いや、それなら更に上乗せだ。七万サークル、いや、十万サークル出そう』

『十万！　それは高過ぎですよ』

『いいんだって。それで何か贅沢でもしてくれよ。俺の気持ちなんだから』

　テーブルに置かれた十枚の金貨をしばらく見て、老店主は小さく頷いた。

『分かりました。そこまで言うのでしたら、あのドラゴンは旦那に譲りましょう』

　そして、老店主は一度店の奥に入ると、牙が紐《ひも》にくくられた首飾りを持ってきて、骨董商に渡した。

『これを持っていれば、ドラゴンはついてきます。牙のかざし方によってドラゴンの行動を幾つか決められますので。その説明を書いた紙も、こちらに……』

骨董商《こっとうしょう》は内心では涙が出る程喜んだが、それをある程度抑えた風に笑顔を見せた。

『いやあ、店主、ありがとうな。これで女房孝行が出来る！　ああ、そうだ。だけどな、あのドラゴンもこの店で随分世話になっているんだろう。餌も貰《もら》ったりしているしな。あ、あの、皿が変わったら餌を食べないなんてことがあったら困るな』

骨董商の言葉に老店主はカラッと皺《しわ》を顔に寄せて笑った。

『あはは。いや、皿で餌をやっていたのは遊びみたいなものでして。まあ元は野良ドラゴンですので、地べたに骨付き肉でも転がしてやればいいんですよ』

『いやいや、さっき店主も言ったようにドラゴンは頭の良い生き物だからさ。遊びだろうが洒落《しゃれ》だろうが、一度慣れ親しんだ皿があると、それじゃないと受け付けなくなっちまうんじゃないかな……』

『いやあ、大丈夫だと思いますけどねえ』

ここで断られてはたまったものではない、骨董商はそのまま話をしながら外に出ると、ドラゴンのいる裏庭まで行き、皿を手に取った。じかに手に取ってみて、確信した。精巧な作りと深い魔力の通った鉄器。これは、鉄のラインハルトの遺作、「魔神の皿」である。

真上ではブルードラゴンが目を開け、ジロリと骨董商を見下ろしている。

『ほ、ほら。まあ、いいじゃねえか。そんな大層な代物じゃあるまいし。じゃ、じゃあ、この皿も貰っていくぜ』

ドラゴンは途中で山に返してやればいい。どうせ野良だったんだから、牙を崖から放り投げれば勝手に野生に返るだろう。

だが、そそくさと店を立ち去ろうとする骨董商の前にサッと回り込むと、老店主は、はっきりと告げる。

『ああ、旦那。いや、本当にダメなんですよ』

その真剣な口調に、骨董商はドキリとする。

『な、何がダメなんだい』

『いえね。旦那はご存じないかと思いますが、実はその皿はとても高価な代物でして……』

『……ほ、ほう』

『ドワーフ七名工が一人、鉄のラインハルトが作ったとされる「魔神の皿」なんです。値段にするなら、一億サークルはくだらないかと』

『…………ふ、ふうん』

『いや、昔この店をラインハルトが訪れた際に、うちのコーヒーに感動して、置いていってくれたものなんですよ。なので、それだけはお譲りする訳にはいかないんですよ』

『…………』

老店主は全て知っていたのだ。ラインハルトのことも、あの皿の価値も。なら、何故そんな皿をわざわざドラゴンの皿にしていたというのか。我慢ならず、骨董商《こっとうしょう》は老店主に尋ねる。

『おい店主。なんでそんな高価な皿をドラゴンの餌やりに使ってんだよ!?』

そう聞かれると、老店主はにっこりと微笑んで、こう返すのだった。

『へい。この皿でドラゴンに餌をやっていますと、時々ドラゴンが十万サークルで売れるんです』

一福がオチを口にして頭を下げると、酒場ではドッと笑いが起き、拍手の音が響き渡った。

◇　◇

一福の落語を見ていた一人のおじさんがいた。

そのおじさんは、近くのカフェの店主だが、落語好きでしばしばこうやってデビルズダイニングを訪れていた。隣の宿屋の店主も同じで、今日も二人で連れ立ってやってきていたのだ。

「いや、これは楽しいラクゴだった」

「だけど、あれだな。これってお前も真似できそうだな」

「え？　何を言っているんだよ。うちがカフェなだけだろうが」

カフェの店主であるおじさんは笑って反論するが、宿屋の店主は尚も食い下がる。

「いやいや、お前ん所、じいさんが残した骨董なんかあるだろう？」

「ああ、そういえばそうだったな……」

「その中でも結構な値段のする皿を出して、ドラゴンの餌やりに使えば、目利きの客が引っかかってドラゴンを十万サークルで買おうとするんじゃないの？」

「あっはっは。そこがまずおかしいから！　そもそもドラゴンなんか飼える訳ねえじゃねえか」

そうカフェのおじさんが笑って突っ込むと、宿屋の店主はようやく舌を出して笑った。

その時はそんな冗談めいた会話で終わったが、カフェに帰ってから、おじさんはふとその会話を思い出し、奥の倉庫の中にある皿を引っ張り出してきた。

「あった。じいさんのコレクションの中でも一番自慢していたやつだ。これは、魔神の皿なんて程遠いけど、確か『勝者の皿』っていって、ラインハルトではないけど、そこその職人が作ったヤツだったよな。いや、確かにこれを使えば似たような真似は出来るけど。ドラゴンを飼ってそれに餌やりをすることなんて…………まてよ？」

おじさんはそこで考えた。別にドラゴンにこだわる必要はないのではないだろうか。

「そもそも、ドラゴンじゃない方がやりやすいんじゃないか？　ミャーゴを飼って、ミャーゴの餌やり皿に『勝者の皿』を使えばいいんだもんな。うん、それなら、ミャーゴを近くの裏路地から連れてくればいいんだな。あ、いや、そうか、まあラクゴに則ってやるなら、ドラゴンじゃなくてドラポンでもいいのか。……そうだ、ドラポンにしよう。洒落《しゃれ》が利いてるしな」

ドラポンはドラゴンとは似ても似つかない、一福の世界でいうところの「こけし」に似た形状のモンスターで、料理の材料等で使われることもあるが、泥に似た食感と味で、食材としてもモンスターとしても、全く人気のない存在であった。

ドラポンなら近くの橋の下でよく見かける。そんなにレベルの高くないおじさんでも捕まえることは可能だろう。早速おじさんは近くの川へと向かった。

「おお、ドラポン。何匹かいるな……」

橋の下の茂みを探してみると、何匹かのドラポンを見つけることが出来た。

どのドラポンにするか、吟味していると、妙な配色のドラポンを発見する。

「お、少し変わったドラポンがいるな。よし、あいつにしよう」

一匹、金色やピンク色が絶妙にダサく混じった光り輝くドラポンがいたのだ。ちょっと気持ち悪いが、なんとなくそれに決めたおじさんは早速そのドラポンを拾って帰り、自分のカフェの店先に置くことにした。そして、そのドラポンの餌の泥を入れる皿に勝者の皿を使うことにした。


しばらくは店先に気味の悪い配色のドラポンがいることで、客がめっきり減ることとなった。だが、それから更に数日経ったある日のことである。一人の白髪の老人の客がやってきて、ケーキセットを食べ終えると、ドラポンが欲しいと言ってきたのだ。

「おい、主人。あの店先にいるドラポンだが、わしに譲ってくれ」

——かかった！　やったぞ！

おじさんは興奮を抑えつつ、惚《とぼ》けた表情で首を傾げる。

「え、あのドラポンをですか？　ああ、ひょっとして奥さんが家で一人で寂しいから、ペットとして飼うんですか？」

「どこの世界にあんな気味の悪いドラポンを女房にあてがうヤツがいるか。ただ欲しいんじゃ」

「いや、ですが、あのドラポンはもう私にとって家族みたいなもので……」

「ますます気持ちの悪いことを言うヤツじゃなあ。ドラポンのどこが家族じゃ。分かった分かった。それなら金を払おう。ほれ、五万サークルじゃ」

「ご、五万サークル！！？？」

おじさんは驚愕《きょうがく》した。まさに落語の通りである。だが、あれは魔神の皿だったから五万だったのだ。まさか、この勝者の皿にもそれぐらいの価値があるというのだろうか。

落語だとここから少しごねて十万に値段を上げるのだが、おじさんにはもうそんな余裕はない。早く五万で買い取ってほしくて、首を縦に振る。

「わ、分かりました。ではこのドラポンをお譲りしましょう」

「おう、すまんな」

「では、ドラポンを使役する為の首飾りを……」

「何を言っておる。ドラゴンじゃあるまいし、手づかみで連れていけばしまいじゃ、こんなもの」

そう言って、老人はドラポンをむんずと掴《つか》むと、手慣れた様子で自前のモンスターボックスの中に入れてしまった。

——さあ、ここでくるぞ。

おじさんは身構えた。「ああ、皿が変わってはドラポンも餌を食べないかもしれない。

その皿も一緒に貰《もら》い受けるぞ」と、この老人は絶対に言うだろう。

「突然の頼み事を聞いてくれてありがとう。すまんな。では、世話になったな店主」

だが、そこで老人は一言礼を言うと、そのまま店を去ろうとするから、おじさんは思わず呼び止めてしまった。

「あれ？　ちょっと!!　待って下さい」

「ん？　どうした？　やっぱり譲れないとか言い出さないでくれよ」

「いえ、違うんです。あの、何か忘れてませんか？」

「忘れ物？　おお、本当じゃ。テーブルに帽子を忘れておったな。親切な店じゃ。ありがとう、さらば！」

おじさんに礼を述べ、帽子を手に取ると老人は再び店を後にしようとする。

「いや、違うんです！　ほら、皿ですよ」

「皿？　なんじゃ、ケーキセットの皿を片付けていかないと駄目じゃったのか？　この店はセルフなのか？」

全くピンときていない。それか、ピンときていない芝居をしているのか。それならこの老人、とんでもない食わせ者である。

「いやいや、お客さんの皿じゃないですよ。だってドラポンだけを買って直ぐに帰ろうとしているから。『このドラポンも、場所や主人が変わったら餌を食べないかもしれない。

だから、皿も一緒に譲ってもらって構わないか』と言うつもりだったんでしょう？　皿もセットで持っていくって」

おじさんの説明を聞くと、老人はぽかんと口を開けて呆《あき》れ返ってしまった。

「餌の皿？　何を言っておる。ドラポンなんざ、そもそも泥しか食わんのだ。地面が皿みたいなもんじゃないか。皿に泥を盛り付けるなんざ、子供のままごとじゃあるまいし。それに、ちょっと気になっておったが、その皿はそこそこの代物と見受けられるぞ。そんな高価な皿をドラポンの餌やり皿に使っておったら勿体《もったい》ないぞ。直ぐに洗って大事にしまっておくんじゃな」

「ええ、確かにこれは勝者の皿といいまして、結構な値打ちものなんですよ……って。あれ？　それをそっちから先に言っちゃって良いんですか？　何か段取り間違えてませんか？」

要領を得ないおじさんに、やれやれと老人はため息をついて、説明を始める。

「あのなあ。わしは巷《ちまた》でモンスター爺と呼ばれておるジジイでな。モンスターの目利きをやっておる。骨董《こっとう》にはあまり興味はないぞ」

「はあ」

「……まあ、そこまで不思議がるなら仕方ない。正直に話すとするか。いや、このドラポンじゃがな、普通じゃないぞ」

「え？」

「金やピンクの悪趣味な配色で輝くドラポン、わしも古い文献でしか読んだことはないが、こいつはエターナルエンシェントブリリアントドラポンじゃ」

「え、エターナルエンシェントブリリアントドラポン……？？？」

耳慣れない名前だが、なんだか大層なドラポンであることだけは分かる。

「普通のドラポンの百万倍体内に魔力を溜めていて、飼い主の力を増幅させる力を持っているという幻のドラポンじゃ。魔法研究者か魔物研究者だったら、五千万サークルの価値はあるじゃろうな」

「ごせ！！！」

とんでもない金額に、卒倒しかけるおじさん。

「あー、やれやれ、白状してしまった。わしも人が良いのう。おわびに二万サークル追加してやろう。じゃが言っておくが、わしも研究が目的なんで、そもそもこいつをそんな値段で売る気はないから、勘弁してくれ。じゃあ、頂いていくぞ」

「な……な……」

まだ動揺を抑えきれないおじさんに、店を出る前にモンスター爺が振り返って、尋ねる。

「そうだ。最後に聞きたいことがあるんじゃが。そもそも、なんでこんな高価なモンスターを店頭に置いていたんじゃ？」

心底不思議そうに問われると、おじさんは、喉の奥から振り絞るような声で、こう返した。

「知りませんよ。それは………ハナシカに聞いて下さい」

一猫のちょっと一服

猫の皿

ある道具屋が宿場町への街道沿いの茶店で休憩していると、店の飼い猫が餌を食べている皿に目がいく。それが「絵高麗《えごうらい》の梅鉢」という、かなりの値がつく名品であった。価値が分かっていない店主の隙をついて、その皿をなんとか買い叩きたい道具屋は、店主に猫を三両で売ってほしいと持ちかける。

店主が承諾すると『猫は食べ慣れた皿でしか餌を食べないと聞く。この皿も一緒に貰《もら》っていくぞ』と梅鉢を持っていこうと試みるが、店主に制止される。

『旦那は価値をご存じないと思いますが、その皿は絵高麗の梅鉢といいまして、三百両の値打ちがあるものなので、持っていかれては困ります』

皿の価値に気が付いていないとばかり思っていた道具屋は驚いて、店主に尋ねる。

『なんだってそんな高い皿で猫に餌なんてやっていたんだ?』

『へい、これで餌をやっていますと、時々猫が三両で売れます』

騙《だま》そうとした方が、一枚上手の相手に実は騙されていたという、痛快なネタですね。

他に骨董《こっとう》を扱うネタには以前演った『はてなの茶碗《ちゃわん》』や『金明竹《きんめいちく》』『井戸の茶碗』などがありますね。

現代だろうが、異世界だろうが、骨董の類いがあればシチュエーションとしては通用するネタですので、後は出てくる動物をそのまま猫でもいいですし、ドラゴンに変えても、楽しみ方は沢山あるかと思います。

流石《さすが》に、これをドラポンなんかで実践する方は、いないかと思いますが（笑）。

また、こちらの世界では骨董商の方は絶対に鑑定魔法を使えるので、基本的には真贋《しんがん》というのは直ぐに明らかになってしまいます。骨董噺《ばなし》も考えてやらないとつまらなくなりそうです。『井戸の茶碗』なんかは、元々さほど価値のなさそうな茶碗が後で値打ちがあることが判明するネタですので、最初に鑑定魔法が使える魔法使いなんかを出さないようにしないといけませんね。高座が直ぐに終わってしまいます。

……さて、それではお後が宜しいようで。

四席　ヘッドキャッスル【あたま山】

その日の夜、ラッカはドリームジャンボ枕《ピロー》のダイヤルを「酒」の絵に合わせて眠りについた。

すると、直ぐに素敵な夢が始まる。

物凄い量の酒がラッカのグラスに注がれる。

それも自動的である。誰もいない空間で、ラッカが酒を飲めば、勝手に増えている。

「うお！　これは便利だな」

げらげらと楽しく笑いながら、飲んでは増える酒の空間で泳いで溺れるラッカ。

夢の中でも、その酒は不思議に味を感じることが出来、熱い喉越しに、ラッカは大いに酔った。

ビールにウイスキー、ブランデーにワイン、質の良いものが続き、ラッカが少しその上品さに飽きると、冒険者達が入り浸る安酒場で飲むような三流酒が注がれ、眩暈《めまい》を覚えるが、慣れた雑多な飲み口の安心感で、更に浴びるように飲む。しまいにはそれが交互に混ざって、ラッカはどちらが高級酒で、どちらが安酒かも分からなくなる程、酒に溺れた。

「ああ、良い気持ちだ。酒のダイヤルはこれから七日ぐらい続けてもいいかもな」

上機嫌で酒を飲むラッカ。

だが、そこでふいに世界が変貌し始めた。

ラッカが右を見ると、そこにはいつの間にかメイド服を着たエルフの給仕が立っていて、酒を注いでくれていた。

左を見ると、そちらにも美しいエルフがいる。

「おお、なんだ、寝ているうちに女のダイヤルに替わっちまったのか？」

そう嘯《うそぶ》きながらも、その変化の理由にラッカは気が付いていた。ドリームジャンボ枕《ピロー》で見る夢には幾つかパターンがある。

それこそ、何の脈略もない、ただダイヤルに沿った完全なる夢の時もあれば、過去、実際現実にあったことをリフレインさせる場合もあるのだ。

それが、今回は混ざっているのだろう。

先程までは完全なる夢だったのが、今から、過去の追想の夢へと変化して、ラッカを導いているのだ。

そして、このエルフ達に囲まれている光景に、ラッカは見覚えがあった。

大きな城の中の大広間。宴会場での一幕である。

壁には均等な感覚でミスリルの鎧《よろい》が並び、天井には多くの宝石が装飾されたシャンデリアが吊《つ》り下げられている。会場には常に宮廷音楽隊の美しき演奏が響き渡っていた。この世のありとあらゆる豪華絢爛《けんらん》を満たしたような宴である。こんな城で酒を飲んだ記憶は、ラッカの人生の中で一度きりであった。

そして、例の如《ごと》く、相棒のピートが現れてラッカを注意する。

「ラッカ、飲み過ぎだよ！　エルフの宴ではもっと上品にしていないと」

そう、ここはエルフのパーティーなのだ。

「おい、ピート、見てみろよ、超べっぴんだぜ！」

ラッカはワインの注がれたグラスを傾けながら、会場の奥のテーブルに座っている一人の美しいエルフを顎で指す。その行為を視線で窘《たしな》めながらも、ピートは律儀に相槌《あいづち》を打つ。

「確かに。そりゃあそうだろうね。あれこそパーフェクトイヤーと名高い、エルフの姫君、アナスタシア姫だからね」

「ほう、あれが姫さんか!!　よし、声をかけにいってくるぜ」

「いやいやいや、国際的な大問題にする気かい？　また大臣に怒られるよ」

ピートの制止に、ラッカはうんざりした顔で振り向き、意見する。

「まったく、硬いなお前は。嫁さんがいるからか？　身持ち硬えな！　おい！　エルフのパーティーに招待されるなんざ、一生にあと何度あると思ってんだよ。このチャンスを逃す訳にはいかないんだよ！」

ラッカとピートがこの場所にいるのには、理由があった。

数日前、クエストでエルフの近隣の村を脅かしていたモンスターを二人で退治したことの礼として、元々開催される予定だったエルフ国の宴に来賓として呼ばれたのである。

「大体、僕達はサイトピアの宮廷からはよく思われていないんだから、こういう所には顔を出したくないんだよね。だから断ろうと思ったのに、ラッカが二つ返事でオッケーしちゃうんだから」

「知らねえ知らねえ！　そんなの知らねえぜ！　ったく、宴会だぜ！　パーティーなんだ！　どんちゃん騒がなくて、何の意味があるってんだよ！」

「いや、それにしても片付けだとか、そこらへんが大変そうじゃないか。あんまり騒いでも近所迷惑だし」

「はあ？　片付けですか？　お片付け？　パーティーのお片付け！！？？　はあ、そんなこと考えてみたこともなかったぜ。それに近所迷惑だって？　はッ！　そりゃあ頭の上でそんなことやられたら嫌だけどさ。ここはお城だぜ！　誰が迷惑するってんだよ？」

ピートに舌を思い切り出した後、ラッカは宣言の通りアナスタシアに声をかけにいくが、侍女のテレサに遮られ、思いっきり床にぶん投げられることとなる。その鬼人の如《ごと》き強さに惚《ほ》れ込み、ラッカがテレサを口説きだしたものだから、アナスタシアはあからさまに不機嫌になり、その後、ラッカはエルフの宴へは出入り禁止となるのであった。

「…………そうだったな。そうなるんだよ。この後。それでも、数年後、今度は極楽酒場で姫さん達と出会うことになるとはなあ」

ラッカはアナスタシアの方へと向かう自分の背中を、ぼんやりと見つめていた。

そんなラッカを慌てて追いかけるピート。夢の中の自分は、ただその様子を眺めているだけだ。夢の中で幻と化したラッカは、そのまま、酒を飲み続けた。グラスに注がれる酒を飲み、また注がれ、飲む。気が付くと隣にいたエルフの給仕はいなくなっていた。

見ると、人々の動きも、時間が止まったように静止している。

へらへらと笑いながらアナスタシアに話しかけている途中のラッカ。心配そうにその顛《てん》末《まつ》を見届けているピート。

——ああ、本当に、こうして止まったままなら、なあ。

そんな光景を眺めながら、ただラッカは注がれる酒を飲む。

いつの間にか、先程まで感じていた酔いも、味も、なくなっていた。

「まあ、悪くない夢だ。だけど、どんだけ飲んだっちゃ、結局は酔っ払いもしねえや。まあ、夢だから仕方ないか」

残念に思いながらも、ラッカは夢の酒を飲む。

「飲むのはよそう。夢になるといけねえ、か。そんなラクゴがあったよな。逆に言えば、こんだけ飲んだら、そりゃあ夢にもなるわな。あっはっは、あーあ……」

絵画のように綺麗な、叙事詩の一節のような、あの時の風景をつまみに、延々と、目を覚ますまで、ラッカは酒を飲み続けた。

そして朝、ラッカが目を覚ますと、もう見慣れてしまった牢獄の、石の天井があった。

◇　◇

その日も、一福が面会にやってきた。

噺家《はなしか》はその頭に不思議なものを乗せていて、ラッカは思わず自分から声をかけてしまう。

「おいおい、なんだ、その間抜けなモンスターは？」

「こいつですか？　ドラポンですよ。知らないんですか？」

それは知っている。棒のような形状で（一福の世界のこけし、というアイテムに似ているらしい）小さな飾りの羽が生えている、経験値もたいしてない、食べても美味しくない、どうでもいいモンスターが、ドラポンである。ラッカが突っ込んだのは、それが普通のドラポンとは違う、妙な配色だからだ。

「ピンクやら金色やらが入っていて、なんだか目にやかましいドラポンだな。そんなの、初めて見るなー」

「いえ、なんでも貴重なドラポンみたいでして、一通り研究も終えられたそうなので、モンスター爺様がわざわざあたしに下さったんですよ」

一福によく懐いているようで、指でドラポンを撫《な》でると、目を細めて気持ちよさそうな表情を見せる。じっくり見れば見る程に、尚更へんてこなドラポンであった。

「なんだよ、ネタでチンチローネのダシにドラポンを使っているから、恨まれて怨念が肩に乗ってんのかと思ったぜ」

「あっはっは。それは確かにそうですね。いや、これは何故か『ドラゴンの皿』を演じてからしばらくして頂いたんですよ。何か関係があったんですかかね？」

それを聞いてラッカは思わず不満を口に出してしまう。

「え、マジかよ？　『ドラゴンの皿』は俺のアドバイスで出来たっていうのに、俺の方じゃなくて旦那に恩恵がいくなんてこと、ある？　ったく、だからこっちはあんまり上手いこと出来なかったって訳かよ……」

「え？　ラッカ様も何か『ドラゴンの皿』でやられていたのですか？　獄中で？　お食事の皿とかで、ですか？」

一福が怪訝《けげん》そうな顔で尋ねてきて、ラッカは自分が余計なことを言ってしまったことに気が付いた。そう、今のは昼寝の夢に関係する話だった。その話は一福にはしていないので、混乱させてしまったのだ。

「ああ、あはは。いやいや、それはなんでもなかったわ、やっぱり。こっちの話こっちの話。ていうかさ、普通と違うドラポンなら、なんか特殊な能力があるんじゃねえの？　よく門番が通してくれたな」

ラッカは強引に話を変えた。一福も当然そのことに気が付いていたが、特に追及することもなく、誤魔化しに乗ってくれる。

「それがどうやら、飼い主の魔力や潜在能力に呼応するタイプのドラポンのようでして。実際は飼い主が願ったことなら、なんでも叶えることが出来るぐらい、桁外れのドラポンみたいですよ」

「それなら、旦那が持っていたって何の役にも立たねえじゃねえかよ」

「全くもって、その通りなんです。なので、ここにもすんなり連れてくることが出来たという寸法ではあるんですがね。ね、クモノスケ？」

一福が名前を呼ぶと、不思議な色をしたドラポンがミャアと鳴いた。鳴き方まで普通のドラポンと違う。まるでミャーゴのように鳴くドラポンをラッカはまじまじと見つめる。

「クモノスケ？　それがそいつの名前かい？」

「ええ、イップクして、雲のように煙が上がる、だから雲之介てす」

「うん、まったくセンスが分かんねえけど」

「あら」

たははと笑う一福に、ラッカもつい気を抜いてしまう。そんな隙をついて、ドリームジャンボ枕《ピロー》をちらりと見た一福が問いかける。

「今日はどんな夢を、見たんですか？」

「酒のダイヤルさ。まあ、宴会の夢を楽しく見ていたんだが、お節介な誰かが、こんなことを言うのさ。片付けが大変だとか、ちゃんとした振る舞いをしないと後々問題になるぞ、なんてな」

「ふむふむ。確かにそうですね。無礼講、がこちらの世界にあるかは定かではありませんが、なんでも好き放題やって良いことはないでしょうからね」

ピートの意見に同意する一福を見て、ラッカは顔をしかめる。

「あんたも頭が固いね。俺は酒を浴びるように飲みながら、言ってやるのさ。城での宴会で誰の迷惑になるってんだ。こんなの、誰かの頭の上でやっている訳でもあるまいし、とな」

「ほう」

そこで一福の瞳が光る。

「ん？　どうした？」

「いえ、確かに頭の上でやられたら、大変でしょうねと思って」

何か思いついた時の、どこか上の空で、早く外に遊びに行きたい少年のような表情である。まあ、十中八九落語に関する何かであることは間違いない。そんな一福を見て、ラッカは無性に眩《まぶ》しく感じてしまう。

「ああ、酒の夢を見たら、酒が飲みたくなったよ。旦那、酒を持ってきてくれ」

「流石《さすが》にあたしも、そんなこと出来ませんよ。ここに来るのだって、それは何度も持ち物検査に身体検査をされて、扇子に手ぬぐいすら、持って入れないんですから。それでもクモノスケはすんなり通過出来ましたけどね。魔力の欠片《かけら》もない愚にもつかないモンスターって言われたんで、たはは」

「そうか……じゃあ、こいつは？」

ドリームジャンボ枕《ピロー》を片手に引っ提げてラッカは尋ねる。

「枕は差し入れですし、それ自体も厳重なチェックを受けてきたので、大丈夫です」

トンと胸を叩いて、笑顔を見せる一福に、ラッカは壁に背中を預け、腕を組んで目を細める。

「……ふうん。夢から酒でも持ってこれたら良かったなあ」

「お、夢の酒ですか。そういう落語もありますからね。ああ、でも持って帰ってはこれませんか。夢の中でお酒を飲むという噺《はなし》ですから」

「…………」

そこで一福の反応を探った。ラッカは言わなかった。一福も同じ枕を使っている筈《はず》だが、魔力がないから知らないのだろうか？　この魔法の枕には隠された力があることに。

それは、夢から持って帰ることが出来るものがある、ということである。

それは選ぶことが出来ない。夢の中では特に覚えてはいない。

川の夢を見た時に、川の水で手のひらが濡《ぬ》れていたことから、それに気が付いた。金の夢の時には目が覚めたら1ヒップを握りしめていた。

感覚的に、剣だとか楯などの重量物や、人やモンスターなどの生物は無理であると理解した。本当に、夢のささやかな土産として、何かを持って帰ってこられるらしい。

だが、今回はそこそこ良いものである。まだ半分入ったウイスキーの小瓶だったので、後でこっそり飲もうと、ラッカはウキウキしていたのだ。

――くそ、夢の中で飲み過ぎたんだな。全部残しておけば良かった。

そう心の中で悪態をつきながらも、ラッカは早く一福に引き上げてもらい、酒を飲みたかった。

「ていうか、気になってたんだけどさ。あんたさ、サイトピアに帰るつもりでいるの？」

自然にラッカは帰るという表現をしてしまったことに気が付かない。

「帰ると言いますか。まあ、サイトピアでもお客さんは待っているでしょうからね」

それは確かだった。一福はサイトピアやマドカピアのことを味方だ、敵だという認識で考えていない。どちらも等しく、客なのだろう。

彼はどこまでいっても噺家《はなしか》である。

それから一福はラッカの空気を読んでくれたのか、小さく微笑を浮かべて、「それでは今日はあたしはこのへんで」と言ってその場を去っていった。

一人になった牢獄で、直ぐにラッカは夢で入手した酒瓶を呷《あお》る。

「かっか。うめえなあ……」

夢から何かを持ってこられるというこの秘密を、一福が知らないというのは、迷惑がかからなくて良い。同じ枕を持っている筈《はず》だが、ひょっとしたら彼は使っていないのか、それとも魔力がないと持ってこられないのかもしれない。

これで、何か脱獄に使えるものを持って帰ってこられるかどうか。そう、ラッカは考えていた。

「まあ、それはそれでいいとして、よし、昼寝でもするかな」

昼寝のダイヤルは決まっている。慣れた手つきでそれに合わせて、ラッカはまた、同じ夢を見るのだった。

◇　◇

マドカピアには魔法使い達の中で有名な魔法オタクが住んでいる。

マジコという女ノームである。

その見た目はどこから見てもうら若き少女のようだが、実際の年齢はそこそこで、だが、話してみると素直で、それこそ少女のように天真爛漫で、妙に世間知らずで擦れた部分のない人物であった。

マジコは基本的に魔法以外に興味を示さない。好きな魔法の研究をしながら、魔法の巻物やマジックアイテムを作り、魔法道具屋に卸して生計を立てている。

ターミナルの魔法は、簡単に言うと神々が創り出した言語であり、ツールである。

それをターミナルの住人が見つけ出し、解釈をし、利用させてもらっているだけで、魔法そのものの根源を理解している者は少ない。

「神が息をすることが魔法であり、神が人差し指を動かすことが魔法である」という概念で、ターミナルの魔法は成り立っている。

マジコ以外にも魔法研究者と呼ばれる者は幾人もいる。

サイトピアには工夫魔法のイリスがいる。イリスは、魔法の構造を理解し、どの魔法とどの魔法の掛け合わせが可能かを考え、さも新しい魔法のように見せることが出来る。彼女のことを、天才だとマジコは評価していた。敵国に所属しているが、マジコはいつか彼女と話してみたいと常々思っている程だ。

また、エルフの姫君アナスタシアなどは、神に代わって新しい魔法を創り出すことが可能な、世界でもエルフ王族の姫にしか与えられない、特別な能力がある。だが、アナスタシアは魔導書生成時にはトランス状態となるらしいので、それは実に感覚的なもので、研究の結果創り出した訳ではなく、彼女自身の魔法に対する理解はさほど深い訳ではない。

マジコの人生最大の夢は、魔法の概念を解き明かした上で、新しい魔法を創ることなのだ。

その為にマジコが何十年も研究しているのが、古典魔法である。

多くある魔法の中で、今は使われていない魔法がある。

その全てを発掘して、その仕組みを解き明かせば、必ず魔法の根源に辿《たど》り着くことが出来る。

彼女は決して神になりたい訳ではない。ノームとして、ノームの身の上で、神の言語を解き明かして、魔法として、または魔俱《まぐ》として、上手く活用したいのだ。

彼女の魔法への執着はマドカピアでも有名であった。魔力はそこまで高くはないのだが、知識はとてつもないノームがいると、宮廷の魔法指南が訪ねてくる時もある。

最近ではマジコは建築魔法と呼ばれる古典魔法を復活させようとしていた。

建築魔法とは、その名の通り神々が建物を建築をする際に用いたもので、使えば一瞬で建物が出来上がる、優れたものである。

では、何故それがターミナルで廃《すた》れ、埋もれてしまったのか。それは人間自身が建築を行うからである。

魔法使いが建物を建てる場合、数十人が何カ月も詠唱を行い、膨大な魔力を消費して、ようやく完成となる。それならば、大工が建てる方がコスト的に断然楽なのであった。

このように、埋もれていく古典魔法の大半の理由が魔力コストにある。それに、この魔法は神々が大地も兼ねていた時代であったので、建物を建てるといっても、地面に素直に出来るものではないのだ。巨大な神の頭に、まず想い描いた建築物が作られ、それを引っこ抜いて地面へと降ろしていたといわれている。

扉を開ける魔法もあれば、閉める魔法もある。神が手を使って扉を開けるのが億劫《おっくう》だからと創った魔法だ。だが、それは現在ターミナルでは、完全に埋もれている古典魔法の一つである。

人間はわざわざMPを使ってまで扉を開けはしない。勿体《もったい》ないからである。なので、戦いで使う魔法や極端に日常生活で便利な魔法だけが生き残ってきたのである。

だがマジコはその、人が使わなくなった、埋もれた魔法が好きだった。

「うーん、この魔法は魔倶《まぐ》にした方が使いやすいかもだねーだね。あ、そうだね、神様の大地っていうぐらいだから、そのまま地面で使えるようにプログラムを書き換えて。うんうん、実用化出来るかもしれない。あー、でもなあ、既得権益がうるさいかも。大工が怒鳴りこんできたらうるさいもんなー。やめようかなー。でもまあ、とりあえずサルベージだけに集中するか。どっちみち魔倶にしたところで魔力消費量の問題はあるからねー。あー楽しいなあ」

マドカピア郊外にある自宅で、ぶつぶつと独り言を呟《つぶや》きながら魔法研究をしているマジコ。数時間、休むことなく熱中して研究を続け、夕方になったところで、マドカピア軍参謀のシノが訪ねてきた。

「あらシノじゃない。ああ、またプリモワの件？」

「はい」

数日前もシノはマジコを訪れていた。

ゴーストタウンでプリモワにかかっていた呪いというのは、サキュバスの憑依《ひょうい》なのだろうか、という疑問である。

これは以前から相談を受けていた内容であった。マジコはお茶を淹れてシノが座っているテーブルの上に置く。プリモワにかかっていた呪いは、どこまでがヘビーサキュバスだったのか。

「それはあれだよね。サキュバスの特異能力である憑依と勿論《もちろん》関係はあると思うけど、魔法も関わっていると思う。更に呪いの弓矢の関係性も考えないといけないから、一面性だけの話じゃないんだよねー。よね」

「ふむふむ。では、憑依によって、プリモワ様は身体を乗っ取られていた。その後、弓矢によって、封印されてしまった。その弓矢にかかっていた魔法によって、肉体は老いることなく、百年の時を迎えた、ということですね」

「そうだろうね。そこでプリモワにかかっていた魔法が何かってなると……ああ、これかもね」

マジコは壁いっぱいの本棚に陳列されている中から、サッと一冊茶色の背表紙の本を手に取ると、あるページを開く。

「うん、太古の神様が食物なんかを腐らせない為に施していた魔法ってのがあるね」

「じゃあ、その魔法によって、プリモワ様は封印されていたと?」

「あはは。封印って言葉は格好良いね。封印というのも、突き詰めれば神様の防腐剤だからね」

「封印が、元々神様の防腐剤という考え方は、面白いですね」

シノがキラリと眼鏡を光らせるのを見て、マジコは笑って片手をひらひらさせる。

「いや、本当なんだって、神界からやってきた生肉には、千年腐らない封印が施されていて、今でもそれを祀る神殿が辺境にあるの、知らない？　要はそれだったらプリモワが百年歳を取らずに生きていたなんて、簡単に説明がつくのよ。神様は精霊の力を使って、なんでも好きなことを好きなように利用していたんだから。それを魔法って私達が呼んでるだけ。私達が、呼んでるだけ、なんだよ」

それこそマジコにとっての常識なのだが、周りの者にはよく理解出来ない部分がまだ多い。

「奇跡の肉を祀っている神殿だよ？　いや、実際私達からしたら凄い魔法なんだけど、神様からしたら、何を保存食をありがたがって飾り奉ってんの？　食べないの？　って感じだと思うんさ。シノだってここに来るまでに、私の教えた近道を通ってきたでしょう？」

「ええ」

城から街道を通ってこの家に来るより、城の裏の補装されていない道の方が近道なので、そこを抜けてきた。それは元々マジコから教えてもらっていたルートである。

「そんな、要は『生活の知恵』なんかが、下位の世界では『とんでもない考えだ！　目的地まで半分の速さで着いた！　これは魔法だ。【シノの奇跡の通り道】と名付けよう』なんて言われたら、あんたも逆に恥ずかしいでしょう？」

「いや、まあ、言っていることは理解出来ますけど。はー、驚きですね」

「そういうのを大袈裟《おおげさ》にやってきたのが魔法時代の三賢者やその後の四賢者だから、それのツケはあるかもしれないよね」

「ああ、西のサイロンに東のケイローン、南のロンロンローンの三賢者に、サルスベス、マジックキング、タナトス＝タナトス、モトローラーの四賢者ですね。皆、生きているとも死んでいるとも言われている、合わせて七賢者。まあ、南のロンロンローンはスタン将軍が若い頃にちょっかいかけてきて痛い目に遭わせてますから、まだご存命ではあるでしようね」

学生の頃のシーンダ＝スタンリバーがロンロンローンから気に入られ、ミラージュアーマーを貰《もら》ったのは有名な話である。

「まあ、その七賢者が自分達で発掘した魔法を個々で使用して、周りには奇跡然として披露して畏怖を広めちゃったから、その歴史が残って、やっぱり魔法は小難しいというイメージがついちゃったんだよ。もう、スタンに全員ぶちのめされてぶち殺してやるべきだよあいつらは」

「あ、あはは。いや、まあマジコ様も落ち着いて」

七賢者は世界の宝である魔法を、独り占めにしようとしたと認識があるマジコは、辛辣《しんらつ》な意見を口にするが、どこでどの賢者が聞いているのかも分からない状態なので、シノはそわそわしてしまう。

「ただし、この問題にはさっきも言ったけど、ヘビーサキュバスが関わっているから、更にそのモンスターの特性もあるだろうし、モン爺とも話をした方がいいかもしれないんだよね」

「確かにヘビーサキュバス自体に、腐敗を遅らせる効果の特殊能力を使うことが可能かもしれませんし、それと封印の矢の力が合わさって、プリモワ様の封印が倍増されたのかもしれません」

「そうそう。ヘビーサキュバスは今までに数多くの人間の精気を吸い取って溜めていた筈《はず》なんだ。いわば若々しさだよね。プリモワが復活してからの雰囲気は、若々しさだと思うんだ。それが、ヘビーサキュバスが関わっているんじゃないかと、私は思うよ。うん。モン爺に聞いてみな」

マジコはモンスター爺とは昔馴染《むかしなじみ》で、とても仲が良い。魔物と魔法で、ジャンルは違えども、お互いが飽くなき探究者で、その道の第一人者同士なので、気が合わない訳がなかった。

「最近モンスター爺様は講演や授業で引っ張りだこですから、ご自身の領地には帰らず宿屋暮らしです。夜はデビルズダイニングに入り浸っていますから、今日もきっといると思いますよ」

「あー、デビダイかー。私も久しぶりに行きたいな。お酒飲みたい。お酒を、飲みたいんだよ」

そうと決まればと、早速二人でデビルズダイニングへと向かうことにした。

◇　◇

店に入ると、マジコはモンスター爺を直ぐに見つけた。カウンターの隅で、なにやら誰かと楽しそうに話をしている。相手は不思議な服を着た優男だった。

「新しい噺《はなし》をこさえたいんですけど。動物の出てくる噺なんです」

「ほう、動物ですかの」

「『七度狐《しちどきつね》』という話で、キツネが出てくるんですが。ああ、こちらではネッキのことをいうのかな」

「ほう、ネツキですか？」

「ああ、そうですね。つかぬことを伺いたいのですが、こちらのネツキはあれですか、人を化かしたりします？」

「いや、全くそんなことない。従順で人懐っこい、飼いやすい可愛いモンスターですぞ」

「へえ、じゃあやっぱりニュアンスが違うんですね」

おかしな服を着た男は、困ったような表情で腕を組む。

だが、マジコはその服に既視感があった。

――あれは、キモノだっけ？

何かの文献で読んだことがある。魔法とは関係なかったか。いや、古《いにしえ》の魔法使いにあのような恰好の者がいた、と書いてあったような気がする。

「イップク様、それはどういう噺なんですかのう？」

「ええと、ですね。旅人が石を投げたら七回人を化かす『七度狐』というキツネに恨まれてしまい、ただの畑が川に見える幻覚を見せられて裸になって畑を渡らされたり、地蔵の前で踊らされたりする、そんなネタですね」

一福が簡単に『七度狐』の説明をモンスター爺にすると、爺は大きく頷《うなず》いてアイディアを出してくれる。

「おお、なるほどですな。こちらでそのように人を化かすモンスターを使うのでしたら、ウィル＝オ＝ウィプスですぞ。鬼火のような姿で、人を道に迷わせたりしますぞ」

「おお、それなら、いけるかもですね。七回化かされる、セブンウィル＝オ＝ウィプス、なんだか凄く格好良いタイトルになりますけど」

一福は笑いながら目を輝かせてメモを取り出す。

「他にもモンスターのことなら、なんでも聞いて下さいな」

「はい、ありがとうございます」

盛り上がっている二人の元へマジコは近づき、声をかける。

「モン爺」

「おお、マジコ殿ではないか！」

振り返ったモンスター爺は嬉しそうに笑顔を見せる。確かつい先日までかなりふさぎ込んでいた筈《はず》なのだが、この変わりようはなんなのだろうかと、不思議に感じた。

「いやいや、先日は魔倶《まぐ》の加工をありがとうございましたの」

「いいんだよ。私とモン爺の仲じゃないか。仲じゃ、ないか」

「今日はどうされました。ほう、シノ殿と一緒にここへ？　ほう、ヘビーサキュバスについて、わしに聞きたいことですか。では、後で伺いましょうかね」

モンスター爺はふんふんと大きく頷《うなず》いてから、隣にいる一福をマジコに紹介した。

「おお、マジコ殿ははじめてかの。こちら、ハナシカのラクラクテイイップク様ですぞ」

「彼がハナシカ……」

マジコも噂には聞いていた。異世界からサイトピアにやってきた妙な芸人が、アヤメ姫に攫《さら》われてきて、今度はマドカピアでラクゴという芸を披露していると。それが確かハナシカ、という職業だった筈《はず》だ。

見ると、イップクというその芸人は肩に変なドラポンを乗っけている。ドラポン自体には底知れぬ妙な魔力を感じるが、一福に呼応していない為、ただの飾りにしかなっていないことは、直ぐに分かった。

「エターナルエンシェントブリリアントドラポン。私も長く生きているけど、初めて見たよ。とても偏屈な神様が魔法を施しているね。魔力の欠片《かけら》もないあんただと、どうしようもないかも、かもね」

「え、やっぱりそうなんですね。ですが、そのお陰で厳戒態勢の牢獄の面会なんかにも連れていける訳なんですね。えへへ」

「うん。だけど、潜在魔力がゼロでもないかもしれないから。その子、それを穿《ほじく》り返してあんたの魔力を吸い尽くすかもしれないから、気を付けてね、つけてね」

「え、そんなこともあるんですね。気を付けないと。シワシワのおじいちゃんになってしまうかもしれませんね」

マジコの皮肉にも笑って答える一福。こいつは変な奴だと思い、マジコは直ぐにモンスター爺に話しかける。

「ここ最近、ドリームジャンボトロルの枕とか、急に魔俱《まぐ》の作成の依頼を受けたけれど、このハナシカへの貢ぎ物だったたんだねー。ひょっとしてルアーからの竿《さお》の依頼も、これだったのかな。だけど、流行《はや》りものに敏感とは、モン爺らしくもないね」

「いやあ、マジコ殿、誤解しておられるぞ。流行りとはいっても、イップク様が来られた異世界ではラクゴは三百年前に作られた古典なのじゃよ」

「古典？」

それなら自分の研究している、過去の魔法と同じである。

シノも胸を張ってモンスター爺の言葉をフォローする。

「そうなんですよ。デントウゲイノウというもので、埋もれてしまったハナシや新しく出来上がるハナシもあったりと、いまだに研究や研鑽《けんさん》が積まれ続けているものなんです」

「わしら三人、畑は違えど根っこは同じ、古きを現代に蘇らせようという同志じゃな！」

酒が入っているのか、モンスター爺は愉快にそう宣言すると、朗らかに手を上げた。

「マジコ様はマドカピアで、いやターミナルでも随一の魔法の研究者でありまして」

シノがそう説明すると、一福は目を輝かせる。

「そうなんですね。ドリームジャンボ枕《ピロー》やマジック竿《ロッド》はあたしが頂いてますから、本当にお世話になっています。ご挨拶が遅れて申し訳ありません。噺家《はなしか》の楽々亭一福と申します。魔法ネタも幾つか演らせて頂いてますので、魔法の解釈などをお聞きしたいです」

「魔法のラクゴを？」

ぐいぐい来る一福にやや気圧《けお》されながらも、マジコの問いに一福の代わりにシノが眼鏡を光らせて答える。

「ええ。イップク様のやられるラクゴというのは、要は一人芝居でして、『風呂敷』や『ニグニグ草』などではダークゲートが登場します」

「ダークゲートが？」

「ええ。イップク様、ダークゲートの効率化を提唱したのはマジコ様なんですよ」

「え!!　凄い方だ!!」

それを聞いて一福は素直に感嘆の声を上げて、マジコに頭を下げて礼を言う。

「ダークゲートを実用化して頂いたお陰で、押し入れ代わりに使用するようなネタとして演じられる訳ですから、感謝しなくてはいけませんね」

「ダークゲートを押し入れ代わり？」

そんなこと、考えもつかない。ダークゲートとは何が起こるか分からない異空間のことである。マジコはその異空間の流れに法則性を見出し、幾つかの杭を打ち込むことを提唱したただけである。マドカピア軍の兵を、身体的、精神的にも鍛え上げ、異空間の中でも弾き出されることなく移動を可能にしたのはマジコではなく、将軍シーンダ＝スタンリバーの功績である。

だけど、確かにダークゲートの使い道を考えたらそもそも、神様の収納として作られた可能性もあるのだ。

——あれ？　そうすると、流通なんかも、可能かもしれないね。

アイテムだけを決まったルートに入れて、各地の商いの倉庫から欲しい商品を手にするシステム等も、可能である。勿論《もちろん》、ダークゲート内でもバラバラにならない魔法の箱に入れる必要があるが。それは、マジコが魔具《まぐ》として製作すれば問題ない。

…………え？

今の会話だけで、新しい流通システムが構築されてしまった。

元々マジコは自身の研究を有益に使うことよりも、古典魔法を追求することの方に興味があるのだが、普通に会話をしただけで新しい仕組みが生まれたことに、マジコは夢の中で望んだものが簡単に目の前に現れた時のような、ふわふわした気持ちになった。

「ええと、他に魔法のラクゴ？　っていうのは何かやっているの？　ええと、イップク？」

「ああ、はい。『胴斬り《どうぎ》』というネタもやってますが、ああ、これは魔法ではないですかね。不思議な話です」

「胴斬り？」

これもまたシノが間に入り、眼鏡をくいくい上げながら落語の説明をする。

「辻斬り《つじぎ》に斬られた魔法使いが胴からまっぷたつに斬られてしまうのですが、上半身と下半身で分かれて、生活が出来てしまうという噺《はなし》です」

「ああ、それなら切断魔法で説明がつくね」

「え？　そんな魔法があるんですか？」

「うん」

簡単に頷《うなず》くマジコの話を、一福は前のめりになって聞く。

「要は斬ったものを殺さずに、痛みも与えずに分離することが出来るんだ。勿論《もちろん》時間的な要素はあるけど、神様の医療魔法というか、ちょっと虫歯が出来たら口を切って、新しい口に変えたりしてたんだ、たんだ」

「出来るんですね……」

「うん、出来るよ。まあ魔力消費量が半端じゃないから、そもそも使える魔法使い自体がそんなにいないけど」

「なるほど。まいったなあ」

「どうしたの？」

折角《せっかく》論理的に解説をしてあげたのに、当の本人の一福はなにやら煮え切らない表情である。

「いや、説明がつく方が良いのか、不思議なままの方が良いのか、ちょっと複雑なんですよ。うーん、これに関しては聞かなかったことにしようかなあ」

そのおどけ方が妙に興を引く雰囲気だったので、マジコは釣られて笑ってしまった。

「イップクって言ったっけ？　変な人間だねえ。モン爺が気に入るのも分かるよ、分かるよ」

「ありがとうございます。マジコさんにも、これから色々と魔法のことをお聞きしたいです。今後ともよろしくお願いします！」

一福が手を取ってそう言うと、マジコは嬉しそうに笑うのだった。

それから、一福はマジコに魔法の話を聞き始め、マジコは落語の話を聞き出して、一気に気が合っている様子である。

その様子をアヤメは店の奥の壁に寄りかかって、真顔で眺めていた。

…………ん？　これは？　随分と気が合っています？

そう思った時、頭に声が響いてきた。

――お、なんだ。あのちび魔法使いノーム、殺すか？

…………姫、ダメですよ。

笑いながら、アヤメは別人格を制止するのであった。

だが、確実に一福の拒絶の壁がなくなったことで、人々は本当の彼と接するようになった。

それを、アヤメは少し後悔するのであった。

彼が壁を作ってくれていたお陰で、アヤメは彼に近づくことが出来た。それを、事もあろうに壊してしまった大きな原因は、アヤメにある。それなのに、他の者が彼に惹かれて近づいてくることを嫌がっていては本末転倒である。

そう、一福とマジコの交流にしても、アヤメは良いことだと割り切るのだった。この時は、アヤメにもまだ余裕があった。

それから、二十分程経つと、一福とマジコは完全に意気投合していた。

「結局、冒険者を雇って太古の洞窟に潜ったりするんだけど、そこで魔導書を見つけて、それがまだ誰も唱えたことのない魔法だったりしたら、本当に興奮するよ。本当に、興奮する」

「古典と同じですね。昔の速記や文書で、もう誰もやっていない、内容すら残っていない落語が出てきた時と全く同じだ。途中が抜けてたり、サゲの部分がなかったりもあって」

「それでも、その間を解釈したり、創造したりして、なんとか繋《つな》げるんだよねーだよねー」

「全くもってその通りです。柔軟に解釈して、次の世代に繋げていくのも、あたし達の使命ですからね」

一福はお茶を飲んでいるが、マジコはもう濃いカクテルを五杯は飲んでいて、随分と上機嫌であった。それに、一福の腕に時折手を載せるのがアヤメは気になって気になって仕方がなかった。

「その落語が、勿論《もちろん》面白い方が良いのは分かっているんですけど、それがメインじゃないんですよね。もう現代に誰一人演じる者がいない物語を、自分が掘り起こすという、その感覚が興奮するんです」

「分かるよイップク。そう、私も見つけた魔導書が敵に五分間鼻水を延々と流させるといった、なんともしょうもない魔法だったとしても、唱える時はゾクゾクするからね。ゾクゾク、するからね」

「あっはっは!! 鼻水を流させる魔法なんて、あるんですか？」

「あるんだよ、それが。その魔導書を見つけるのがまた大仰なダンジョンでね。地下五十階でドラゴンが守っていた宝箱に入っていたんだよ？ 信じられる？」

「はっはっは！！！ それは傑作ですね。今度マクラで話しても良いですか？」

「マクラ？ なに、イップクもう寝るの？ もう、寝るの？ 話している途中で突然寝ないでよ。やーねー」


屈託なく笑い転げる一福とマジコ。その表情に既にかつての陰りも、影もなかった。

きゃっきゃとはしゃぐ二人を、微笑ましく眺めるアヤメ。外から見ると、それは優しい表情であった。


だが、あれほど余裕をかましていた彼女の内心は、既にそう穏やかではいられない。

……………これは、ちょっと急激に仲良くなり過ぎですね。流石《さすが》にマジコさんも、いやマジコの野郎も調子に乗っているんじゃあないかしら。一福様と仲良くなるのと、調子に乗ってきゃっきゃするのはちょっと違うと思いますもんね。そうですよね。ちょっと、調子姫に殺してもらおうかしら。いや、これは絶対に早く殺してもらった方が良い。

——姫、姫、聞こえますか？　今よろしいでしょうか？　殺してもらっても？

——よろしくないわい。何を冗談を完全に本気にとって、しかも今まさにこの瞬間に、殺そうと思っているのじゃ。フクのトラウマになるじゃろうが。怖いわ。我はお主が怖い。

——元々、不安定な所がある子ですからねえ。イップクをとられると思って完全に余裕がなくなっているんでしょう。

二つの人格は特にイップクに執着していないので、実際に余裕なのだが、アヤメはそんな態度すら気に入らない。気が気ではない。

マジコと一福は本当に気が合うようだ。落語と魔法と、分野は違えど、共通する話題でこんなに盛り上がれるのだ。お互いをいつ異性として意識するか分からない。それを思うと気が気ではない。

アヤメは所詮ただの落語好き。ファンでしかいられない。ファンは隣には並べないのだ。

一福とマジコは創作者。無から有を作り出す者同士でしか分からない言語があり、世界がある。その世界で二人は結ばれ、永遠を誓い合い、共に楽しく過ごすのだろう。

店の奥で壁にもたれているアヤメの瞳から一筋、涙が零《こぼ》れ落ちた。

——ガチ泣きかよ……。なんですかこの妹は。病んでるの？

——フクのことになると、我らの中で一番頭がおかしくなるのは、こやつということじゃな。

癖の強い二つの人格すらもドン引きにさせる程、アヤメの情緒は完全におかしくなっていた。

アヤメが殺意の波動に目覚めている時も、一福とマジコの会話は続いていた。

「マジコさんは、今は、どんな魔法の研究をされてるんですか？」

「マドカピアの奥地にある、誰も攻略出来なかったダンジョンから魔導書が見つかってね、それを復元しているんだ、いるんだ」

「へえ、どういった魔法なんですか？」

「簡単に言うと、頭から建物をつくる魔法だね」

「ふん？」

「いや、マジックシードを飲み込むと、その人の頭から思い描いた城や建物が生まれるという魔法でね」

最初、おかしなことを言っていると一福に呆《あき》れられていると思ったが、どうやらそうではないらしい。一福は興味津々にマジコにその魔法の詳細を尋ねてきた。

「マジックシード？　種？　種を飲むんですか？」

「う、うん。そうだよ」

マジコが気圧《けお》され気味に頷《うなず》くと、一福の目は燦燦《さんさん》と輝いた。

「『あたま山』だ!!」

「あ、あたま山？」

「結構有名ですよ、あたしの世界では」

「そうなの？」

「さくらんぼの種を飲んでしまい、あたまに木が生え、末には山が出来てしまう人の話です」

『あたま山』に関して、一福はかいつまんで話す。

「なるほど。ヘッドキャッスルそのものだ……」

ヘッドキャッスル、それがマジコが今蘇らせようとしている魔法の名前であった。

「凄い。魔法であるんですね」

「うん。そもそも神々の世界では大工も何もなかったからね、なので、神様自身が思い描いた建物を、精霊の力を用いてそのまま頭から生成させていたんだ。これは何も建物に限ったことではなく、剣や防具、生物なんかも、神はマジックシードで生成していたと言われているんだよ。だよ」

「なるほど。なんでもかんでも魔法任せ、ということなんですね。作るよりも、創ってしまった方が早いんだ。いやあ、とんでもない」

「確か……古い童話に神様の頭の城で宴会する、といった寓話が残っていたような」

「『あたま山』だ!! 完全に一致するし、『あたま山』の不思議な雰囲気を残しながらも、この世界では実際に裏が取れている魔法がある訳だ……。これはお客さんの反応がどうなのか、気になりますね。導入が楽になるのか、それともやはりおかしな噺《はなし》だと捉えられてしまうのか……」

子供のように目を輝かせて話す一福に、マジコも嬉《うれ》しくなる。それから幾らか話をするうちに、一福の中では新しい落語が生まれていた。

◇　◇

それから数日後、デビルズダイニングで一福は高座に上がっていた。

「えー、楽々亭一福でございます。皆さま、宴会が好きなのは知ってますが、あたしはほら、てんで酒が飲めないでしょう？　食べるのは好きなんですけど。こう見えて、昔は結構太ってましたし。あはは」

一福が自身のことを語り出すのは珍しかったが、ここ最近ではかなり過去のことを色々と喋《しゃべ》るようになっていた。

「パーティーだとか、宴会だとかは緊張するでしょ？　あたしがいた世界でも、たまにそういうものがありまして。そういう時、あたしはまあ酒を飲まずに食べてばかりいましたね。兄弟子に怒られたものです。お偉いさんの挨拶が終わる前に、ここのテーブルの食べ物がなくなってしまうぞってね」

そう言っておどけると、客から笑いが起こる。

「あはは、昔の一福、どんだけ食べてるんだよ」

「偉い人がスピーチしてるのに、食べたら駄目だろうが」

「いや、お前も遠征前のパーティーで隊長の目を盗んで肉を食べてただろうがよ」

がやがやと、酒場の人々は楽しそうに笑い合う。

アヤメは一福が自分の話をしている、というだけで泣きそうだったが、ここで泣くと絶対に周りから異様に思われるので凄まじく我慢した。本当に、一福の所為《せい》で完全に情緒不安定である。完璧主義者だなんだとのたまっていた片鱗《へんりん》すら、最近ではない。あれもそもそも他の人格との差をつける為にやり始めたものだったから、こうも余裕がなくなると、長くは続かないものである。

「まあ、あたしは、酒は飲めませんが、宴会が嫌いという訳でもありません。ですが、近くでやられたらやはり辟易《へきえき》してしまいますかね。例えば、頭の上でなんかやられたら、たまりません」

一福が扇子で舞台を、トンと叩く。
次の瞬間——世界が、変わる。

お城の広場で開かれたパーティーを、遠巻きにただ眺めていたケチな男ザック。
屋台や大道芸人で賑《にぎ》わって楽しんでいる人々を見つめながら、愚痴ばかり言っている。
『ったく、何が楽しくてこんなにどんちゃんと騒いでやがるんだか。気がしれねえな』
「そうは言ってもこのザックという男が何故のこのことそんなお祭りに足を運んでいるのかと申しますと、人が沢山集まると、ポケットや懐からよくお金を落とす。その金が目当てで、何も買わずにうろうろしているのでした」

『おお、庭園も開放されているのか。ここではよく貴族が座ってお喋《しゃべ》りしたりするからな。普段はお目にかかれない金貨が落ちていることがあるんだ』

　ザックは人目を気にしながらキョロキョロと地面を見下ろし探すが、見つからない。小一時間歩いた後に、諦めて場所を変えようかと思ったその時、植木の近くに丸いものが転がっているのを見つけた。

『お、これは‼　……なんだ、金じゃないな』

　それは丸くて細長い、植物の種であった。

『カネじゃなくて、タネか。かあ、面白くもなんともないな！』

　ふてぶてしく吐き捨てると、ザックは拾った種を口に放り込んだ。

　それからしばらく散策していたが、めぼしいものは見つからず、家に帰ろうかと思っていると、頭に違和感を覚える。

『うお、なんだ。なんだか、すごく頭が重たいぞ。うわあ‼　頭から、城が生えてきたあああああ！！？？？』

　なんと、ザックの頭を突き破り、そのまま城が生えてきたのだ。

「いや、皆さん不思議そうな顔をしていますがね、実際にこういう古い魔法があるそうなんですよ。種を食べると頭から建物が生えてくる、ヘッドキャッスルという魔法なんですけどね。皆さん、ご存じありませんか？　今日のお客さんは魔法使いの方も多いみたいですけど」

一福の説明にマジコはうんうんと頷《うなず》いているが、周りの者は顔を見合わせて首を傾げながら苦笑を浮かべている。なんとも疑わしい視線である。一福は異世界人である自分の知識が、逆に現地人であるターミナルの人々を超えてしまったことを悟り、妙なおかしみと、趣を感じた。

――なるほど。あたしはなにも間違ったことを言ってなくても、知識が過ぎれば、こんな感じになることもあるのだな。

それは一福が元の世界で落語をする場合にはよくあることであった。職業に関しても侍やお殿様はまだ時代劇等の知識で皆分かるが、駕籠《かご》かきやへっつい等、普段では耳慣れない用語が登場した時に、客のこういった表情をよく目にしたものだ。それをまさか、異世界で体験することが出来るなんて。

――こいつは、いよいよ、落語らしくなってきたってことかな。

「あら、皆さまあまりご存じないようで。どうやら今日ここにいらっしゃる魔法使いさんはたいした方はいないみたいですね」

その状況を利用して、直ぐに一福が突き放したように言い放つと、酒場がドッと沸く。喜ぶべきことではないのは分かっているが、一福は胸をワクワクさせながら噺《はなし》を続ける。

「さあ、頭に出来た城に、周りの皆は大騒ぎです」

『なんだ、ザックの頭に城が出来たぞ！』

『一夜城にしては、こいつはかなり立派な城だな』

『よし、進軍だ！　ザック城を攻め落とせ!!』

祭りの時期だったというのが、よくなかった。悪乗りした酔っぱらい達がこぞって、ザックの頭の城に乗り込み、宴会を始めたのだ。

『うお、この大砲、本物だ！』

一人の酔っぱらいがふざけて大砲を撃った先が、屈強な戦士だったので大変である。

『貴様か！　俺に大砲をぶっ放しやがったのは!!』

『いや、違う。俺の頭の城で、誰かが勝手に撃ったんだ』

『うるせえ!!　城の始末はお前の始末だろうが！』

怒った男に胸を強く叩かれ、思わずせき込んで膝をつくザック。唸《うな》り声を上げながら嘆く。

『いやいや、城の責任は、王様だろうが……あれ？　俺の城に王様なんているのか？　俺が王様？　だけど、俺は俺の城には入れないぞ。なんだよ。そんなのってありかよ』

ザックも自分が何を言っているのかも、もう意味がよく分からない。

それからもザックの頭の上での宴会は続いた。

ザックもしばらくは頭の上からこぼれてくるビールを集めて飲んでいたりしていたが、流石《さすが》に毎日どんちゃん騒ぎだと、嫌になる。

『あー、うるさい！　ゆっくり眠ることも出来やしねえ！　こんな城、引っこ抜いてやる！』

いい加減に嫌気がさして、ザックは頭の城を引っこ抜いてしまった。

「なんだ、折角《せっかく》宴を楽しめた城がなくなったと、頭で宴会していた人々はがっかりして、ザックの頭から去っていきました。ザックはこれで一安心、ゆっくり眠れると思いきや、そのぽっかりあいた頭に雨が溜まりまして、今度は湖が出来上がります」

『お、今度は湖が出来たじゃねえか！』

『ザックの頭の上だ！　ザック湖だな!!』

『ようし!!　釣りするぞ！』

『泳げ泳げ!!』

頭の上で泳がれて、波が立って頭はぐらぐらするし、釣りをしている者の釣り針がザックの口や耳に引っかかって、今度も一層溜まったものではない。

『あー、もううるさくてたまらん！！　くそったれ!!』

「さあ、とうとう我慢出来なくなったザックはといいますと、最後は自分の湖に身を投げてしまいました」

サラッとサゲを口にして、一福が頭を下げる。

ブラックなネタが大好きなマドカピアの客達は、手を叩いて大喜び、拍手と喝采が鳴り響いた。

◇　◇

その歓声の中、マジコは衝撃を受けていた。

誰も知らない古典魔法を、笑いに変えている。これは、あるあるでもなんでもない。この世界の人間もあまり知らない魔法なのだ。それなのに、これ程の人の心を掴《つか》むとは。

こんなことが、出来るとは。

震えているマジコに、モンスター爺が得意気に声をかけてくる。

「マジコ殿、どうじゃイップク様は？」

「凄過ぎるね。私でもあんなに分かりやすく魔法を説明出来ないよ。いや、イップクは魔法を説明したい訳じゃなくて、ラクゴをしっかりと伝えたいから、なのは分かるけど。分かるけど」

「わしも同じでしたぞ。モンスター学の授業で生徒から話を聞いてもらえず腐っていたわしが、姫様に誘われてここへ来ると、イップク様のラクゴの方がよっぽど丁寧にモンスターの知識を伝えていると、衝撃を覚えたものじゃ」

今まさにその光景を目にしたマジコは、モンスター爺を疑うことなく、頷《うなず》いた。

「古典魔法をイップクに沢山教えたら、布教活動になるね」

「あ、それはわしも考えてることですぞ。だからモンスターの知識を伝えているところなのじゃ」

「でも、イップクを利用していいのかな？」

自分の利の為に異世界から来た一福を使うことに、マジコは少し引っかかりを覚えたが、それを察して、隣にいたシノが眼鏡を光らせて答える。

「少し前まではイップク様もそのあたりは身構えていらっしゃったといいますか、距離を置いてはいたのですがね。最近はどこか完全に吹っ切れられたようで、周りから幾ら利用されても構わない風でして、また、イップク様ご自身もネタの為に逆に周りを利用するぐらいの勢いがある程です。昔はモンスター爺様があげたような贈り物も、受け取りませんでしたからね」

「へえ。贈り物、ね」

シノの言葉に意味ありげに頷《うなず》くマジコであった。

◇　◇

さて、それからすっかり落語のファンになったマジコはデビルズダイニングに毎日通って、様々な落語を鑑賞した。かといって仕事をさぼっている訳ではない。

逆に彼女の魔法研究、魔具《まぐ》作成への意欲はどんどんと上がっていった。

古典魔法の発掘をする一方、それを魔具にする際には一福のように、現代に見合うように改編させてやってみたいとも思いだした。

異世界落語なんてものがあるのだ。こちらの世界にも、時代に合わせて変化させる魔法がなくては、一福の志に肩を並べられない。

ヘッドキャッスルの魔法を、彼女なりに魔具として成立させる方法を考えて、研究に励み続けた。

「で、マジコさん。結局、ヘビーサキュバスの話はどうなったんですか？」

ある日、出番の終わった一福とカウンターで話していたマジコは、そう尋ねられ、つまみのクラーケンのゲソの炙りを口にくわえたまま、淡々と答える。

「ああ、モン爺が言うには、ヘビーサキュバス自体にもやはり不老の特性があって、それに憑依《ひょうい》された時点でプリモワ自身も肉体が朽ちにくいものになっていたんだってさー」

それに封魔の矢で射られたことにより魔法効果も付随して、プリモワには不老＋腐敗の効果が百年施され、助けられた時には殆《ほとん》ど歳を取っていなかったのだと、マジコは説明をする。

「なるほど。二つの特殊効果によって、プリモワ様の身体は持続されていたんですね」

「それだけじゃないよ。プリモワは長いことヘビーサキュバスと一緒にいたから、その不老の特性をステータスとして引き継いじゃったんだ。だからあの子、これからもそんなに歳を取ることはないと思う。ノームの私と同じくらい生きるんじゃないかな」

「なんとまあ」

様々な見識によって判明した事実を聞き、一福は目を見開いて驚く。

「それなら、プリモワさん繋《つな》がりで、マジコさんに呪いのシステムについてお聞きしたいことがありまして」

「ええ、『皿屋敷』という噺《はなし》があるのですが、幽霊が出てきてお皿を数えるんですけど、九枚数えるのを聞いてしまうと死んでしまう呪いがネタの根幹になるんですが、そういうのって魔法で説明がつくんですか？」

「ふうん。ああ、それは簡単な魔法だね」

「ええ。あたしの世界の怪奇現象を魔法で説明できるんですか!?」

『胴斬り』から何から、不思議な噺を解明されてしまうので、一福はドキドキしながらマジコの発言を待つ。

「要は、神様のタイマーで作られた魔法の応用なんだよ」

「タイマーですか？　神様の？」

「ああ、神様が料理をする際に、食材を幾つか倉庫に入れておいた。その食材を使っていって、最後の食材を使い切ってしまう前に、倉庫番が死んで、神様にお知らせするんだけど」

「食材がなくなります!!　って神様に知らせている、魔法なんですか!?　新しい食材を買わないといけませんよって、教える為に倉庫番が死んでいるんですか？」

「ああ、だからその応用で、皿を九枚カウントしたら、そのカウントを聞いた者が死ぬ、という魔法も創れるってわけ。れるって、わけ」

「呪いのシステム？」

「……なるほど。それで、説明がつくのは、つくんですね……」

ターミナルの不思議過ぎる魔法に、流石《さすが》の一福も呆然《ぼうぜん》と呟《つぶや》く。

「まあ、あくまで応用だけどね。ほら、イップクのセンス？　っていうの？　それと同じだよ。センスは一つだけど、使いようによって幾つもの用途に使えるでしょ？」

「なるほど……。魔法というのを、そういったシンプルな考えで捉えたことはありませんでしたね、面白い」

「私からすればね、皆難しく考え過ぎなんだよ。神様は精霊をこき使えばなんだって魔法に出来るんだから。不可能はない。ただ、私達には魔力ってものが必要で、精霊様と神様を繋《つな》ぐ為に詠唱や解釈が必要ってだけ。それがまあ、面倒くさいといえばくさいんだけどね」

「手続きが面倒だから、そう感じるということなんですね。役所みたいなものなのかな……」

一福とマジコはあっという間に良い話し相手となっていた。

その様子をアヤメは心の中で血の涙を流しながら、にこやかに眺めている。

アヤメ姫が見ていることに、マジコも気が付いていた。彼女はそういったことには鈍感な部類の方だが、これだけ刺されるような視線で見られると、流石に悟ってしまう。

そこで、ある悪戯《いたずら》を思いついた。マジコは一福の首に両手を回すと、アヤメを見てニコリと笑って、こう言い放ったのだ。

「あはは、うかうかしていると、もらっちゃうよお！」

「き、貴様ああああああああああああああ！！！　ぶち殺してやるぞおおお！！！！！」

「アヤメ様、キャラが！　キャラが!!」

隣にいたシノが必死にアヤメを抑える。アヤメの両手には一瞬でナイフが十数本握られており、いつでもマジコを殺す準備は出来ていた。

そもそもマジコはドワーフぐらいごつごつした髭《ひげ》もじゃが好みなので、そういった感情を一切一福には抱いていない。からかっただけである。

「さて、イップクに私からプレゼントがあるんだよ。ほら、これを受け取れ」

ぽいと手渡された一福の手のひらには、一粒の、丸い種が載っていた。

「これは、種ですか？」

「うん。城を作る種、マジックシードだよ」

あっさりと言われて、慌てて一福はその小さな種を下に落としてしまいそうになる。

「これが？　ヘッドキャッスルの魔法が復活したんですね？」

「うん。更に改良を加えて、魔俱《まぐ》として魔力がない者にも使えるようにしたんだ」

「これを食べたら、頭に城が建つんですよね。怖いです」

種を見て、恐る恐る唾を飲み込む一福を見て、マジコは笑いながら首を振る。

「そこもシステムをちょっと弄《いじ》っていて、種を頭に掲げてイメージしたら、後は普通の種みたいに地面に撒《ま》けばオッケー。それで好きな建物が建つよ。頭で宴会されて、自殺しなくて済むよ」

「なるほど。でも、あたしがこれを持っていたところで、別に城が欲しいとも思いませんけどねえ」

「まあ、お守り程度に貰《もら》っておいてよ。私がこれ程研究結果を出せたのもイップクのお陰なんだし。あと、別に城じゃなくてもなんでもいいから。頭に抱いた建物が地面から生えてくるからさ。家でも砦《とりで》でも大丈夫。イマジネーションよ。分かる、イマジネーション？」

――それなら、私が使うから、私の頭で落語をずっとやってもらいたいなあ。

錯乱したアヤメがそんなことをぼんやり考えていると、一福の目がギラリと光った。

その表情をどこで見たのか。アヤメは直ぐに思い立つ。

……ああ、あれは、多《た》福《ふく》様の、瞳だ。

「面白い。でしたらこの種を使って、落語の王国でも、建国しましょうかね」

一福のちょっと一服

あたま山

花見の季節、ケチな男が宴会の周りを物色して歩いていると、金かと思ってさくらんぼの種を拾う。それを食べた男の頭から、なんと大きな桜が生えてきて、近所の人は大喜びで男の頭の上で花見を始める。

頭の上で宴会騒ぎをされて、うるさくてたまらない男はその桜の木を引っこ抜いてしまい、頭には大きな穴が出来る。今度はその穴に雨水が溜まり、池になり、また人々が集まりだし、泳いだり魚釣りをし始めて、大騒ぎ。

男は怒り心頭、最後は自分で自分の頭の池に身を投げて、死んでしまった。

今回は『あたま山』でした。これも有名なネタですね。これを題材にしたアニメ短編映画があったり、日本舞踊や狂言でも演じられる、他の分野にも応用の効くストーリーだと思います。

頭から木が生えて、最後は自分の頭で自殺するという、なんともシュールで、ブラックユーモアに分類される不思議な話ですけど、こちらの世界にはこれに相当する魔法があったんですね。

ただし「ヘッドキャッスル」といって、あまり周知されていない魔法ではありますけどね。

こちらの世界の魔法やモンスター、知識を勉強し過ぎた所為《せい》で、あたしが追い越してしまうということもあるんですね。

例えば落語で『ろくろ首』という噺《はなし》があるのですが、夜な夜な首が伸びるろくろ首のお嫁さんを貰《もら》うというネタなんですけど、これを異世界落語にする場合、デュラハンだったらポピュラーでやりやすい。ですが、デュラハンは首が伸びる訳ではなく、胴体と首が外れている騎士の亡霊ですから、首が伸びるのとはちょっと違う。

そこでモンスター爺様にお伺いしたところ、ターミナルには「クビポックル」という半分妖精のモンスターがいて、そのクビポックルは首が伸びて高い木の実などを食べることに利用したりするらしいのです。ただし、かなり稀少なモンスターで、ターミナルでも目撃例は一度か二度くらいしかないらしくて、殆《ほとん》どの人が名前すら知らないみたいなんですよね。

だから、あたしが『クビポックル嫁』というネタをする時はマクラで「いやあ、実はターミナルにはクビポックルというモンスターがいまして、皆さまはあまり知らないかと思いますが、首が伸びる妖精さんでして……」などと、説明をしなくてはならないのです。うん、とても落語らしくなってきて、あたしは個人的には望むところですけどね（笑）。モンスター爺様も、それで稀少モンスターの周知に繋《つな》がれば幸いと仰ってますし。人をインフルエンサーか何かかと思ってらっしゃるんですかね（笑）。

……さて、それではお後が宜しいようで。

五席　抜けドラゴン【抜け雀《すずめ》】

サイトピアの軍人、イリスが育ったのはかつてのエルフ領に程近い、サイトピアからはかなり距離のある、ペニシルン湖から南下した場所にある小さな港町であった。

父親は武器屋に品を卸している商人で、優しい人であった。昔、軍に所属する騎士だったのだが、戦闘中に怪我をして退役し、それから商売を始めたらしい。

物心ついた頃から、イリスは父に剣を教えられてきた。そして、母に魔法を教わった。

それが当たり前過ぎて、普通の家庭の一幕とは少し違うということを、イリスは知らなかった。

かといって、一日中厳しく教えられたことはなく、異常なまでにそれを強いられた訳ではない。時間のある時に、剣を学び、魔法を得る。それをイリスは繰り返し、元来あった才能を次々に開花させていったのだ。その様子を見て、父も母も喜びと同時に複雑な感情を胸に宿しているのを、イリスはなんとなく感じていた。

そして、イリスが十四歳になった誕生日に、母親が昔王妃の侍女をしていたことを知らされた。十数年前に急逝したサイケデリカ姫である。

サイケデリカの一番近くにいたイリスの母は、幾つかの秘密をイリスに語って聞かせた。姫が恋をした相手が現在のマドカピア王であること。そして、生まれた王子がサイトピアにいること。

サイケデリカの忠実なる給仕だったイリスの母は、口封じの為にサイトピアから命を狙われるのを恐れて、サイトピアから遥か離れた港町へと逃亡してきたのだという。その時、姫の近衛兵を務めていたのが父で、行動を共にし、追手からイリスの母を守る為に、怪我を負ったのだという。

王子がサイトピアにいることを聞き、イリス自身がどうしたいのかを、両親に尋ねられると、彼女は迷わず王都へ行き、王子を見つけ出したいと答えた。

それは当然、父と母の願いでもあった。イリスの答えを聞いて喜んだが、このまま港町で平和に暮らしてほしい、という思いもあった。亡くなったサイケデリカへの忠誠は勿論《もちろん》まだ残っているが、お腹を痛めて生んだイリスのことも、心から愛していたのだ。

母から、昔の宮廷の伝手《つて》で、給仕としてサイトピアに潜入する案も聞いたが、それで父や母の居場所が知られては困るとイリスは断り、正面から宮廷魔術学校の試験を受け、首席合格した。その後も生まれ持った魔力の量やコントロール技術を磨き、躍進していった。

卒業すると、そのまま魔法学校附属の魔法研究所員となり、様々な魔法を学び、創造魔法の礎も築いた。そして五年経ってから軍の諜報部《ちょうほうぶ》に極秘に異動して、更に弓矢隊参謀助官を経て、正規軍の副将軍、現在ではエルフドワーフ特別同盟部隊の総隊長と、様々な部署を渡り歩いている。そんな彼女についたあだ名が「雑用屋イリス」であり、誰もが実力を認めるサイトピア一の才女であった。

多くの部署を渡り歩いていたのは彼女にとって好都合だった。サイトピア宮廷の、様々な情報を手にすることが出来たからだ。特に諜報部では普通の者が知らない秘匿情報を目にすることが出来た。勿論《もちろん》、一介の諜報部員で知ることの出来る範囲は限られていたが、人がいない時に結界魔法を使い、過去の秘密文書を調べた。宮廷の地下深くにある牢獄に行きつき、国の祭事の際に潜入を試みたが、そこには誰も捕らえられていなかった。確かに数年前まで、誰かがその中で生活していた痕跡はあったのだが、解放されたのか、牢を抜け出したのか、それとも、亡くなったのか。

焦りを覚えたイリスは、今度は宮廷に仕えている人物を、徹底的に調べ始めた。

そこで、一人、資料を見て違和感を覚える人物がいた。その人物の故郷や素性自体は、どこにでもいるような、普通の経歴なのだが、イリスはどこか引っかかりを感じたのだ。息遣いが感じられないというか。それこそ、架空の人物の経歴を読んでいる気がした。

それがクランエという、召喚師であった。名前は聞いたことがある。イリスよりも下の世代での魔法学校首席。特に召喚術にかけては創立以来の才能の持ち主とのことであった。サイケデリカ姫もかなり高度なレベルの召喚術の使い手だったと聞く。ただ、イリスは王子が同い年だと聞かされていたので、年下のクランエが王子であることに少し懐疑的であった。幼少期は地下に幽閉されていたから成長や知識が劣っていて、何年か下の学年からスタートしたという推測も生まれたが、それでも本人をこの目で見るまでは半信半疑であった。

だが、クランエを遠くから見た瞬間、電撃が走った。長い金髪と青い瞳を見ると、懐かしい何かと出会ったかのように、涙が止まらなかった。

イリスは確信した。

クランエ召喚師がサイケデリカ姫が残した、王子であると。

後はただ国の為に働きながら、クランエを守ることだけを考えていた。彼に近づくつもりもない。サイケデリカ姫の給仕を務めていた母からは、もし捕らえられているのなら、なんとかしてあげたい、と告げられていたが、様子を見守り続けてみたところ、クランエは特に不自由な生活を送っている訳でもない。宮廷の指揮下に置かれている時点で、常に国の監視下となっているのは間違いないが、百年に一人の召喚師といわれ、サイトピアでも一目置かれる存在となっていた。

任務等でクランエと顔を合わせることはあったが、ことさら親しくなりたいとは考えていなかった。遠くから見守っているだけでいい、というのが彼女の本音だったのだ。

それが、クランエから声をかけてきた時のことは今でも覚えている。

イリスが極楽酒場で落語を鑑賞している時だった。

——イリス様は落語がお好きなようで……。

——そうなのだ！

あの時の感動といったら、言葉に表しようがなかった。

クランエと落語の話をするのは、イリスにとって最高のひと時だった。震える程楽しく、嬉しくて仕方がなかった。

それが、一生分の思い出で、構わない。宝物のような時間を、彼女は一福から貰《もら》ったものと思い、尚のこと落語に対する敬意を深めるのであった。

クランエが攫《さら》われた一福を追ってマドカピアに行った時が、一番肝を冷やした。

案の定クランエはマドカピアの闇の気にあてられて、気を失って帰ってきた。それはマドカピア王族の血を引くクランエが、生まれて初めてマドカ大陸の闇の気を直接受けることで、一種のオーバーヒートを起こしたのだ。だが、それはまだ想定している中でも良い結果だったとイリスは考える。

周りの者は、そのクランエの様子を見て、サイトピアの人間が闇に慣れてなくて気絶したのだと解釈してくれたので、まだ誰にも気が付かれていない筈《はず》だ。

最悪の場合、そこでクランエが闇属性に目覚めてしまう可能性もあったのだ。クランエ本人もその危険性は分かってはいただろうが、一福を救う為に、無茶をしてしまったのだ。

そのことをイリスはクランエに注意をした。その時点でクランエはイリスのことを、サイトピアの命令で自分を監視している者と誤解したようだが、それでもイリスは構わなかった。彼が何を考えているのか分からない。最近では思い悩んだ表情でマドカピアの方角を眺めて、ため息をついている。

イリスの心はもう、決まっていた。

——何があっても、クランエを守る。

それがイリスの揺るぎない思いであった。

◇　◇

マドカピアの侵略が現実味を帯びてきた時代、国の危機を危惧した国王が預言師ヴェルツに打開策を相談した際に答えた言葉。それこそ「歴史に埋もれた、世界を救う勇者が、サイトピアより降臨する」というものである。

国王の大号令によって、サイトピアの歴史の中に眠る様々な英雄、豪傑、智将の血を引く者を招集する事態となった。後に「勇者選択」と呼ばれる出来事である。

ラッカはその中の、百人近くの子供の中の、一人であった。特に野心もなく、向上心もなく、呼ばれるままに王都へ出向き、ひょっとすると都会で楽しい生活を送れるかもしれない、という打算もあった。

だが、それは甘い考えであったと、直ぐに思い知ることになる。勇者を選別するというものだから、候補者を学校へ通わせ、座学と実技の成績で脱落者が出ていく、そのようなものをラッカは想像していた。だが、現実は更に厳しい振るい落としの毎日だった。裏ネイティブ（午前五時）に叩き起こされて、早朝ランニングから一日は始まる。とにかく走る。勇者候補の宿舎があるサイトピア郊外から、片道三十キロはある距離を走り、三時間で到着出来なかった者はその瞬間に脱落、それから山で朝食の材料を探し、食事、昼までは山の中でモンスターや軍の騎士と戦い、見込みがなければ即脱落。魔法をかけられた状態での戦闘や、川の中での戦闘など、その日の訓練が始まってからそのシチュエーションは分かることになっていた。

当然、訓練が始まって、徐々に脱落する者達が現れる。

脱落した候補者達は直ぐに自分の故郷へと帰っていった。脱落に涙を流して喜ぶ子供もいた。その気持ちがラッカにはよく分かったが、何故かラッカは脱落しなかった。

センスがあったからではない。とにかく身体が頑丈だったのだ。フィジカルに特化したその訓練自体が、ラッカには向いていた。これが剣技や座学の方にウエイトを置かれていたら、即座に脱落していたのはラッカかもしれない。シンサ一族の血が覚醒した、などという都合の良いものではない。幸運か不運かの判断はおいておいて、偶然だったのだ。

そして、気が付けば、ラッカは勇者候補として、最後の一人になっていた。

いまだに分からない。自分が何故最後まで残ったのか。

最後まで残ったから、本当に自分は勇者なのか。

誰が必然と思うだろうか。何を隠そう、ラッカ自身が、誰よりも、自分に勇者の素養がないことを自覚していたのだから。

それでも、勇者として選ばれてからは、ラッカの鍛錬は過酷を極めた。

ラッカは郊外の宿舎を離れ、サイトピア城近くの騎士団の詰所へと移された。

それからは座学として魔法学や魔獣学、戦闘についての授業も始まった。実技もただ体力に任せて動けばなんとかなるようなものでなく、武器の扱い方から兵法を用いた戦い方など、クオリティ重視のものへと移行していった。

だが、メニューの量自体は特に変わってはなく、ラッカがこれまで無尽蔵な体力と根性だけでなんとか乗り切っていたものが、一瞬の判断や論理的思考で動かなくてはならなくなり、精神的、肉体的に以前よりも厳しいものとなった。

毎日、辛く苦しい修行を続け、石造りの訓練場の壁に背中を預けてへたり込んでいる。切磋琢磨《せっさたくま》した他の候補者もいない。ラッカは孤独だった。涙も流さず、ただ向かいの壁を見据え、はあはあと、息を吐く。

とにかく毎日、厳しい訓練に耐える。それだけが彼の目の前にある日課なのだ。

幼いラッカはそのストレスや鬱憤を糧にして、毎日を耐えた。

――見ていろよ。俺が勇者になったら、お前達全員、俺の前にひれ伏させてやるからな。魔族なんかくそっくらえだ。俺は絶対にこの仕打ちを忘れないからな。

そんなある日、一人の少年がラッカの目の前に現れた。

訓練を終え、いつものように宿舎の壁にもたれていた時のことである。

淡い栗毛で、綺麗な服を着ている、華奢《きゃしゃ》で身なりの良い少年であった。右耳に太陽、左耳に月の形のピアスをつけている。その恰好を見ただけで直ぐに分かった。貴族か、軍のお偉方の息子だ。

「……何見てんだよ。ガキはさっさとあっちへ行け」

ラッカは華奢な少年を睨《にら》みつけて吐き捨てるが、臆した様子もなく少年は言い返してくる。

「大体、同じ年齢に見えるけど」

「……俺は十歳だよ」

「僕は十二歳だ。二つも年上じゃないか」

「ああ、これはすいませんでしたね先輩殿」

「君、名前は？　僕はピート＝ブルースっていうんだ」

「………」

話す価値もない、ボンボンだ。ラッカは無言で立ち上がり、ピートに背を向けて宿舎の自室へと帰った。背中にずっと視線を感じたが、絶対に振り返らなかった。

次の日もピートはラッカの所へやってきた。

「毎日大変そうだね。一体どんな訓練をやったらそんなに息が上がるんだい？」

「…………」

「アルステッド様から直々の訓練を受けているそうじゃないか。それでも根を上げない根性は凄いね。やっぱり勇者というのは、それぐらいの根気がないと務まらないのかな……」

「…………」

世間知らずのお坊ちゃまが、興味本位で話しかけてくることに、ラッカは無視を続けた。

数にして百日程、無視をし続けた。

だが、百一日目なのか百二日目なのかは忘れたが、頑丈なラッカが、一度だけ、高熱を出したことがあった。

その時のことは朦朧《もうろう》としか覚えていない。

「ピートお坊ちゃん。彼は勇者です。勇者に甘えは許されない。ステータス異常の際にも力を発揮出来なくては、意味がないのです」

「勇者かもしれないけど、彼はまだ子供です。僕より二つも下なんだ。今日彼に必要なことは修行ではないと思います。僕は父上に訴えても構いませんよ」

倒れている自分の前で、なにやら大人とピートが言い合いをしていることだけは分かった。余計なことをするなと怒鳴りつけてやりたかったが、頭が朦朧として、何も言葉を発することが出来なかった。

そして、交渉はピートの粘り勝ちとなる。

「ラッカ、今日、君は休みだよ。彼を城の外へ連れ出す許可も頂きたいです」

「……好きにすればよいでしょう」

気が付くと、ラッカはピートの背中におぶさって、城下町を歩いていた。

それは、ラッカがサイトピアにやってきて、初めて眺める城下町の光景だった。宿舎から一歩も出ていない、まさに幽閉状態だったのだ。居並ぶ店や街並みに心奪われながらも、最後のプライドを振り絞りラッカはピートに牙を剥《む》く。

「……おい、なんのつもりだ」

「お、気が付いたかい？　具合は大丈夫かい？　僕の妹が簡単な治癒魔法を使えるんだ。今から行ってかけてもらおう」

「人の話を聞いているのか？」

「家に行けば母さんだっている。母さんの作る特製スープは最高に美味しいよ」

「うるさい！　金持ちの同情なんてくそくらえだ！」

そう言って、ラッカは背中から飛び降りると、ピートを思い切りぶん殴った。

つい先刻までラッカを運んで疲労していたピートは、その攻撃を避けることも出来ずに、地面を転がる。

「金持ちの気まぐれか？　それで貧乏人が涙を流して喜ぶ姿を見て、悦に入るのがお前の趣味か？　くそったれが！　同情なんていらねえんだよ！」

サイトピアに連れてこられてから始まった地獄の訓練。ライバルを蹴落とすレース。日に日に脱落していく子供達。自身にかかる期待と重圧。自分を売った両親。村で一緒に育った友達。遅くなるまで遊んだ、帰り道に見上げた夕焼け。

頭の中で、様々な風景が浮かぶ。ラッカは抱えている全ての感情を、一切まとめることなく、抑えることなく、ピートに向けて放った。ピートは地面からゆっくりと立ち上がると、不敵な笑みを浮かべながら両拳を前に構え、ファイティングポーズをとる。

「………よし、ラッカ。僕たち、喧嘩《けんか》しよう」

そう宣言すると、ピートが殴りかかってきた。見た目よりもしっかりとした、腰の入ったシャープな拳が顔面を叩き、脳が揺さぶられ、ラッカも狼狽《うろた》えてしまう。

ふらふらと片膝を地面につくラッカを見て、ピートが駆け寄る。

「ああ。ごめん、熱があるのに」

それを、ラッカは乱暴に腕で弾き飛ばす。

「うるさい。上等だ!! 喧嘩しようって言ったのはお前だからな。殴り合いだ。俺が勝ったら二度と俺に関わるんじゃねえぞ！」

「分かった。じゃあ僕が勝ったら言う通り僕の家に来るんだ。そして、温かいスープを飲むこと。休むこと。僕の、友達になること。今後とも僕の家に招かれたら遊びに来ること。妹の遊び相手もすること。母さんが唯一不得意なプディングを食べた時、ちゃんとお世辞で褒めること……」

「ちょっと待て！　お前だけなんか細かいの滅茶苦茶多いじゃねえか！」

「あれ、負けるのが怖くなっちゃった？」

そこで、悪戯《いたずら》っぽく笑うピート。初めて彼の子供らしさを垣間見て、ラッカは憤怒の中で、不思議な気持ちとなった。

「うるさい！　俺が負ける訳がねえだろうがよ！」

「よし、約束だ」

それが合図とばかりに、ピートは動き出し、ラッカは迎え撃つ。

殴って、殴られての繰り返しだった。ピートは使えるであろう、フットワークも何も使わない。ラッカから殴られたら殴り返し、蹴られたら蹴り返しの連続である。そのたびにピートの両耳の太陽と月のピアスが揺れる。ラッカも彼の攻撃を防御することもなく受け止めて、ただ、攻撃を繰り返していく。訓練で習った技術も動作も何もない。魔物のように、本能で喧嘩をしていた。

そうなると、体格的に有利なのはラッカであり、ピートの方が明らかに顔も腫《は》れ、息も切れていく。だけど、ピートは倒れない。はあはあと息が乱れていくが、決して倒れようとはしない。

普段ならば、ラッカが勝っていただろう。だが、熱でフラフラだった彼と、ピートの小柄ながらも底にある根性と……二歳の年の差が出た。

へとへとになって、ラッカはとうとう、地面にあお向けになって倒れた。

ピートも流石《さすが》に立っていられなくなり、膝をついて、そのまま座り込む。

「弱っているところを、更に痛めつけるようなことをして、ごめん。僕はあべこべだね」

「なんでだ……。俺は勇者で、誰にも負けちゃいけないのに……。強くならなくちゃならないのに……」

「あのね、強ければ勇者だなんて、僕は思わない。それなら君よりも強い者なんて、この世界にごまんといる筈《はず》さ」

「じゃあ、勇者ってなんなんだよ」

「その強さの、真の使い方を知っている者こそ、勇者なんだと、僕は思うよ」

「強さの、使い方……」

ピートの言葉の意味をラッカは考えた。強ければ良いのだと思っていた。最後に立っていることが全てだと信じていたのに、目の前の少年は、そうではないと言うのだ。

「それに、勇者だから君に話しかけた訳じゃないよ、僕は。だって、ちっとも勇者なんかじゃないじゃないか、まだ君は」

「な？」

そんなことを言われたのは初めてだった。勇者として選ばれたのに、勇者ではない。がむしゃらに勇者にふさわしくなる為に耐えてきた自分を否定されたその言葉だが、ラッカは全く腹が立たなかった。

「それに、僕は君よりも二つ年上なんだ。年上が年下を庇《かば》うなんて、当たり前だろう？君がこれから勇者となって成長していくのは分かるけど、それでも君は君だろ？」

「俺は俺？」

「僕は騎士団長の息子だけどピートだ。ピート＝ブルース。まだ、なにも為《な》してやしない。関係ないんだよ」

「……ピート＝ブルース」

「なんだい？」

「………ラッカ＝シンサだ」

「ああ、よろしく、ラッカ」

そして、ピートは笑った。二人はここから始まった。

「ピート……あったかいスープが、飲みたいよ」

「ああ、母さんの作る野菜スープは最高だよ」

それから、ピートと親友になるまで時間はかからなかった。

毎日の厳しい訓練は変わらない。だが、ラッカは徐々に子供らしさを取り戻していった。

ピートは宮廷騎士団の当時の団長、テトラの息子だった。武人の子として、ある程度の訓練を受けていたから、ラッカと互角に戦うことが出来たのだろう。

ピートは宮廷の士官学校へ通っていて、授業の合間に遊びに来るようになった。友達がいる、というだけで、厳しい稽古にも耐えられるものなのか。ラッカはそんな新しい自分に驚きを覚えていた。それとも、やはりピート＝ブルースという少年が特別なのだろうか。

　そして、ラッカは直ぐに彼の性質を知ることになる。

「ラッカ。城を冒険していたら、地下五十階で幽閉されている子供を見つけたんだ。僕達と同じくらいの子さ」

「幽閉？」

「ああ、だけど囚人じゃない。なんか高度な結界が張り巡らされていてさ、位の高い方がその素性を明かさないように、周りから閉じ込められているみたいでさ」

「ふうん。じいさんに聞いてみるか？」

「アルステッド様は融通利かないからなー」

「じゃあどうするんだ」

「そうだな……ダマヤ様だ」

「ええ!?　ダマヤのおっさん？　頼りになるのかよ」

「ああ、あの人はとにかく権力に弱い。僕が騎士団長の息子だからって、色々と媚《こ》びへつらいを毎日されるような方だ。それにあの方がなんだかんだで一番暇だしね」

「いや、お前いつも、自分で騎士団長の息子なんか関係ないって……」

「ああ、そんなこと言ったっけ？　まあ、その場に応じて、色々と利用しないといけないことって、人生にはあるよね。ラッカももっと勇者としての特権を使う練習もしないといけないよ」

「お前……調子良いヤツだな……」

呆《あき》れて目を細めるラッカの視線をモノともせずに、ピートは得意気に笑うのであった。

そして、程なくして彼らの仲間にクランエが加わることになる。

ラッカは思う。こうやって、自分も彼に拾われたのだろう。

ピートの方が勇者のようであった。誰かを救うことにかけて、彼は何も迷わなかった。

とにかく、お節介だったのだ。見て見ぬふりが出来ない。世界を救う人間というのは、こういう者じゃないかと、ラッカは考え始めた。

「自分が勇者でなくても、良いんだよ。勇者という言葉が、存在が、国によってつくられたラベルであり、レッテルであるということを一番理解しているのは、ラッカ、君だろう？」

「でも、多分ピートが生きていた方が、きっと旦那にも口を突っ込んで、色々とやっていたと思うぜ」

「どうかな。僕はきっと、ようやく肩の荷が下りたって、隠居を決め込んでいるかもしれないよ」

「何言ってんだか。そういう意味ではなんか、お前と旦那は似ているような気もするなあ」

気が付くと、ラッカはどのピートと話しているのかが、分からなくなっていた。そして、この感覚になると、夢から覚める前兆であることをラッカは悟っていた。もっと話したい、と思う程、現実は残酷であり、夢から彼を引き離そうとする。

「因果なもんだなあ。これも勇者の試練か？」

「どうだろうね。君はまだまだ勇者じゃないからねえ」

「ふん。分かっているよ……」

そこで二人の会話は終わり、ラッカは夢から覚めた。

目覚めたラッカは枕を手に取り、今見た夢「幼い子供」の絵が描かれたダイヤルをしばらく見つめてから、弄《いじ》る。酒に女に金に髑髏《どくろ》。色々なダイヤルを回しながら、口の端を持ち上げて皮肉っぽく笑う。今の夢からは、何も持って帰ってはこられなかった。

「……なあ、どのダイヤルだったら、今の続きが見られるのかよ？」

気だるげに放ったその呟《つぶや》きは、壁に反響して、消えていった。

◇　◇

ここ数日間、一福が何事かをずっと考えているのを、アヤメも理解していた。

彼は落語を隠れ蓑《みの》にしてきたのだが、それも最近では劇的に変わってきている。誰かの為に落語を演じる。そうでなくても、落語を演じた結果、誰かに影響を与えた場合、その事実に目を向ける。礼を素直に受け取り、人の悩み事を聞いて、それを落語に反映させるなど、とんでもない程の変化である。

そのきっかけとなったのは他の誰でもないアヤメなのだ。

一福が隠していた過去を勝手に覗《のぞ》き見て、自分勝手に彼から落語を奪い、追い詰め、挙《あ》げ句《く》の果てには何度もぶん殴り、彼が隠したかった正体を剥《む》き出しにして、問い詰めたのが、アヤメである。

——………いや、よくよく考えてみたら、私って、最低な女なんじゃないかしら。

よくよく考えてみなくても、そうだった。

しかも、元々一福をたらい回しのようにマドカピアに攫《さら》ってきたのも、アヤメなのだ。

荒療治といえば聞こえは良いが、悪くいえば、全ての元凶がアヤメでもあった。

一福がアヤメに感謝して前向きに落語をしているのは、元来の彼の人柄の良さであり、彼がアヤメの所業の所為《せい》で精神を壊してしまい、部屋にふさぎ込んでいたとしても、なんらおかしくはなかったのだ。アヤメは一福の妙な打たれ強さと根の素直さに、感謝すべきである。


だが、流石《さすが》に今の胸の内はアヤメに明かしてはこないだろうと、考えていた。

何故ならきっと、彼はラッカ＝シンサのことを考えているからだ。ラッカ＝シンサをどうやって解放するか、ともすれば脱獄させることまで計画しているかもしれない。

だが、噺家《はなしか》の飛び越え方はアヤメの常識を凌駕していた。デビルズダイニングのＶＩＰルームにいるアヤメに対して、一福はとんでもないことを言ってのけたのだ。

「ええと。あたし、ラッカ様を脱走させようかと思っているんですが」

「………私の前で言うんですね。私だけならともかく、陛下もいるのに」

そう、ＶＩＰルームにはマドカピア王であるモーニンググラウンドもいた。とてつもなくアルコール度数が高そうなワインであるかのように、グラスに入った葡萄ジュースを飲んでいる。

「陛下には絶対に迷惑をおかけしたくありませんが、ここでこのように発言しても、便宜を払うような方ではないのは分かっていますので。そもそも、あたしと陛下の仲を知っている方もそうそういませんし。アヤメさんや殿下達ぐらいじゃないですか」

「………」

その言葉に既にモーニンググラウンドは鬼のように感動していた。国王という壁を理由にモーニンググラウンドを遠ざけてもよいのだが、一福自体はまだ彼を友人として扱ってくれているのだ。その様子をアヤメは興味深く見つめていた。

――お父様、震える程感動しているわ。多分、今一福様がお願いしたら、コロッと恩赦でラッカ＝シンサを許すに違いない。だけど、それを一福様も分かっているから、逆に釘《くぎ》を刺すように今、本人の前でこう言っているのだわ。

独特な信頼関係の上で、この国王と異世界からやってきた芸人の仲は成り立っているのだ。

「だけど、友人として、何か良いアイディアがありましたら伺いたいかな、と」

それこそが一福の本題であった。まさに過去の彼ならありえない程の図々しさに図太さである。

「じゃあ、私は？　私も陛下の秘書だし、間者《かんじゃ》を総《す》べる統括者なんですよ」

「アヤメさんはあたしと一緒にいるって誓ってくれました。嘘《うそ》はつけません。ラッカ様を逃がしたら、あたしも追われる身です。その時はアヤメさんも一緒に逃げてくれるのでしょう？」

「！！！！！？？？？？」

突然過ぎる、当たり前に放たれたその言葉に、アヤメは一瞬で心臓を撃ち抜かれた。

「！！？？　しょ、しょれは、あ、あの、しょ、しょうですけど」

顔を赤くして返答に詰まるアヤメ。そして、父であるモーニングラウンドもまた、衝撃の言葉にアヤメを貫通して心臓を撃ち抜かれていた。

――な!!　一生一緒にいて、添い遂げると誓っただって（誓ってない）！　なんという。だが、フクなら！　……いやいかんいかん！　アヤメちゃんをまだ嫁に出す訳には!!

「……いかんぞ、フク」

モーニングラウンドにしてはかなり早いリアクション《反応速度》で牽制《けんせい》する。

「そうなんですよね。結局ラッカ様を助けたらあたしとアヤメさんは引き離されてしまう。この際、サイトピアとマドカピアで仲良くしてもらえませんかね」

　あっけらかんと言い放つが、それこそが一福の意見の本質だろう。だが、そんなことに従う訳にはいかない。

「一福様が仰りたいことは分かりますが、こちらはともかく、サイトピアが絶対に許しませんから」

　マドカピアが魔族といわれ、忌み嫌われていることを一福はよく理解している。

「あはは。いや、一応、考えるだけは考えないと。それが出来たら近道ですからね。元々陛下だってそういう道を進もうと考えておられたことがあるんですから。確かにサイケデリカ様の悲劇は痛ましいですが、ご子息のクランエ師匠は、そんなに酷い目にも遭っておりませんので、心配しなくても大丈夫ですよ」

　クランエの話はアヤメからも一福からも聞いていた。

　不当な扱いを受けることなく、職務を果たしていると聞いて、心の底から安堵《あんど》していた。そこにはきっと捕虜に近い、サイトピアでの手札的な扱いもあるのだろうが、それでも、幽閉されている訳ではないのだから、配慮に感謝すべきであろう。

　だが、和平となると、それなりに用意が必要であるし、アヤメが言ったように、サイトピアがこちらを憎んでいる限り、難しいものがある。

そのことをアイコンタクトで伝えると、すぐに一福は理解して、小さく頷《うなず》いてくれた。

「ええと、では答えられる範囲で答えて頂ければ良いのですが、あのマドカピア城の塔にある特殊独房なんですが、破壊とかって出来るんですかね」

今度はラッカを脱獄させる手段を尋ねている訳だが、一切オブラートに包まない一福の質問に、アヤメは苦笑しながら答える。

「壊すのは難しいですね。勿論《もちろん》陛下やお兄様達、私の中の姫が本気を出せば、壊すことは可能ですけど。ラッカ＝シンサからは剣も取り上げていますので、状況的には難しいかと思います」

可能ではあるが、それこそ一福個人だけでは不可能な手段を告げる。それはそうである。一福は武力も魔力もなく、ＨＰもない。ただの噺家《はなしか》なのだ。あとは鍵などを入手して単身ラッカをこっそりと助け出すことは出来るだろうが、それも先回りして、ラッカに魔剣がないので、牢を出た後に追っ手がかけられた際の対処法が皆無であることを一福に教える。

「魔剣オクラホマスタンピード……あれは元々マドカ大陸にあった魔剣でな。近隣で邪悪なモンスターが暴れているのを抑える為に作られたものだ」

そこでモーニングラウンドが口を開く。

「お詳しいんですね」

「オクラホマスタンピードは先々代が一時期使っていた剣でもあるからな。友喰《ともぐ》い。持ち主の生命力や闇を吸収して、増幅して使うことが出来る」

「それをなんでラッカ様が使いこなせるのでしょうか？」

「それは、同じ人間だからな」

モーニングラウンドはあっさりと答える。魔族や、人間といったことは関係ない、ということなのだ。

「生命力が人並外れていて、英傑なら、使いこなせるものだ」

一福が落語を通して得たターミナルの情報で、分かったことがある。

それは装備に「魔族であること」という区分けはないということである。性別、種族、職業別に装備の可否はある。戦士しか装備出来ない鎧《よろい》。女魔法使いでしか装備出来ないローブ。サラマンダーでしか使いこなすことが出来ない曲刀。それなのに、魔族でしか使えない武器も防具もアイテムも、存在しないのだ。

——それが導き出す答えは簡単だ。ステータスとはこの世界の理《ことわり》。世界がその理を作っていないということは、魔族という存在を作ったのは、人間なんだ。

人々が作り出した呪いであり、世界が作り出したものではない、ということである。

「ただ、当然向いている向いていないはあるもので、あれは、闇属性が強い者の方がその力を増幅しやすいものではある」

「まあ、あの魔剣は闇の気を好んで食べますからねえ」

「それじゃあ、ラッカ様はあまり自分とは合わない武器を使っているということなんですか？」

一福の問いにアヤメは顎に手をかけ、慎重に意見を述べる。

「ラッカ＝シンサにどれだけ闇の適正があるかですけど、彼は典型的な踵《かかと》属性の、イカれた勇者ですから。要は『やんちゃ小僧レベル１００』みたいなもので。それが、こっちに来て、闇の気にあてられたのもそうですし、同時に魔剣が大気中の闇を食べ過ぎたのも、コントロールが効かなくなった原因だと思います。あれなら、まだスタン様の方が魔剣を巧く使いこなせますよ」

「あはは……『やんちゃ小僧レベル１００』は分かりやすいですね。だけど、あまりスタン様とオクラさんのコンビは、相性的にピンときませんね」

漆黒の刀身に大きな口があり、好き放題お喋《しゃべ》りをするオクラホマスタンピードは、やはりヘラヘラとしているラッカに握られている方が、似合っていると一福は正直に告げた。

そして、アヤメの考察がどんな答えを教えてくれているのかも、一福は理解していた。

マドカ大陸で魔剣を返しても、ラッカにとってはあまりよくないというのだ。

「独房にいる間、ラッカ＝シンサは闇の気に慣れてきていますから、こちらに来た時みたいに暴走することもないかと思いますが……」

「ラッカ様に剣を返してもどうしようもない、か」

深くため息をつくと、一福は懐から細長い、伸縮自在の竿《さお》を取り出して呟《つぶや》いた。

「あ、それは『骨つり』の時に貰《もら》ったアイテムですね」

「ええ。ルアーさんから頂きました。何か使えるかなと、思ったんですけどね」

それは、どんな落とし物でも釣り上げることが出来る、マジコが作った魔倶《まぐ》のマジック竿《ロッド》であった。

「一福様は落とし物なんてありませんしね」

「そうなんですよ。あたしが使っても仕方がないですし。あたしの世界で落とした何かは当然、持ってこられないみたいですから」

一福が最近受け取った贈り物。それら全てがあのにっくき魔法使いが作ったものだと思うと、アヤメの感情にも火がつく。

「枕は差し入れとして使えてますけど、変な竿といい、なんか、よく分からない、建物が生えてくるとかいう苗ですか？　種ですか？　本当、あのマジコとかいう婆《ばばあ》も全く使えませんよね。婆は家で隠居して出てくるなって一福様が言っていたって今すぐ伝えてきますね。はい、今すぐ。では」

「いやいやいや。そんなひどいことは思っていませんよ。最近では毎日落語を見にきてくれて。魔法のこともたくさん教えて頂けますし、本当、噺《はなし》のタネになって助かっていますよ、マジコ様には」

「……………うううううううううううう」

当然のカウンターを食らい、アヤメはぼろぼろと泣いてしまった。

子煩悩のモーニングラウンドから見ても、流石《さすが》にこれはアヤメの自爆であり、なんの言葉もかけられない。一福が冗談と思って聞いているのが、彼女にとってはまだ救いではなかろうか。

因《ちな》みに今魔剣はシーンダ＝スタンリバーが管理している。言葉巧みに近づいて、三人の看守が持ち主となり、乗っ取られたのだ。モーニングラウンドはああ言ったが、あれを扱うことが出来るのは、ターミナルでも十人はいないだろう。

一福が手詰まりで落ち込んでいるのを見て、アヤメはふと肩に乗っている妙な配色のドラポンを指差した。

「一福様、そのドラポンはどうなんですか？」

「え？　クモノスケですか？」

先日モンスター爺が一福にあげたドラポンである。かなり稀少なドラポンらしく、潜在魔力を覗《のぞ》いてみても、確かにとてつもない魔力量ではある。アヤメが見つめているところに向かって「みゃあ」という、気のない鳴き声を聞かせてくれた。

「うーん、だけど、あれですね。結局一福様がこのクモノスケの力を引き出せるとも思いませんしね」

「とほほ……宝の持ち腐れというヤツですね」

一福が更に落ち込んで下を向いた時、モーニングラウンドが口を挟んだ。

「……だが、どうだろうな」

「陛下。どうされました？」

「……フクに魔力はないが、そのドラポンはまた凄い力があるからな。いつ、覚醒するかも分からんぞ……」

「え？　本当ですか？」

食い気味の一福に、モーニングラウンドはこくりと頷《うなず》いた。

「まあ、かなり可能性は低いがな」

「……たは。仕方ないですね。他の手を考えますかね。ええと、じゃあ鍵は誰が持っていますか？」

一福はまだ諦めずにラッカ脱獄の案を練っている。

「看守が持っていますし、なんなら私も持っていますよ」

「え？　それならアヤメさんに協力してもらえばいいのかな？　鍵を借りるとなると、流石《さすが》にアヤメさんに迷惑がかかりますから。こそっと盗むなりすれば、アヤメさんは不可抗力ということで。あ、それこそマジック竿《ロッド》を使えばいいんだ。ああ、だけど鍵はあたしの落とし物って訳じゃないもんなあ……」

行き着く先は既に理解している筈《はず》だが、アヤメは一応釘《くぎ》を刺す為にも声に出して一福に伝える。

「一福様。脱走させて、捕まったら流石にその場で殺されても仕方がないですよ」

それは当然の事実で、一福も分かっている筈だが、実際に言葉として聞くと、ブルっと肩を震わした。

「かといって、一福様には武力はない訳ですので、手助けすることも出来ない」

「まあ、そうですよね」

分かって追いこんだのだが、一福がしゅんと、肩を落とすとアヤメは急に申し訳ない気持ちになる。

――ほれ、パープル。ここで、「でも私なら闇姫モードになって、追っ手を皆殺しにしながら逃げ切ることが出来ますよ」と笑顔で言うのじゃ。魔女ノームに差をつけるチャンスじゃぞ。

――そうよ。私達の武器は圧倒的な強さじゃないの。それを利用するの。イップクに、状況を打破するのはあなたしかいないと植え付けるのよ。

別人格達がアヤメを囃《はや》し立てる。アヤメ本人もそれをすぐに口に出したいのはやまやまだった。

そう、アヤメの協力があれば、逃げ出すことは可能なのだ。

だが、それで何が解決するというのだろうか。泥沼である。

――泥沼だろうがなんだろうが、それはそれでよくないかのう？　それで絶対にフクはわらわ達を頼らなくては生きていけない身となるじゃろうが。

――そうよ。要は既成事実が必要なのです。そそのかして、行動させて、蝶を巣に絡める蜘蛛《くも》のように、絡め取るのよ。逃避行の先で、二人の絆は深まるでしょう。

「逃避行……絆……」

――自分の国を裏切り、一人の男と逃げる姫君。それはそれでロマンチックだとは思わない？

「……素敵、過ぎる」

姫とグリーンの口車に背中を押されたアヤメは、一福を一心に見つめ、ニッコリと笑い、はっきりと言葉を放つ。

「でも、私なら闇姫モードになって、追っ手を皆殺しにしながら逃げ切ることが出来ますよ」

「…………」

突然放たれたその台詞《せりふ》に、一福も、モーニングラウンドも凍り付く。

──こやつ……本当に言いよったな。

──どんだけ追い詰められてるのよ。この主人格、こんなにポンコツだったっけ？　突っ込みが一人もいないじゃない、私達の人格。

「あ、あはは……アヤメさん。ま、また面白い冗談を言いますね。あは、あはは……」

──ほれ、見てみい、あれだけ空気を読んで、周りを誤魔化すことに天才的に長けたフクでさえ、顔の引きつりを隠しきれておらんわ。

──彼をこれだけドン引きさせられるのは、私達の妹ぐらいのものね。たいしたものだわ。

だが、このアヤメの暴走発言のお陰で逆に一福を落ち着かせることに成功したらしい。どれだけ考えても、無理矢理ラッカを脱獄させることは難しいことに一福は気が付いた。

「ええと、じゃあひとまずラッカ様を脱獄させることは諦めるとしまして。それでお聞きしたいんですが、このままラッカ様が捕らえられていたら、現実的にはどうなりますか？」

その質問に、アヤメは正直に事実を答える。

「とりあえずしばらくはこのまま、捕虜として幽閉されますね」

「その間、命の心配は？」

アヤメは小さく肩を竦《すく》めながらも、それを約束する。

「まあ、ないと言っておきましょう。ですが、悠長なことは言ってられません」

「それからは、裁判にかけられます？」

「そこが問題なんです。ターミナル捕虜条約があって、捕虜に関する権利があげられています。捕まえた国の法律による裁判が望まれた時は、それが認められるようになっているんです」

「それはつまり、マドカピアの法で裁かれるということですか？」

日本人が海外で捕まった場合、現地の法律で裁かれることと同じである。

そこから先も、アヤメは包み隠さずに伝える。

「まあ、正直に言いますと、軍部の方でラッカ＝シンサへの裁判を求める動きがあります。こちらからしてみれば、彼は同胞を大量に殺害した犯罪者ですからね」

「もしそれで裁判となったら、ラッカ様は大量殺人の罪で？」

「死刑でしょうね」

「………」

一福は黙り込んでしまうが、その瞳は絶望に陥ってはいない。その先の一手を見出そうと、思考を巡らせている。

「軍部の方と、お話をした方がいいのですかね？」

「そうですね。その人物達に話をするのが良いのかもしれませんが、それか、そういう者に向ける落語を作る、とか？」

落語を使って、思想を変えさせる、という手段である。

「なるほどね。皆、仲良くやりましょうって落語ですね。捕虜は逃がしてやりましょうって感じの」

そう笑う一福が、次に断ることを、アヤメは確信していた。

「あっはっは。絶対ごめんこうむりますね」

そう言って、一福は舌を出した。

「啓蒙的な落語はないことはないですけど。そういった意志を、落語を通して伝える真似はしたくないですね。マドカピアは素晴らしい、だから戦争に行こう！　誰かを殺そう。または誰か見逃そう！　なんてことはしたくないですし、それが面白い訳ないんですよ」

「だけど一福様、お言葉を返すようですが、今まで結構、人の気持ちを変えるような落語、演られていると思うんですけど……」

「うーん。そこの識別が一緒だと感じられるのでしたら、仕方ないですけど、あたしにとっては昼と夜くらい違いますね。良いことをしたからお礼を貰《もら》える、というのと、お礼を貰いたいから良いことをする、というのは、同じですけど違いますよね？　つまりはそういうことです」

「なるほど。めんどくさいですね」

ストレートに感想を述べるアヤメに、一福は小気味よさそうに笑いかける。

「へっへっへ。面倒くさくない噺家《はなしか》なんていませんよ」

そこで一福はよし！　と大きく声を出すと何かを決めたように両手で顔をパンと叩いた。

「残された時間は少なく、やれる手段も方法も思いつかない。こういう時はもう、これしかありませんね」

――一福様には、落語しか、ないわね。

そう、一福には、落語しかないのだ。

「あたしは落語を演るしかないんですよね。結局そうですね」

それは以前と同じことを言っているのだが、前とは違う意味であることをアヤメは理解していた。

「そうですよ。一福様のお節介落語の、本領発揮じゃないですか」

その言葉を聞いて、一福は目を丸くした後、大笑いする。

「お節介落語……これはまた、結構なネーミングですね。アヤメさんはずっとそういう風に思っていらしたのですか？」

「ええ。一福様が自分は落語しか演らないとのたまっていらした時から、実は思っていました。何にも関わらない体を装って、落語で首を突っ込む。ああ、なんて面倒くさい人なんだろうって、うんざりしてたんですから!!」

「あっはっはっはっは！！！！！」

その答えに満足したのか、お腹を抱えて笑った後に、一福はすっきりした表情で頷《うなず》いた。

「それじゃあ、そろそろ『抜け雀《すずめ》』でもやってみましょうか」

「え？」

「そうしたら、どなたか『抜けラッカ』でも思いついてくれるかもしれませんからね。こうなったら、とことん落語頼みです。落語に妙な力なんてあるとは思っていませんが、どうせあたしには落語以外出来ることはないんですから。あ、これは変な意味じゃなくてですね」

「それとさっきの落語を使って思想を云々《うんぬん》って話とは、何が違うんですか？」

その矛盾を、アヤメは分かっていながらあえて尋ねてみる。

「さあてね、結局………あたしの中の矜持《きょうじ》ですよ」

思った通りの内容の返事であったが、その横顔が見たくて、アヤメは聞いただけの話だった。

芯があるようでぶれていて。ズレているようで、地に足をつけている。このバランスは、彼の中に魂が一つではない、証であった。


「で、抜けスズメってどんなハナシですか？」

落語好きなアヤメは直ぐに気持ちを切り替えて一福に『抜け雀』に関して質問する。

「ええと、アヤメさんは、『石の聖水』をご覧になられましたか？」

「ええ、あの飴《あめ》のアメバ様の騒動の時に演られた落語ですね。私は既にコソッと侵入してましたから、観てますよ」

「あはは、侵入。そうですよね。冒頭としては似てるんですけどね。旅の者が宿屋に泊って、飲み食いしても、実は無一文。あ、無一文って分かります？」

「はい、お金がないってことですよね!!」

黙って聞いていたモーニングラウンドも、そこで一福に小さく頷《うなず》いてくれる。

「宿代を払う金がないので、代わりにその旅の者がスズメという鳥を衝立に描いて去っていくんですけど、これがまあ、実は凄い方で。朝になると雀《すずめ》が絵から抜け出して飛んでいるんです。最終的にはその絵に高い値がつくという、簡単にいえばそんな噺《はなし》なんですけど」

「オチはどんな感じなんですか?」

「オチはですね。絵から飛び出る雀の宿があるという噂を聞いた老人が訪ねてきまして、その絵の欠点を挙げて、雀の絵に鳥籠《かご》が足りないからと、鳥籠を描き足してくれるんです。で、それを後で知った絵描きの男は自分のミスに気が付くと同時にその方が自分の親だと知って、雀の絵の前で手をついて謝ります」

「はい」

「自分はなんて親不孝なんだと嘆く旅の者に宿屋の店主が『そんなことないじゃないですか。親子揃《そろ》って絵の達人だなんて、素晴らしい』と言うと、旅人が一言。『いや、親不孝だ。見てみろ、親に駕籠《かご》をかかせた』、と言って終わるんです」

「ふむ? カゴを、かかせた?」

アヤメはよく意味が分からず、首を捻る。

「まあ、駕籠かきという職業が、あたしの世界には、今はもうないんですが、昔はその下《げ》賤《せん》の仕事でして、ちょくちょく悪い行いをしていた方々なんです。だから駕籠かき＝《イコール》親不孝者みたいな印象がありまして。そこで、親に（雀の）籠《かご》を描かせるなんて親不孝だ、というオチで意味が通じるんですけど。駕籠かきなんて職業は……」

「ターミナルにはない、ですね」

「そういうことです。それにこれはそもそもあたしの世界でも、既にそんな言い方はしませんからね。現実で演る際も、前もって説明を入れるぐらいなんですから」

「へえ、一福様の世界の言葉なのに、そういう噺があるんですね」

アヤメは前回の『ヘッドキャッスル』を思い出した。こちらの話にもかかわらず、あまり知られていない、頭から建物が生えてくる古典魔法の落語だったが、それも確かに一福は冒頭、途中と説明を加えながら噺を成立させていたのだ。要はああいった補足が入る落語ということだろう。

　このオチの「親に駕籠をかかせた」という部分を、どう改編するのが、異世界落語版『抜け雀』の肝になるということを理解したアヤメは頑張って頭を働かせる。自分も一福の役に立ちたいのだ。

「一福様。この抜けスズメのスズメというのは、何に変えるんですか？」

「ああ、そうですねえ。こちらでいうチュンチュンだとかの小鳥なんですけど、ここはやはりもっと大袈裟《おおげさ》に、ドラゴンにしましょうかね。『抜けドラゴン』です」

「おお、『抜けドラゴン』。なんだかワクワクしますね」

アヤメはそう反応して笑うと、手を上げて発言する。

「駕籠《かご》という言葉と同じ音でしたら、こちらでよく使う表現なんかでは、加護なんてありますけどね」

「おお、神のご加護を、というやつですね」

アヤメの案に一福が目を輝かせる。

「『何を仰います親御さんの、加護を受けなさったんですよ』……ですか。ふむふむ……悪くはないかもしれない。しかもサゲの言葉が旅の男じゃなく、宿屋の店主になっているんだ。これはこれで斬新かもしれませんね」

お世辞かもしれないが、一福が感心して頷《うなず》いてくれて、アヤメは跳び上がる程嬉しかった。だが、これでサゲの語呂が上手くいくかもしれないが、まだ問題があることに二人とも気が付いていた。

「まあ、どのみち絵に籠《かご》を描くという筋でいくなら、冒頭に駕籠の説明をするか、あたしがそもそも駕籠を流行《はや》らせないといけないんですよね」

ターミナルに駕籠がない限り、結局は「駕籠」という存在自体を一福が生み出さなくてはならないのだ。

「……まあ、一福様なら流行らせることも出来るとは思いますけどね。それこそマジコさんなんかに魔法の籠でも作ってもらって……だけど、ちょっと時間がかかっちゃいますよねえ」

「うーん。そうですねえ」

今までも長い名前を流行らせる等、ターミナルに流行を作ってきたことがある一福だが、今回はラッカの命にも関わる為、あまり時間はかけたくない、というのが本音である。

アヤメは腕を組んで、更に思案する。

「うーん……カゴを描かせた、じゃない方向で考えられないかしら。そもそもドラゴンをカゴには入れないと思うし。親に何を描かせれば、いいんですかね。檻？　牢？　親に檻を描かせた。牢を描かせた。うーん、しっくりこないですかねえ。ドラゴンの鱗《うろこ》？　親に鱗を描かせた？　ドラゴンに必要なもの……餌？　餌を描かせた？　ああ、でもドラゴンは餌はなくても滝とか川があったら、清水を飲んで生きていけますもんね」

「………ほう」

アヤメの最後の言葉に、一福が反応する。

「アヤメさん。今なんと仰いました？　滝があればドラゴンは生きていける？」

「ええ。まあドラゴンの種類によりますけど、清流だけで生きているドラゴンは、結構いますよ」

「……父親がやってきて、息子の描いたドラゴンの絵に、滝を付け足す……。ドラゴンの絵は真ん中に描いてある筈《はず》だから……自ずと親は滝を、絵の……端に描かざるをえない」

そこでアヤメも一福が何を言いたいかが分かった。

「なるほど!! ……親に、ハジを、かかせるんですね」

「その通りです。アヤメさんのお陰です。これでサゲがなんとかなりそうですね」

そう笑って一福はアヤメの手をがっしりと握って礼を言った。アヤメは天にも昇る気持ちでその手を強く握り返し、モーニングラウンドは心の中で血の涙を流しながらその光景を見つめていたのだった。

「さあ、後は絵を描く七名工の方っていらっしゃらないんですよね」

「そうですね。いませんね」

手先が器用で有数の職人を輩出するドワーフ。その中でも各ジャンルで神の技を持つ七人に与えられた称号、それこそが「七名工」である。

鉄のラインハルト、木のモクローキー、飴《あめ》のアメバ、石のスクリュードライバー、布のゴルダナ、ミスリルのコートジボアール、タコヤキのデンガナ。存命している者もいれば、亡くなってしまっている者もいる。

「うーん。ターミナルの画家で有名な方はあまりいないんですよね。そんなに絵は評価されないものなんですか？」

「いや、有名な絵はあったりするんですけど。これがターミナルの画家って、基本的にコミュ障というか、名乗ったり、自分の絵にサインを残したりもしないんですよね」

「へえ、そうなんですね。じゃああこの方は別に無理矢理実在する人にしなくてもいいかな……ドワーフでもなく、人にしましょうかね」

落語を考える二人を、モーニンググラウンドはジッと眺めている。

――そう、フクよ。お主はとにかくラクゴを演《や》っていればいい。それだけでいい。それだけで、お主は自然と大きな渦に巻き込まれ、そのうちその渦は、世界をも巻き込んで、お主の舞台へと変わるであろう。

そう、モーニンググラウンドは感覚で知っていた。

策略や謀略を遥かに凌駕する、一福が大きな渦となる瞬間《とき》は、直ぐそこまで来ているのだ。

その時、アヤメ《あの子》はどうするのか。その未来に関しては、モーニンググラウンドは目を瞑《つぶ》ることしか出来なかった。

――にしても、あんまり仲睦まし過ぎるのは、本当、グググとなってしまうがな。

◇　◇

後日、一福がデビルズダイニングで高座に上がり、落語を披露する。

「さて、皆さま、今日は『抜けドラゴン』という噺《はなし》でお付き合い願います。えー、冒険者が沢山やってくる港町に一軒の安宿がございます。古くから経営する店なんですが、周りに競合店が沢山出来まして最近では客足も遠のいている。部屋が空きっぱなしというのも具合が悪いので、気合いを入れて客の呼び込みをする店主でございます」

一福が扇子で舞台を、トンと叩く。

次の瞬間――世界が、変わる。

『さあ、宿をお探しの冒険者さん、こちらにも宿はございますよ！　とにかく安い。建物は少々傷んでおりますが、まあ、とにかく安いもんですから、安い宿をお探しの方は、是非お越し下さい。あ、そこの旅人さん。どうですか？　あ、そちらの冒険者さん。こちらに宿がございますよ。如何《いかが》ですか？』

宿屋の店主が必死になって呼び込みをしていると、一人の男が足を止める。

『お、俺か？』

『あ、ええ、そうです。どうですか？　泊まっていかれますか？　旦那』

『おう、泊まってやっても良いぞ。だが、俺はとにかく酒を飲むぞ』

『ええ、飲んで頂ければそれだけこちらも儲《もう》かりますので、ありがたいです』

笑顔で答える店主に、男は更に言う。

『飯も食うぞ』

『はい、たらふく食べて下さい。お代は後払いで構いませんので』

『そこまで言うなら、泊まってやろう』

『ありがとうございます！』

その男の風体はお世辞にも綺麗と呼べないものであった。ドワーフのようにヒゲは生やしっぱなしでその装備は全て汚れている、いかにも不潔な旅人であった。

幾ばくかの不安を感じながらも、客に飢えていた店主は、男を宿に案内する。

男は宣言通り、毎日沢山の酒は飲む、飯は食べる、そして特にどこかに出かける訳でもなく、三日が経った。

『いやあ、飲むとは言っていたけど、こりゃあ、流石《さすが》に飲み過ぎだ。こっちが酒屋に払う酒代が、なくなる』

とにかく酒代を幾らか貰《もら》ってこないと店が立ち行かないと、女房から急かされて、店主は渋々徴収に行った。

『あのー、お客さん、後払いと言っておきながら申し訳ないんですが、こっちが酒屋に払う金がなくなりそうなんです。酒代だけでもよいので頂けませんか？』

『払ってやりたいのはやまやまなんだがなー。悪いなー』

『え！！？？　なんです!?』

『ないんだわ』

『ない!?　やっぱりないんですね』

男の言葉を聞いて、店主は絶望的な気持ちになった。

『やっぱりそうか。女房も確かにあんたは怪しいって言ってたんですよ。いや、いつも私は金持ってない人ばかり連れてくるって怒られてましてね。この間も無一文の職人を泊めちゃって』

『ほう、お主、良い目を持っておるな。金がない者にわざわざ声をかけて泊めてあげるとは、見上げた男だ』

『そういうことじゃないんですよー』

無一文に褒められて、心底嫌な顔をする店主。

『どうするんですかー。あれだけ飲み食いして、払うものがないなんて。うちも商売が成り立ちませんよ』

『金がないなら、身体で払う』

『え、皿洗いでもしてくれるんですか？　客引きとか？　でもその身なりじゃお客さんも逃げちゃいますよ。それこそ、また文無しの客を連れてきそうだ』

そう言うと、直ぐに店主は男に頭を叩かれた。

『なんで俺が皿洗いや客引きなんぞせにゃならん。馬鹿かお主は』

『……本当。とんでもない客だ。金もないのに偉そうに。いや、客でもないんだよこの人は』

『俺は絵を描く』

それを聞いて店主はいよいよ絶望的気分になり、天井を見上げた。

『うわ、絵描きですか。絵描きってのが一番金にならないんだよ。うわあ、大工の方が良かったですねえ。大工なら店の修理なんかを頼めたのに』

『うるさい。心の声が漏れ過ぎじゃないかお前さん。さあ、どこかに俺が絵を描いてやろう』

『いやいや、いいですから。お構いなく』

店主の話など聞かずに、どかどかと店の中を物色しだす男。そこで二階の日当たりの良い部屋に置いてある衝立に目をつける。

『お、良い衝立があるじゃないか』

『あ、その衝立はこの前金がないといった職人が作っていったんですよ。今度道具屋に売りに行こうと思っているところなんです』

『よし、これに絵を描こう』

『え、いやいや、変な絵を描かれたら売れなくなるじゃないですか。やめて下さいよ』

『うるさい。ほら、絵具を持ってこい』

『絵具っていっても、うちには看板に字を書く、黒の絵具しかないですよ』

『ああ、黒だけで十分だ。早くそれを持ってこい』

そう言われて、店主はしぶしぶ黒の絵具を持って上がってくる。それを見た男は憮然《ぶぜん》とした表情で店主に言う。

『お前の目は何か？　鎧《よろい》の留め具か何かで、脳みそは綿が入っているだけなのか？』

『え？』

『絵具を持ってこいと言われたら絵具だけ持ってきやがって。絵具を持ってきたら、筆と水がセットだろうが。まったく、このトウヘンボクのすっとこどっこいが』

『……ひどい言われ方だなあ。まったく』

ぶつくさ恨み節を言いながらも人の良い店主は言われた通りに残りの道具を揃《そろ》えて持ってくる。

『隅っこに描いて下さいね！　そこの端の、隅っこで良いですからね!!』

『…………』

「さあ、しばらく集中するように衝立を見つめていた汚い風体の男ですが、カッと目を開けると、さささっと筆を走らせます」

時間にして二分も経たずに、絵が完成した。そこには衝立の中心に、大きなドラゴンが描かれている。

『うわあ、ドラゴンの絵？　いや、まあこんなに描いちゃって。端の方に小さく描いて下さいよー』

『うむ。まあ、これでよいだろう』

店主の愚痴を無視しながら、男は満足気に頷《うなず》くと、筆を水の入ったカップに入れた。

『さて、直ぐにこの絵を誰か欲しいと言ってくるだろうが、俺がまた来るまで待ってもらうんだ、いいな』

『誰がこんな絵買いますかね。別に下手じゃないけど、どこにでもあるドラゴンの絵じゃないかい』

「さあ、旅人の男が宿を去っていってから、この宿で不思議なことが起こります。なんと、平和な町に、朝、ドラゴンが現れるようになったのです。町はもう、大騒ぎ。ですが、店主はどこかで見たことのあるドラゴンだな、と首を傾げます」

そして、二階の部屋に置いてある衝立を見ると、描いてあるドラゴンがいない。

「そう、なんと絵に描いたドラゴンが朝になると抜け出して、空を舞うのです。そして、しばらく空を散歩すると、また絵に帰ってくるではないですか」

『こ、こいつは凄いぞ。あの方は天才だったんだ!!』

世の中には隠れた天才がいるものだと、店主は感心してしまう。

「『ドラゴンの泊まる宿』として、それは凄い評判となりまして、連日連夜、客が押し寄せて、予約は半年先まで埋まってしまいました」

更に男の言った通り、数日と経たないうちに、領主が五百万サークルで買い取りたいと言ってくるが『持ち主がいるから』と馬鹿正直に断ってしまう。領主の使いからは、その持ち主がやってきたら絶対に知らせるのだと強く言われて、また何日も経つ。その間にも予約は入ってきて、宿屋は大賑《おおにぎ》わい。

そこへ、ある日、屈強な供《とも》を二人連れた老人が現れる。

『あ、あの予約している方ですか?』

『いや、だが衝立から抜け出すドラゴンの絵の噂を聞いてな』

老人の言葉を聞き、店主は申し訳なさそうに頭を下げる。

『ああ、そうですか。確かにドラゴンならうちの宿ですが、もう予約がいっぱいで、一年後じゃないと見られないんですよ』

『そうか。それは仕方ないな。だが、それに描かれているのは、本当にドラゴンの絵だけなのか？』

『ええ、ドラゴンの絵だけですよ？　ドラポンでもなければ、ガーゴイルでもない、立派なドラゴンが一体いて、朝になると絵から抜け出し、空を散歩するんです』

店主の返答を聞いて、老人はしばらく考え込むように黙り、その後口を開いた。

『……ふうむ。それならそのドラゴン、いずれ死ぬかもしれんぞ』

『え！？？』

『いや、わしならなんとか出来るかもしれんから、見せてみろ』

ドラゴンの絵を先に見たい為の嘘かもしれないが、その老人の瞳にはどこかで見たような有無を言わさぬ圧と説得力があった。

『分かりましたよ。ドラゴンが抜けるのは明日の朝ですからね。その代わり他のお客さんと替える訳にはいきませんから。皆さん、順番で待って下さった方ですから。なので、申し訳ありませんが、今日はトイレの前で寝て下さい』

それに対して、特に文句も言わず、老人とお供はトイレの前に寝っ転がり、夜が更け、朝がやってきた。

いつもと同じように、朝の光を浴びて、ドラゴンが衝立の絵から飛び立ち、窓を抜け、大空を翔《かけ》る。

『…………』

周りの人々が歓声を上げる中、それを老人は目を細めて見つめると、小さく頷《うなず》いた。

『ふうむ。やはりな。店主、あのドラゴン、じきに死ぬぞ』

『え！！？？』

老人が説明するには、こうである。

『あのドラゴンを見てみろ。ウォータードラゴンじゃ。ウォータードラゴンというのは清流を縄張りとする。これの作者は何も食べなくても死にはしないドラゴンを描いたつもりだろうが、ヤツは清らかな水を飲まないと、弱って、いずれ死ぬ』

『えええ！！？？　死んじゃうんですか？』

『ああ。それか、外に飛び出して帰ってこずに、正気を失い人間を襲い出す。人間が死ぬ』

『どっちにしたってえらいこっちゃじゃないですか！　いや、それは困ります。どうにかして下さい』

店主の哀願に、老人は髭《ひげ》を揺らし、頷いた。

『うむ。ではわしがこの衝立に清流の流れる滝を描いてしんぜよう』

『滝を描く？　滝を描いたらどうなるんですか？』

『滝を描いたら、ドラゴンはそこで水を飲める。そうすると、命も助かる』

『本当ですか!?　それなら是非お願いします！』

店主に選択権などなかった。大事になる前に対処したいと、老人に頭を下げる。

『分かった。では筆を持ってきなさい』

『はい！』

既に懐に入れていた筆を老人に直ぐに手渡す。

『筆だけで絵が描けるか。絵具を持ってこい』

『はい、黒だけでよろしいですか!?』

『ああ、黒だけでよい』

絵具だけを持ってきた店主に老人は文句を言う。

『まったく、お主の目は……』

『はいはい、鎧《よろい》の留め具か、ですよね。はいはい！　脳は綿だけですよ。絵具と言われたら次は水ですね!!　今すぐ取りに行ってきますよ!!』

『……よく教育されておるな』

道具が揃《そろ》い、老人は空になった衝立の前でしばらく集中する。ドラゴンが出ていってから数分経っている。もうすぐ帰ってくる筈《はず》だ。老人はカッと目を見開くと、そこへサッと筆を走らせる。そして、あっという間に滝の絵が完成した。

『へー、えらく端に描きましたね』

『ふん、元々のドラゴンの絵が真ん中過ぎるのだ。ここに上手く滝を描くには、端で収めんといかん。まったく、このドラゴンを描いた者は随分と横柄なヤツに違いない』

『ああ、そうでしたよ。態度の大きな方でした！　金もないのに食べるわ飲むわ泊まるわで!!』

ここぞとばかりに口数の多くなる店主を片手で制すと、老人は窓の外を見据える。

『さあ、お喋《しゃべ》りはそこまでだ。ドラゴンが帰ってくるぞ！』

『え？』

老人の言った次の瞬間には、窓から店主のすぐ横をかすめて一直線。衝立へとドラゴンが入っていった。そして、端に描かれた滝を見つけるや否や、ガブガブと飲み出したではないか。それを見届けて、老人は大きく頷《うなず》いた。

『よし、これで一安心だろう』

『ありがとうございます!!　なんとお礼を言ったらよいか』

『礼などいらん。更にこの絵は高く売れるぞ。ああ、そうだ。いや、別にわしは礼などいらん。ああ、だがな、一つ約束をしてくれんか。もしもこのドラゴンを描いた者が再びこの宿を訪れたなら、必ずこの絵を見せてやってほしい』

『え？　はい。そんなことでしたら構いませんが』

そう頼まれて、店主は快諾するのだった。

「さあ、滝が追加され、そこで水を飲むというと、更にドラゴンの絵は人気となり、客の数は更に膨れ上がりました。それを見た領主が更に倍の値段を出すと言い出したのですが、やはりまだ持ち主の旅人が帰ってきていないので売る訳にはいかないと店主は断ります」

それから半年が過ぎた頃、一人の男がやってきた。しっかりとした服を着て、髭《ひげ》ももじゃもじゃではなく、整えて切られてあるその男は、店主の顔を見るなりにこやかに手を上げる。

『おう、店主、久しぶりだな！』

『え？　あ、どちらさまでしょうか？』

『どちらさまとはひどいな！　俺だよ俺！』

『俺、と言われましても。オレオレ詐欺ですか？』

『何を訳の分からないことを……。ああ、前はこんな身なりじゃなかったからな。ほら、半年前にただで泊めてもらった』

『半年前にただで泊めた方は、五人いましたから、ええと？　飴《あめ》細工のドワーフ様ですか？』

『違う違う！　あっはっは！　人の良さは相変わらずだな！　俺は衝立にドラゴンを描いていった旅人さ！』

『あ！！！　お客さんでしたか！　お待ちしておりました！　あれから大変でして！』

待ちに待った男の来店に、店主はこれまでの顛末《てんまつ》を語る。

『あれから直ぐにドラゴンが絵から抜け出るようになりまして、それを見た領主様が五百万サークルで買いたいと言ってきたんですよ』

『おお、凄いじゃないか！　それで、売ったのか⁉』

『売りませんよ』

『え？　なんでだ、売れば良かったろうに』

呆《あき》れ顔の男に非難の目を向ける店主。

『いや、覚えてないんですか？　お客さんが置いておけって言ったからですよ。領主様にも、持ち主がまた来たら知らせにこいと、つい先日も催促されたばかりなんですから』

それを聞いた男は、すっかり感心してため息をつく。

『まったく、商売人としては致命的な程に素直で、正直な奴だな。気に入った。あの絵だがな、お前にやろう！』

『え⁉　頂けるんですか⁉』

『ああ、元々俺はあげたつもりだったんだ！　直ぐにその領主に売ったらよかろう』

それを聞いて店主は跳び上がって喜んだ。

『ひゃああ!!　ありがとうございます！　本当に、無一文を泊めて良かった！　これからも無一文の人を狙って泊めるようにします』

『あはは、それはやめておけ』

それでは、世話になったと、帰ろうとする男を店主は慌てて引き止める。

『あ、お待ち下さい』

『ん？　どうした』

『いえ、実はですね、今、領主様があの衝立にかけてる値段は一千万サークルでして』

『ん？　さっきお前は五百万の値がついたと言ったではないか』

『いえ、それがですね……』

そこで店主は事情を説明する。先日、老人がやってきて、衝立の端に滝を書いていったのだと。そして、それを男に見せてやってくれと頼まれたことも。

『なに!?　その絵を見せてくれ！』

話を聞くや否や、走り出す男。二階に上がり、部屋を開けると、目の前にはドラゴンの絵の端に描き加えられた滝の絵が。

『これは………!!』

それを目にした瞬間、男は地面に突っ伏して、叫んだ。

『お久しぶりです、父上!!』

『は!? 父上? え、じゃあ、あのご老人は、あなた様のお父さん!?』

『ああ、間違いない。この滝は、我が父が描き加えたものだ。そうか、ドラゴンだけでは駄目だったか。流石《さすが》は父上……』

事情を聞くと、男が自らの才能に溺れ傲慢に振る舞っていたので家を追い出され、しばらくは全国を旅して放蕩《ほうとう》生活を送っていたのだという。だが、ようやく先日ある共通の知り合いの貴族からの口利きで、再び親子の縁を結び直すことが出来て、今から故郷に帰るところだという。

『ああ、俺はなんて親不孝者なんだ。親にこんなものを描かせて……』

『いえいえ、何を仰いますか、素敵じゃないですか! 良い話だ! 息子さんがドラゴンを描き、その端に親父さんが滝を描いていって一つの作品となった。立派ですよ』

その店主の言葉尻をとって、男が言う。

『そら、親不孝だろうが、親にハジをかかせた』

オチを口にして一福が頭を下げると、酒場で拍手が鳴り響いた。

◇　◇

次の日、デビルズダイニングを訪れたアヤメに一福がそわそわした表情で話しかけてきた。

「アヤメさん、どうしましょう。一日経っても『抜けドラゴン』に影響を受けた人が出てこないです」

その言葉にアヤメは思わず噴き出してしまう。

「まあ、まだ一日ですし、やっぱり、そういう邪念があると、上手くいかないかもしれませんよ」

「ええ？　無欲でないといつもの感じの都合の良いやつが起こらないってことですかね。いやあ、困りましたよ。今まで友達同士だったのに、意識しだすとギクシャクする男女みたいなもんですかね!?」

「もんですかね!?　と言われましても……ちょっと何言っているのか分からないですね」

普段より更に輪をかけて訳の分からないことを口走る一福に、アヤメは苦笑を浮かべて肩を竦《すく》めることしか出来なかった。

焦っているのか暴走しているのか、一福はそれならば、実際にラッカに聞かせてみようと、そのままアヤメと一緒にマドカピア城の塔にある独房へ向かった。

◇　◇

「ふうん。恥をかかせるね。面白いラクゴじゃん。ていうか、やっぱりドラゴンなんだ」

「ええ。ラッカ様が『猫の皿』の時にもドラゴンと仰っていたので、今回も採用させて頂きました」

「ふん。どうだろうかね」

「ほら、あたしの落語って大体世界に影響を与えるじゃないですか？」

「おいおい、自分で言っちまうようになったのかよ」

とうとう世界への影響さえも自身の口に出すようになった一福へラッカは思わず突っ込みを入れる。

「それでですね、今回もあたしの落語で困り事をなんとかしようかと思っているんですが」

「いやいや旦那。これはだな、俺が思うに、今まで旦那は特に自分のラクゴの影響なんか考えずに行動していたから、その、無心ゆえの結果、なんじゃないかと思うのよ」

アヤメと会話した通りのことを、ラッカにも言われる。アヤメはほら、と一福を見据えるが、彼はめげない。

「いやあ、こういうのは確かに予告ホームランみたいであまりあたしもやりたくないんですけど、そうも言ってられません事情、というものがありまして」

「そんなこと言ったって空振ってんじゃねえか。そういうの一番恥ずかしいよな。分かるぜ。俺もこの前の『ヘッドキャッスル』だっけ？　あれにはまんまと騙《だま》されて、恥ずかしい目に……」

そこまで言ったラッカだったが、つい喋《しゃべ》り過ぎてしまったと気が付き、口をつぐんだ。

「え？　ラッカ様、『ヘッドキャッスル』で何か試されたのですか？　全然気が付きませんで」

「あ、いやいや、勘違いだよ。なんでもない。で、なんだよ。え、今回のラクゴはじゃあ何を解決させたいんだ？　あ、あれか？　仲の悪い親子を仲直り、みたいな？」

ラッカはこの前と同じように苦しい言い訳で誤魔化す。一福も同じように、ラッカに乗ってあげることにした。

「いいえ。そんなヤワな案件じゃあございません。今回の落語みたいに、なんとかして抜け出させたいものがありまして」

「ん？　ドラゴンか？　ドラゴンを抜け出させたいのか？」

「いやあ、もっともっとヤバい、モンスターなんですよ。手のつけようがない！　ドラゴンなんて、可愛い蛇みたいなもんですよ！」

「へえ、なんだ。そんなヤツがいたら大変だな。早く退治した方が良いんじゃないの？」

「いやいや、退治なんて、物騒な。えーと、穏便に、里に帰してあげたくて」

「ふーん、優しいんだねえ、旦那は」

一福が誰のことに関して話しているかを理解しているアヤメは、つい笑ってしまいそうになるが、なんとかギリギリのところで持ちこたえた。

「で、そのバケモノはどこにいるんだ？」

「それが、悪さが過ぎたので捕らえられてしまっていて」

「あら、もう捕まってんのか？　ドジなバケモノだなー。外に繋《つな》がれているわけ？　それならその鎖だかロープだかを切って逃がせば良いじゃねえかよ」

「いや、それが塔の最上階の石の牢に閉じ込められていまして。なかなか抜け出せそうにないんですよ」

「ふーん、随分と厳重だな。バケモノが捕まって、わざわざ塔の最上階の石の牢か。あれか？　見世物小屋とかに出す気か？　それとも稀少なモンスター愛好家に売り出すとか？」

「いえいえ、見世物小屋なんかに出したら直ぐに大暴れして逃げ出すだろうから、そんな真似しませんよ」

「ふうん。とんでもない奴だな」

ラッカはそのバケモノに興味を抱き、腕を組んで笑った。

「ああ、そういや、独房っていえば、クラを思い出すな」

「クランエ師匠ですか？」

「ああ、あいつも小さい頃、幽閉されていたからな。まあ、あいつは塔じゃなくて、サイトピア宮廷の地下五十階だったけど」

「ああ、マドカピアの血を引くから、ですか」

「そうだよ。そこのスパイ姫様とは異母兄妹になるのかね？」

「で、クランエお兄様をどうやって救ったんですか？」

アヤメが尋ねると、ラッカは素直に答える。

「それはまあ、相棒が考えてくれたんだが。ダマヤのとっつあんに鍵を持ってこさせようとしたり、大臣に直談判したりとか、まあ色々あったんだけど、最終的には俺が大暴れして、牢をぶち壊したんだ」

「…………そうですか」

腕を頭の後ろで組み、壁に寄りかかったラッカが、悔しそうに言う。

「あーあ、俺がこんな所に閉じ込められていなけりゃあな！　そのバケモノがいるって塔の上の牢屋もぶち壊せたんだけどなあ。残念だったなあー」

「……そうですね。実はそれが一番手っ取り早かったりするんですよね」

「ん？　何か言ったか？」

「いえいえ何も。こちらのモンスターの話ですよ」

そう言って一福とアヤメは顔を見合わせて、ため息をつくのだった。

一福のちょっと一服

抜け雀《すずめ》

東海道小田原宿の宿屋に大男が泊まり、どこに出かけるでもなく、毎日大酒を飲む。酒代がかさんでいくのに困った店主は、酒代だけでも先に貰《もら》えないかと男の部屋を伺うが、なんと男は無一文。

『金はないが、俺は絵師だ。絵を描いてやろう。それを宿賃にしてくれ』

と横柄に言う男。

先日泊めた無一文の大工が作った衝立があると告げると、それがいいと、衝立に雀の絵を五羽描いてしまう。

『これを宿賃のかたに置いていく。じきにこの絵を買いたいと誰かが言ってくるだろうが、俺が再びこの宿を訪れるまで売るんじゃないぞ』

誰がこんな絵を買うかと、宿屋の主人は悪態をつくが、男はその絵を置いて去っていく。

翌日の朝、店主が二階に上がり、部屋の雨戸を開けると衝立から雀《すずめ》が五羽、外に飛び出した。

それからというもの、絵から雀が飛び出してくる「雀のお宿」ということで、町中で評判となり宿屋は大繁盛。

更に殿様の目に留まり、絵を千両で買いたいと言われるが、店主は約束を守って、持ち主が戻ってくるまでは売れないと断る。

そんなある日、絵を見たいと老人が供《とも》を連れて宿を訪ねてきた。

店主が案内すると、老人はこの絵には欠点があり、絵に止まり木を描かないと雀が疲れて死んでしまうという。慌てた店主は老人にお願いして、絵に鳥籠《かご》を描いてもらう。

更にその絵がまた評判となり、殿様が倍の二千両の値をつけてくれる。

それからしばらく後、男が再び宿を訪れた。

老人がやってきて、絵に鳥籠を描いていったことを告げると、男は顔色を変えて、二階に上り、衝立を確認する。

すると、絵に向かって男が叫ぶ。

『ご無沙汰しております、父上。親不孝をお許し下さい』

あの老人は男の親だったとのこと。それを聞いて店主は感心する。

『何を仰います。親不孝じゃないでしょう。親子で名人じゃないですか』

『いや、親不孝だ。親を駕籠《かご》かきにさせた』

駕籠かきというのは、駕籠を担いで人を運ぶ職業の人です。その方々が普段あまり良い行いをしない無法者だったので、最後親に鳥籠を描かせた、親不孝にも、駕籠かきにしてしまったという駄洒落《だじゃれ》落ちとなっております。

このネタはとても有名で、それこそ名前や内容を知っているという方が多くいらっしゃると思います。以前演った『竹の水仙』とも似ています、職人さんが活躍する噺《はなし》です。雀が飛び出して飛び回るというのはいかにもファンタジーな設定ですが、それが絵描きの物凄い力を表しているというか、いいですよね。

あたしもこちらの世界で落語を極めたら、ネタの中の人物やモンスターが外に抜け出してくるようになるんでしょうか。なんて、そんなことになったら大騒ぎで、ネタに集中出来ませんよね（笑）。

……さて、それではお後が宜しいようで。

六席　看板のピン【看板のピン】

一福がラッカを脱獄させようと考えているのとはまた別に、アヤメはアヤメで考えなくてはならないことがあった。

それは、サイトピアにいるクランエをどうやってこちらへ連れてくるか、である。

一福を攫《さら》った時のようにダークゲートで簡単にはいくまい。一福は子供を攫うより簡単だったが、クランエは軍人である。戦闘になったら、騒動になってしまう。

それこそ完全なる正攻法でサイトピアに攻め込んで、総力戦にする方法もあるが、その場合、こちらの損害も少なくはないだろう。

一番穏便に済ますのであれば、やはり人質交換だが、ラッカ＝シンサとの交換だとしても、やはりクランエの方が価値は大きい。これに一福をつけたところで、意味はないだろう。

――うん。あちらは交渉には乗ってこないだろう。

それに、一福が行ってしまうのは個人的に嫌なので、それはなんとしても避けたいところである。

——個人的にゃんて、まったく、とんでもない娘だのう。

——姫様、仕方ないですよ。紫ちゃんは思春期ですから。

——うるさい！

最近は、特に二つの姉なる人格にからかわれる頻度が増えてきた。

——それにフクはフクでなにやら考えているからのう。

——そうよ。あの世間知らずのお坊ちゃん、気を付けないととんでもないことしでかすわよ。

——まあ、一福様はラッカ＝シンサの脱走のことだけ考えていますからね。それはどう考えても不可能な訳で。それに集中してもらっている今はまだ、そんなに心配ないと思いますよ。

——じゃあ、やはり我々はクランエ兄様をどうすれば取り返せるかを考えればよい訳ね。

——ラクゴに、何かヒントがあるのではないか？

——あのね。今更私が落語になんの恩恵を得るというのですか。

——何を言ってるの。あなたが恩恵を受けなかったら、この世界には神はいないわよ。

——…………グリーン。

グリーンがたまに良いことを言うので、アヤメは少しジーンとしてしまう。

「アヤメ。どうした。ぼんやりして」

「兄貴、放っておけ。きっと他の妹達と会話をしているんだろうよ」

そんな時、アヤメは声をかけられてハッとした。そうだった。

現実の、アヤメの目の前の光景も、なかなかのものであった。


「で、どうだイップク。俺達はその、クランエとは似ているのか？」

「うーん、そんなに似てはいませんね。シュトルブルグ殿下は陛下そっくり、瓜二《うりふた》つじゃないですか。ですが、ヒルケイツ殿下の穏やかな雰囲気は少し似ているかもしれませんね。これはどなたもそうですが、青い瞳が、同じです」

一福がシュトルブルグからの質問に、穏やかな笑顔で答える。

「ああ、これは父上の瞳の色が濃く遺伝している。マドカピア王族の証だな」

瞳だけでなく、少しウェーブのかかった紫色の髪に、彫のある整った精悍《せいかん》な顔つきのシュトルブルグは、若かりし頃のモーニングラウンドにそっくりである。

「きゃはは。そうなんです。だから私の青髪バージョンが、姫様と呼ばれているのもそうなんですよ」

魔力は瞳に映る、だが、アヤメは特殊で、髪に反映されるのだ。

「じゃあ僕の方が似ているのかもしれないね。サイトピアのサイケデリカ姫は金髪だったと聞くし、魔法の方が得意という点でも、近い部分があるんじゃないのかな」

ヒルケイツはモーニングラウンドの長男であり、銀縁眼鏡をかけた、線の細い男である。年齢は四十歳というが、見たところ精々三十代前半にしか見えない。現王妃のシンシアから受け継いだ金髪と、温和な表情が特徴的である。シノと気が合い、よく兵法や魔法について、熱弁している、知的な王子であった。

「…………」

そんな会話を奥のソファーに座って、目を細めて黙って眺めているのは、マドカピア国王であり、彼らの父であるモーニングラウンドである。

なんとここにマドカピアの国王と、その子息が集まって、噺家《はなしか》を囲んでいるのだ。

溢《あふ》れんばかりの王族の闇の気に、一福の肩に乗っているクモノスケも短い首を更に縮めて、ビクビクしている。

一福がアヤメの兄であるヒルケイツとシュトルブルグと知り合ったのは少し前である。

モーニングラウンドとアヤメが執心している芸人がいると聞いて、興味を持って二人連れ立ってデビルズダイニングを訪れたのだ。

二人の王子が現れたことで、デビルズダイニングはにわかに騒然となった。

一般の客席に二人で座り、一福の落語を鑑賞した後、ヒルケイツは興味深そうに拍手を何度も繰り返していたが、シュトルブルグなどは父親と同じで、ムスッとした表情で黙りこくっていただけだ。実の兄妹であるヒルケイツとアヤメには、彼が最高に一福の落語を楽しんでいることは分かっていたが、周囲の者は戦々恐々としたものである。

その後、アヤメは二人の兄を一福に紹介して、それからは時間がある時には落語を鑑賞するようになった。

それに困って悲鳴を上げたのが、デビルズダイニングの店主である。めかけの子で自由度の高いアヤメはともかく、こう頻繁に店に王族が出入りするようになっては一般客の足が遠ざかるかもしれないと不安になり、それからはモーニンググラウンドが愛用しているVIPルームを使うこととなり、今、彼らはそこで楽しく歓談をしているのであった。


「というか、皆さんは、その、どう思っていらっしゃるのですか。クランエ師匠の存在のことを」

モーニンググラウンドが目の前にいるというのに、一福は特に尋ねにくそうでもなく聞くと、ヒルケイツが穏やかに微笑み、銀縁眼鏡に手を添えて答えた。ヒルケイツはどちらかというとマドカピアの男という風体ではない。だが、魔法の実力は宮廷魔術師でも敵《かな》わない程の実力者であった。

「まあ、腹違いの兄弟がいるというのは昔から聞かされていたからね。王位に関しても特に執着があるわけでもないし。覇権を争って血で血を洗う宮廷内紛争なんて、時代遅れも甚だしいさ」

シュトルブルグが兄の言葉に共感して頷《うなず》き、続ける。

「ふん。もしクランエが俺達よりも実力が上なら、喜んで王位継承権を譲るぞ」

「とはいっても、実のところシンプルな力だけでなら、アヤメの中の姫が一番だったりするんだけどね」

そう言ってのけて、カラッと笑う兄弟。それがマドカピア王族の志の高さである。

「…………」

傍《はた》から眺めているモーニングラウンドも二人の息子を誇らしく思っている。

一福と二人きりだと雄弁な国王だが、息子の前では特に威厳を保つ為に寡黙であった。

一福はいい加減、家族の前では素の自分を出すべきだと主張しているのだが、やはりそう簡単にもいかないようだ。

「で、イップクよ。クランエは強いのか？　素振りは毎日何回やっている？　筋肉を鍛える食事とか、サイトピアの特別な食材を使ったりしていないのか？」

「いや、だからどちらかというと華奢《きゃしゃ》な方でして、そもそもクランエ師匠は召喚師ですので。あの、シュトルブルグ殿下、あたしの話をちゃんと聞いてました？　結構毎回同じことを聞かれて、同じように答えてますけど」

「あっはっは！　イップクのその、ツッコミとやらの切れ味は相変わらず鋭いな。戦場で先陣を切って突っ込んでくる、一番槍《いちばんやり》並みの鋭さよ」

一福の突っ込みを受けて満足そうに笑うシュトルブルグ。鍛えられた肉体の割に、どこか抜けた所のある弟を楽しそうに眺めながら、ヒルケイツが口を開く。

「そういえば聞いたことがあるな。サイケデリカ姫は召喚術の使い手だったと。だからクランエもあちらで百年に一人の召喚師と呼ばれているのは頷《うなず》けるな」

「確か、サイケデリカ母上は、風の噂でお腹の子を送還術で逃がしたとも聞いているぞ」

それは、サイトピアでは決して語られない噂であった。モーニングラウンドがサイトピアに間者《かんじゃ》を潜り込ませてやっと入手した情報である。サイケデリカ姫は自らの侍女のお腹に子供を送還させて、子供だけでも逃がそうと画策したのだという。

「ああ、そんな送還術の使い方、普通は考えないよね。サイトピア人なら尚更だが、マドカピアの王子と恋に落ちるようなサイトピア人だから、なのかな」

「ああ、随分と天晴《あっぱ》れな母上だな。さぞかし凛として、気高かったことだろう。一度、お会いしてみたかったが、それも叶わないのだな」

腹違いの弟の母親を母と呼ぶ。この兄達のこういう所が、アヤメは大好きであった。

「だが、そうなるとおかしいぞ兄者。何故クランエはサイトピアにいるんだ」

シュトルブルグの疑問はもっともであった。クランエが外に逃げのびたのなら、サイトピアにはいない筈《はず》である。

「お腹の中の赤ん坊は送還されたが、その子をお腹の中へいれて国外へ逃げようとした侍女が捕まって、サイトピアに戻されたとか？　あるいは、送還されたが、クランエ自身が母親が恋しくて自分でお腹の中に戻ってきたのかもしれんぞ」

「それは無茶苦茶ですよ、ヒル兄様」

笑いながら、アヤメは兄の意見を否定する。

ラッカの話を聞くと、クランエはやはり幼い頃からサイトピアにいて、幽閉されていたらしい。

それをラッカと相棒のピートで解放して、普通に生活が出来るようになり、今のような地位が授けられているのだという。

その状況を鑑みると、やはり、クランエを連れて逃げ出そうとした侍女が、捕まったのだろうか。アヤメが聞いた話だと、当時サイケデリカが可愛がっていた侍女は三人いて、その三人が同時に、別々の方角に逃亡を図ったらしい。それも、一人のお腹にクランエを送還していての目くらましだと考えれば、納得がいく。運悪く、クランエを宿した侍女が捕まってしまったのだろうか。

それとも、そもそも送還術でお腹の中の子を外へ出した、ということ自体が真実ではなかった、ということなのだろうか。

謎は残るが、結局今クランエがサイトピアにいることに変わりはないので、そう深く考えても仕方ないことである。

「…………」

一人、一福だけは妙に神妙な顔でなにやら考え込んでいた。

話は変わり、ヒルケイツはそこであることを思い出す。

「そういえば、イップク。君はシノに面白い仮説を述べたそうだね」

「ああ。マドカピアの王族様は、元々サイトピアから追放された貴族ではないか、というやつですか？」

「ブッ！！」

一福の突然の発言にアヤメは噴き出してしまった。

「そ、そんな、ことが⁉」

シュトルブルグはヒルケイツに聞いていたのか、それとも内心では驚いているのか分からないが、とにかく見たところ平然としているように見える。

「いや、僕もかねがねそう思っていたんだ。何故こうも僕達は世界の人々から嫌われるのか。父上はある程度ご存じで、敢《あ》えて黙っている風ではあるけどね」

そう言って、皆が父親を見つめると、彼は一言「……さてな」とだけ呟《つぶや》いた。

その返事がイエスであることは、そこにいる全ての人物が理解出来た。


モーニングラウンドとサイケデリカは、かつてその秘密を解き明かし、二つの国を結び付けようとしていたのではないかと、ヒルケイッは推察していた。だが、それでは都合の悪いサイトピアがそのことを勘付き、サイケデリカを幽閉して、彼女はその中で子供を産み、その後病死した。

モーニングラウンドは怒りに震え、サイトピアを滅ぼそうと考えた筈《はず》だ。

だがあちらにはサイケデリカが生んだ子が人質として捕らえられていて、なかなか手だしも出来ない。そして、何よりも二つの国を繋《つな》ごうとしていたサイケデリカの想いを考え、マドカピアへと留まったのだ。

「でもやっぱりイップクは凄いな。僕はマドカピア宮廷図書館の王族のみ閲覧可能の蔵書を漁って、ようやくその事実に近づいたというのに」

「いや、あたしはサイトピアとマドカピア、どちらも経験してますし、そもそも外の世界の人間ですから。なんとなく、皆さんを取り巻く違和感などが分かるだけですよ」

そこまで語った一福は、壁にかかっている時計を一瞥《いちべつ》すると、椅子から立ち上がる。

「ああ、すいません。話の良いところで。あたしはそろそろ出番がありますので、一旦失礼致します」

「ああ、今日も楽しみにしているね」

「えへへ、今日は新作なので、面白いですよ」

一福は最近、凄い勢いで新作を披露している。落語によって物事が変わる、という状況を自ら作り出しているかのようであった。

「あ、そうだ」

一度扉を開けて出ていこうとした一福は、そこで何かを思い出したように振り返ると、再び部屋の中へ帰ってきて、アヤメの手を握った。

「ひゃああ!!??」

突然のことに悲鳴を上げて驚くアヤメに、一福が少し真剣な表情で尋ねる。

「今日、アヤメさんはあたしのネタを見ていきますか?」

「あ、ああ？　え、ええ、みょ、いや、みょちろん。あ、いえ、みょちろん、みていきゅましゅじょ」

「そうですか。それなら、良かったです」

そう言うと一福はニコっと笑い手を離して、今度は振り返ることなく、部屋を後にした。


「にゃ……にゃんなんですか……もう、まったく」


兄達、姉達はニヤニヤと妹を眺めているのだった。

——許さんぞ。フクよ。絶対に！　フクめ!!

そして、父親だけは心の中で絶対に許していなかった。


一福が出ていったVIPルームの中で、ヒルケイツ達はクランエの話を続ける。

「さて、実際問題、クランエを取り返すにはどうするべきか？」

「攫《さら》うのが一番だろう。面倒くさくなくて済む」

シュトルブルグは、答えは簡単だというように、言い放つ。

「あとは、人質交換とか、かなあ」

「あ、それは私も考えました」

ヒルケイツが自分と同じ意見を出したので、嬉しくなって、アヤメも手を挙げた。

「うーん、だけど、こっちのウエイトが軽過ぎるかな。クランエとラッカ＝シンサ。イップクをつける、なんてなったらアヤメが嫌がるだろうし」

「それは嫌ですね。一福様は私が連れてきたんですから。国賓扱いなんですよ。捕虜じゃありません」

「だけど、人質交換は、悪くないんじゃないかと、思っている。そして僕達、マドカピア軍の撤退も条件につける」

「お兄様？　それは流石《さすが》に私達にメリットが少な過ぎるのでは……」

捕虜交換だけではなく、更にマドカピア軍の撤退まで条件に出すと、サイトピアは乗ってくるかもしれないが、マドカピアに旨味がないように感じられる。クランエを取り返す手段にしては、ウエイトが違い過ぎる。

「アヤメ、僕は考えていたんだよ。もう、丁度良い頃合いだとね。今回の侵攻は、元々シノが発案してくれたものだけど、それも最初は自衛の為のものだった、というのは君も知っているだろう？　今、我々の実力は世界に十分に知らしめた。引き際が肝心だと思うんだ。このまま攻め込んでサイトピアを滅ぼすのも良いだろう。だけど、それなら誰一人残さず殺すしかなくなる」

「禍根を残さない為に？」

「その通りだ。怨みは次代に受け継がれる。小さな子供だろうが、か弱い女性だろうが、殺す」

ヒルケイツは眼鏡の奥に深い凄みを覗《のぞ》かせる。国王となる人間には、これぐらいの決断力と、残酷性も必要なのだ。

「だけど、僕達は野蛮人じゃない。それをしたら、アヤメ、僕はね、こう思ってるんだ。そうなったら、いよいよ僕達は魔族になるんじゃないかってね」

ヒルケイツの言葉にモーニングラウンドは震えていた。

——その通りなんだよヒル坊。我が言いたいのはまさにそれで、このままサイトピアを滅ぼすかどうか、凄く迷っているんだ。

ただでさえ、モーニングラウンドには「血染めの皇帝」等という、不名誉な異名がある。その心中に、秘書であるアヤメは気が付き、苦笑いを浮かべる。

「さあ、誰かがあらすじでも書いているのか、神の御手なのか。僕達を本当の魔族にしたいヤツがいるのかもしれないけど。僕はこのままじゃいけないと、思っている」

「それは、呪い論ですか？」

マドカピアが、魔族にさせられた、という説である。

「これに関してはもう、事実だろうね。父上も随分と研究をされているからね。それに僕も薄々気が付いていた。特に、イップクと会話をするようになって、最近確信を持ってきたよ」

「え？」

「アヤメは感じなかったかい？　彼とはね、とても話しやすい」

「それは一福様は人当たりが良くて誰にでも分け隔てなく接することの出来る素敵な方だからです」

「はは、妹のノロケは聞きたくないよ」

「別に……そんなつもりでは。た、ただの事実を客観的に述べているだけです……」

照れてうつむくアヤメを見て微笑みながら、ヒルケイツは続ける。

「そういう話しやすいとはまた別さ。言葉が通じやすいし、うーんと、彼がサイトピアでどうだったかはアヤメの話を聞いてしかわからないけど、あれだけの人当たりの良さだ、勿《もち》論《ろん》向こうでも上手くコミュニケーションを取れていたとは思う。だけど、彼はマドカピアの方が、水が合っているんじゃないのかな」

「それは……」

アヤメも感じていたことである。一福は、マドカピアの特性に合っているのだ。落語にしても、芸風にしても、土壌が近い。サイトピアの文化に馴染《なじ》もうと色々勉強していた一福だが、マドカピアだと違いというよりも、元いた世界との共通点に気が付いて、特に改編をせずにそのまま落語を演ることも多々ある。

「先程の会話でも、父上とシュトが『瓜二《うりふた》つ』と、イップクが言ったことを覚えているかい？」

それに対して、アヤメは普通に答える。

「ええ、そっくりって意味でしょ？」

「じゃあ、ウリとはなんだい？」

「……ウリ？　知りません」

「知らないけど、僕達は瓜二つが分かるんだ。これはサイトピアでは分からない」

「ふむ。どういうこと？」

アヤメにはまだ、ヒルケイツが何を言いたいのかが、よく分からない。

「実際僕はマドカピアの古文書を読んでいるからウリは分かる。果実の名前なんだそうだ。ターミナルでいう、ザンブに似たものかと推測するね。だけど、マドカピア王族は、ウリが分からなくても瓜二つが分かる。これがどういう意味か分かるかい？」

「ううん」

「マドカピア王族は元々サイトピアにいた。そこを追い出された貴族だ」

「はい、それは先程ヒル兄様と一福様が話をされていたので、分かりました」

「追い出されて逃げ込んだ場所は、闇属性の深いこの土地さ。サイトピアを追われる際、古文書等は移動出来た。だが、一つのアイテムを運ぶことが出来なかった」

「一つのアイテム？」

「異世界映像端末《テレビジョン》さ」

異世界映像端末《テレビジョン》は、一福が召喚されてきた、異世界の様子を窺《うかが》うことの出来る、魔法のアイテムである。

「サイトピアでは数百年前、異世界映像端末《テレビジョン》なるものを召喚したと言われており、そしてつい最近にはそれを媒介に救世主を召喚した。だけどね、いいかいアヤメ。マドカピアの文献には、異世界映像端末《テレビジョン》に関しては、そう書かれてはいないんだ」

「え、どういうことです？」

「異世界映像端末《テレビジョン》は、持ち込んだ、と記載されている」

「持ち込んだ？」

誰が？　とアヤメが問う前に、ヒルケイツは答える。

「コウノマドカ、という男が、ターミナルに召喚される際に、と書かれている」

「コウノマドカ……」

初めて聞く名前だった。ターミナルでは耳にしない名である。

「コウノマドカという異世界人が数百年前にターミナルに召喚されてきた。その時に持ってきたアイテムが異世界映像端末《テレビジョン》だったんだ」

サイトピアには伝わっていない真実を、ヒルケイツは語る。

「彼は魔法は使えなかったが、その代わり、その異世界映像端末《テレビジョン》から一時的になんでも出すことが出来たらしい。こちらでは食べたことがないような、料理。見たことのない兵器等を、ね。コウノマドカは英雄として果敢に戦い、サイトピアは最強の国となった。サイトピアの王は彼を身内としてもてなし、貴族の称号も与えた。コウノマドカは子を作り、歳を取り、この世界で亡くなったそうだ。異世界人の血を引くコウノマドカの子孫達は、自分達をマドカ一族と名乗った。だが、それから何代か後の王が、どうしても欲しくなったものがある。なんだと思う？」

「異世界映像端末《テレビジョン》……」

思考がまだ追いついていないアヤメが、息苦しそうに答えると、ヒルケイツは頷《うなず》いた。

「その通り。マドカ一族から異世界映像端末《テレビジョン》を奪いたい。強大な力を持ったマドカ一族がいつかサイトピアを牛耳ってしまうのでないか、という疑心暗鬼に駆られたんだ。それに気が付いたマドカ一族はサイトピアから逃げ出した。だけど、異世界映像端末《テレビジョン》は既にサイトピアの手に渡っていて、持ってくることは出来なかった。サイトピアは偽りの歴史を言い伝えることによって、真実を隠蔽した。自ら招いた異世界の英雄へ対しての、人道にもとる裏切りの歴史を。そして、それと同時に、マドカ一族へ呪いをかけたんだ」

「それが、私達にかかっている、呪い。人々から、嫌われる」

怒涛《どとう》のように押し寄せてくる情報に、アヤメは眩暈《めまい》を覚える。それが本当なら、マドカピアには、何の非もないではないか。

「マジコに聞いたところ、人々に暗示をかける魔法というのは存在する。だけど、世界規模でかけるとなると、とんでもない魔力が必要となるらしい。実行する魔力をどこから捻出して、それを現在も継続しているのかは分からないが、僕達の呪いというのは、つまりそういうことなんだと思う。だけど、その効力も薄まっているからね。サイトピアが一番危惧している部分はそこじゃないかと思う」

己の一族の悲劇を、ヒルケイツ自身はいたって冷静に語る。その奥に、複雑な心情を抱えているのかもしれないが、彼の温和な表情は、揺るぐことはない。

「逃げのびたマドカ一族は、荒廃して魔物が多く生息する地に、国を築いた。そして名付けたんだ。マドカピアとね」

「そんな。私達は……元々、異世界の血を引く、一族」

それでは、一福とも近しい存在になってしまう。アヤメは一福と結婚が出来ないかもしれないと、そんな場合ではないにもかかわらず、不安に溺れてしまいそうになる。

「勿論《もちろん》、コウノマドカは数百年前の人物なので、僕達にはかなりターミナルの血が入っている。だから僕達は魔法も使えるしね。よって、アヤメとイップクが結婚しても問題ないとは思うよ」

「別に、そんなこと全く考えてはいませんでしたけど、そうですか。分かりました」

アヤメは心の中で飛び跳ねる程ホッとして、モーニングラウンドは心の中で絶対にまだ認めていないぞと、睨《にら》みつけるが、本当に今、そんな話をしている場合でもない。


「そういう訳で、マドカピアには一福の世界と共通している部分が多い。歌劇や、学校。貨幣のサークルっていうのは彼の世界では『円』という意味らしくて、彼の世界ではそれが通貨の単位らしいよ。そして、それは異世界では『まどか』とも読むらしい。マドカの意味の『太陽』も丸くて円になっているから、そこから『マドカ＝太陽』という意味になったとしたら、納得いくしね」

「なるほど。そういうことなんですね」

そのことに、一福は少なからず気が付いていたのだろう。文化を落語に変換する彼が、いち早く気が付かない訳がない。だから、マドカピアにもあれだけ親近感を覚えてくれていたのだ。

「その事実を知って、お兄様は、どうされたいのですか？」

「どうしたもんだろうね。本来ならマドカ一族の名誉の為に、サイトピアを滅ぼして、真の世界の覇者にでもなろう、って言うべきなんだろうけど。僕は別に異世界人のつもりもない。ターミナルの人間だよ」

アヤメもそうである。今更異世界人の末裔《まつえい》として生きていく気はない。

「だから、とにかく呪いを解きたい。それが、父上とサイケデリカ姫の悲願だったと思うし」

「そうなの、パパ？」

モーニングラウンドは頷《うなず》いた。自分を含め、今までの王は周囲の迫害から身を守る為に強くなることしか出来なかった。

だが、今の現状に、これだけ頼れる息子がいれば、世界を変えることが出来るかもしれない。

「ヒルケイツよ……お前の望むままに、進むがよい」

しっかりと自分の言葉で伝えることが出来た。

ヒルケイツはモーニングラウンドに向かって、力強く頷く。

「兄者の言っていることは正直さっぱり分からんが、俺は父上と兄者の考えに従うだけだ。その時に、俺の力が必要なら言ってくれ」

これだけの話を聞いても顔色一つ変えずにそう口にするシュトルブルグ。兄に絶大な信頼を置いている証だった。

ヒルケイツはモーニングラウンドの前へ歩み寄ると、進言する。

「ラッカ＝シンサとクランエの捕虜交換を提言するべきです。そして、こちらからはそれに更にサイトピアからの完全撤退を条件に出します。サイトピアはこれ以上攻め入れられたら滅ぼされると思っているでしょうから、驚いてこちらを少しは疑うでしょうが、最終的には条件を飲むでしょう。飲むしかないですから」

「………………」

モーニングラウンドは何も返さないが、反対する訳もなかった。

「一福様は？」

「イップクは返さないよ。心配しなくていい」

それを聞くと、アヤメは心底ホッとして息を吐いた。

サイトピアのクランエと、異世界の一福、そしてマドカピアのヒルケイツで話を擦り合わせてみれば、呪いを解く方法が分かるかもしれない。

その為には、サイトピアを滅ぼしてはいけない。それこそ何かの思う壺のような気がするのだ。マドカピアが呪いとして嫌われていたのが、実際に忌み嫌われるようになってしまうではないか。そういった誘導に陥ってしまっては、二度と後戻りは出来ない。

これで、一つ目標が生まれた。アヤメは少し気が晴れて、前を向くことが出来そうである。

そして、次の瞬間、モーニングラウンドから強大な気が発せられた。

「……!!」

「……!!」

「……!!」

それを感じて、その部屋にいる全員が身構える。

見ると、マジックミラーの向こう側で、一福の落語が始まろうとしていたのだ。

衝撃の事実が明らかにされても、落語が始まれば、誰もがそちらに注目する。

デビルズダイニングの中央に設置された四角形の高座の上に座る、一人の男。

楽々亭一福の落語が始まる。

◇　◇

高く、澄んだ声で一福は酒場の客に喋《しゃべ》り始める。

「えー、あたしの世界では1をピンと呼ぶことがありまして。ピン芸人ですとか、ピンマイク、ですとかね。それが、ターミナルでもピンと呼ぶことがあるそうなんですよね。なので、一人でクエストに行くことをピンクエストだったり、一人で飲むことをピン飲み、なんてあるそうで」

酒場の客は微妙な顔ながらも、一応は頷《うなず》いてみせる。確かにピンという言葉はあるが、そんなに頻度の高い使い方をするものではなく、古い人間がたまに使うぐらいであった。

だが、先程ヒルケイツが話していたことが、まさにこれである。異世界とマドカピアでこのような共通点が複数あることが、ヒルケイツの説を立証させる、証拠なのだ。

「さて、今回はギャンブルの話でして。ええと、ターミナルでもありますよね。ダイスを振ってカップを被《かぶ》せ、1～6の目の中から何が出るのかを当てる、というギャンブルです」

「ピンポイントダイスだな」

一人のオークマンが嬉しそうに叫び声を上げた。そちらに手を振って、一福が礼を言う。

「お答え下さり、ありがとうございます。その通り、ピンポイントダイス、あ、これもピンですね。百面ダイスの時もあれば、四十面ダイスもある。ダイスによって違いますね。えー、今回は六面ダイスのお話です。あはは。さあ、身内で博打好きが集まってピンポイントダイスを行っていましたが、自身の負けがこんでしまいディーラーが帰ってしまったので、博打を取り仕切る親がいません。そこへ丁度よくその前を通ったのが、昔カジノでならしたと自負する老人。若者達はすぐさま声をかけます」

一福が扇子で舞台を、トンと叩く。
次の瞬間――世界が、変わる。

『お、じいさん、良いところに来た。親をやってくれよ』

『ん？　わしに言っているのか』

『ああ、じいさん。昔は名を馳《は》せたギャンブラーだったんだろう？　よく酒場で酔っ払ったら「俺は昔はカジノ爺と呼ばれていたもんよ」って言っているじゃない。頼むよ』

若者達に頼まれて、カジノ爺はゆっくりと頷《うなず》いてみせた。

『ふうむ。もう、四十二歳の時に博打は止めたが、久しぶりに血が騒ぐな。もう、年老いて、腕の力もなくなった。目もよく見えなくなった。だがの、いいか……全てはこのカップの中で決まるんじゃよ、このカップの中でな』

いつの間にか、親が持つカップとダイスを両手に持って、かなりの乗り気である。

『格好良い文句いいやがって。よし、賽《さい》を振りやがれ！』

『言われなくても……やってやるわい！』

カジノ爺が左手でダイスを投げ、サッと右手に持ったカップを伏せる。その手腕は流石、圧巻のお手並み、に見えたが。

一人の若者があることに気が付く。

『ちょ、ちょっと待てよ。カップの横、見てみろ！』

『うわ！　カジノ爺。耄碌《もうろく》してやがる。横にはみ出してんじゃねえか』

そう、カップの中にダイスが入りきらずに、外に飛び出していたのだ。

『何がカジノ爺だよ。カップの中にも入らないのかよ』

『さっき、目もよく見えなくなったって言ってたからな。全然見えてないんじゃないか』

『まったく。困ったな。ほら、カジノ爺のおじさん、外にダイスが……』

『こら、何教えようとしてんだ。これで俺達の総勝ちじゃねえか』

親切な一人の口をふさいで、若者達は外に出たダイスの目を見る。

『ダイスの目は1、ピンか……ようし』

そして、若者達は次々にピンに金を賭け始める。

『俺はピンだ！』

『俺もピンだ!!』

『ピン』

『ピン』

『ピン』

全員がピンにはったのを見て、カジノ爺は鼻で笑う。

『……ほう、皆ピンか。よし、分かった。それじゃあ開けるぞ』

『開けるっつったってその前に外に出てるのによ』

凄みを利かせた声色なのに、間が抜けているカジノ爺の振る舞いに、皆、笑いがこらえきれない。だが、次の瞬間、潮目が変わった。

『さて、じゃあカップを開ける前に、このダイスはこっちに置いておいてじゃな……』

と、言い出して、カジノ爺はカップの外のダイスを引っ込めたのだ。

『え!?　ちょ!!　待てよ！』

『何でそれを引っ込めちゃうの？』

『それが、ダイスだろう？』

慌てふためく若者に、飄々《ひょうひょう》と答える。

『え？　これか？　これは看板じゃよ』

『か、看板？』

『ああ、博打の看板じゃ。武器屋には剣の看板、防具屋には鎧《よろい》の看板があるじゃろう。あれと同じで、博打の看板じゃから、ダイスということじゃ』

『看板……』

『……………なるほど、これは完全にじいさんに嵌《は》められたな！』

『くそ！　そういうことか！』

手のひらで泳がされた若い衆は逆に清々しいまでの気持ちだった。

『さあ、わしの長年の勘じゃと、中は4だな』

カップを開くと、カジノ爺の言う通り、ダイスの目は4。

『さあ、わしの総勝ちだ』

皆、負けた負けたとカジノ爺を褒め称えて、その日は帰っていった。

「さあ、これを喰《く》らった一人の男。ほら、お客さんももう随分落語をご覧になっていらっしゃるから分かりますよね。そう、大体落語ではこういうの、真似したくなるんですよ。同じことをやろうと、次の日、別のカジノへと足を運びます」

次の展開を楽しそうに、皆が待ちわびている。

『おい、博打やろうぜ！　俺が親をやるからよ。ダイスのヤツな！　ピンポイントダイス！』

『こいつ、突然やってきて、何もかも勝手に決めやがって。何か変な知恵でもつけてきたんだろうけど。まあいいぜ。博打は好きだからよ。おい、アイツが親をやるんだってよ。皆、集まれ』

その場でリーダー格の者が声をかけて、数人が集まると、男はカップとダイスを持ち、周囲をゆっくりと見回し、勿体《もったい》ぶったように口を開く。

『………ふうむ。もう、四十二歳の時に博打は止めたが、久しぶりに血が騒ぐな』

『何言ってんだ！　お前まだ二十三だろうが！』

直ぐに突っ込まれるが、男は無視して、そのまま話し続ける。

『もう、年老いて、腕の力もなくなった。目もよく見えなくなった。だがの、いいか……全てはこのカップの中で決まるんじゃよ、このカップの中でな』

『こいつ、ちょっと頭おかしくなったのかな。まあいいや、早く始めろ！』

『よし!!』

気合いを入れてダイスを転がし、カップを伏せる。

『さあ、はった!!　ダイスの目を当ててみろ!!』

大声で叫ぶ男、だが、一人の者がカップの外にあるダイスを見つける。

『おい、あいつ。気合い入れたはいいが、見ろよ、ダイスがカップの外に出てやがる』

『本当に耄碌《もうろく》してやがる。目がよく見えてないってのは本当じゃねえか』
『かわいそうに、教えてやるか』
『馬鹿野郎。間抜けなあいつが悪いんだよ。ここは大損させてやろうぜ』
『分かった。ダイスの目は、1、ピンだな』

『さあ、どうした。はったはった！！！』
威勢の良い声で挑発してくる男に、皆は次々に賭けていく。
『よし、俺はピンだ!!』
『俺もピンだ!!』
『俺もピン』
『ピン』
『ピン』
『ピン』

全員がピンに賭けたのを見て、男は芝居がかった口調で念を押す。
『なんだなんだ、皆してピンじゃないか、本当にいいのか？』
『良いに決まってんだろう！　早くしろ！』

『よし、分かった。それじゃあ開けるぞ』

『開けるったってその前に外に出てるのによ』

間抜けな男に対して、皆、笑いがこらえきれない。

『さて、じゃあ開ける前に、このダイスはこっちに置いておいて』

と、言い出して、カップの外のダイスを引っ込めると、皆が慌て出す。

『え!? ちょ!! 待てよ!』

『なんでそれを引っ込めるんだよ!』

『え? これか? これはだって、看板だからな』

『か、看板?』

『ああ、博打の看板じゃ。武器屋には剣の看板、防具屋には鎧《よろい》の看板があるじゃろう。あれと同じじゃ。博打の看板じゃから、ダイスを置いておったんじゃ』

『看板……』

『………なるほど、これは完全にあいつに嵌《は》められたな!』

『クソ! そういうことか!』

『よく考えたもんだ』

『くそ! お前の総勝ちだ! 持ってけ!!』

前日と同じく、手法に嵌まった若い衆は逆に清々しいまでの気持ちだった。

『俺の予想では、中は4だな！　それ!!』

「と男が勢いよくカップを開けてみますと………中もピン」

そこでドッと大爆笑が起きた！　一福の落語はいつも受けるが、このサゲは特別な程、デビルズダイニングの客を魅了したらしい。建物が揺れる程の笑いと歓声に包まれるのであった。

◇　◇

「………」

一福が高座を下りて、店内が普通に酒場としての賑《にぎ》わいを取り戻しても、アヤメは、呆《ほう》けたように正面を一点見据え、黙り込んでいた。

今回の落語。『看板のピン』を見ても、最初は特に何もアヤメは感じなかった。

ふーん、面白いなあ、と思ってニコニコしていたところ、サゲを聞いて、衝撃が走った。

「アヤメ？」

「……中もピン。1だった？」

――中も、外も、1で、合わせて、2。

「え？　あれ？　それって、つまり………そういうことなんじゃ……」

あることに気が付いたアヤメは直ぐにモーニングラウンドに向かってあることを尋ねる。

「あの、パパ。その、生まれてくる子について、サイケデリカ姫から、何か聞いていましたか？」

「……？　さてな」

「そうですか。ありがとうございます」

モーニングラウンドも知らなかったのなら、アヤメの推測も、間違っていないかもしれない。

「あの、気が付いたことがありまして」

「どういうこと？」

　ヒルケイツが問いかけた時、丁度ＶＩＰルームの扉が開かれ、シノが入ってきた。

「アヤメ様、大変です」

「……あら、シノ様じゃないですか」

「今、思念魔法で宰相から送られてきたのですが、サイトピアから使者がやってきて……うわ！　殿下もいらっしゃったんですか。うわ！！！　陛下まで」

　客席で落語を見ていたシノはＶＩＰルームにアヤメがいるだろうからと、とりあえず秘書に報告しようと、部屋を訪れたのだが、まさか国王に、二人の王子まで揃《そろ》っているとは、夢にも思わなかった。

「驚かせてすまないね、シノ。家族団欒《だんらん》でラクゴ鑑賞をしていたところなんだ。で、報告とはなんだい？　ここには丁度、陛下もいるから、手っ取り早くていいね。さあ要件を聞こうか」

　ヒルケイツが間に入り、シノを落ち着かせる。シノは、ずれた眼鏡をサッと整えると報告を始めた。

「はい。サイトピアから使者がやってまいりまして、その、要件が、捕虜の交換をしたい、と」

「ほう」

　それを聞いたヒルケイツは面白そうに首を傾ける。

「サイトピアにはクランエ王子の身柄があり、こちらのラッカ＝シンサ、イップク様と交換したいとのことです。更にはマドカピア軍の大陸完全撤退を条件にしております」

それは、先程ヒルケイツ達が話していた内容とほぼ同じ条件だった。

「あら、先手を打たれましたか」

「同じことを考える者があちらにもいたみたいだねー。アヤメは誰が考えたか、分かるかい？」

「サイトピアの参謀じゃなくて？　ジンダ＝スプリングという知略に優れた者がいる筈《はず》だけど」

「僕にはなんとなく分かったよ。そうか、これが僕達の弟か……」

「え、まさか？　クランエお兄様自身？」

「同じタイミングで同じことを考えついたんだよ。いや、兄の僕よりも先に考えついた訳だ。やるね。クランエだと、思うな。なんとなくだけど」

銀縁眼鏡の奥の、ヒルケイツの目が光っている。それは彼のギフトが発動している証だった。

「まあ、元々こちらもそういう働きかけをしようとは考えていたから、これは素直に受けるとしようかね。構いませんよね、陛下？」

「………うむ」

モーニングラウンドの許可を取り付けると、今度はシノに尋ねる。

「その話は受けようと思うんだけど、シノはどう思う？　国民は反発すると思うかい？」

シノは元々庶民出身だ。知り合いも多ければ、城下での噂話なども積極的に仕入れてくる。

「確かに、もう少しでサイトピアを侵略出来る直前にこういう事態になると、何故攻め入らないという者もいるかと思いますが、ここ数回のサイトピア襲撃は失敗が続いていますし、正直な話、兵も、その帰りを待つ家族も疲弊しています。なので、今回の捕虜交換と撤退で内心胸を撫《な》で下ろす国民の方が多いと思います。あ、ですが、このまま撤退されたとしても、陛下に対しての不平も不満も、批判も一切ないと断言出来ます。今更揺らぐような恐ろしさではないですよ。まあ、逆にここを正念場にサイトピアを完全統一されると、陛下への畏怖は数十、いや、数百倍となり、各地に銅像が立ち、国民達はその銅像に毎日ひれ伏しながら生活することになるでしょうけどね。それはそれで勿体《もったい》ないかと、存じますが。まさに『血染めの皇帝』にふさわしき所業……」

モーニングラウンドが直ぐに目配せをするから、アヤメは笑ってしまった。

――今すぐ条件を飲んでくれ。

「じゃあ、宮廷に戻って手配を始めるとするか。場所は国境線が適当だと思うけど、まあ、向こうもその辺りを指定しているとは思うけど」

シュトルブルグやモーニングラウンドも立ち上がり、部屋を後にしようとする。アヤメだけがまだ椅子に座って呆然《ぼうぜん》としているので、ヒルケイツは気になって声をかける。

「どうした、アヤメ？　ぼーっとして。あ、そうか。イップクの交換が向こうの条件に入っていたね。すまない。こちらから話をしていれば、そこを外すことが出来たかもしれないのに……」

「あ、いえ。多分それはクランエ兄様が、絶対条件として入れたのだと思います。自分と引き換えに一福様を救い出そうと考えているのです。そういう人ですから。勿論《もちろん》、それもありますけど、とにかく話が凄い速さで進んでいるな、と。頭が回りません、きゃは。先程のお兄様の言ったことも衝撃的で、私達、マドカピア王族に、異世界人の血が混ざっているなんて……」

「あはは。君は帰って一度休むといい。ああ、そうだ。先程、気が付いたことというのは？　聞かせてくれないかい？」

ヒルケイツにそれを聞かれ、アヤメはグリーンに言われた一言を思い出した。

——あんたに恩恵がないと、なんなのよ。

これもまた、恩恵と言えるのだろうか。だが今、これを知ったところで、これだけ激流のように流れ出した情勢を、誰も止めることは出来ないのではないか。

「謎が解けました。お腹の中の子を送還したのに、クランエお兄様がサイトピアに囚われている謎が……」

◇　◇

その日、一福は珍しく朝寝坊をしてしまい、日課であるラッカの面会に遅れてしまった。いつものように朝ではなく、昼過ぎに塔へと到着して、受付で面会の手続きをしてから、中へ入る。ラッカが捕らえられている牢獄は監獄塔の最上階なのだが、なによりも一福にとって大変なのは、長い階段を登ることであった。元来体力には自信がない為、はあはあと息を切らせて、途中休憩を挟みながら、長い螺旋《らせん》階段を延々と上がっていく。

登りきった所にある、大きな鉄の扉の奥にラッカの牢獄はあった。

その前に立っている二人の門番が心配そうな目で見るが、一福はしばらくぜえぜえと息を吐きながら膝に手をついて、呼吸を整える。

その間、扉を開けるのを門番は待ってくれていて、もう大丈夫だと、目配せすると、頷《うなず》いて扉を開ける。

「ありがとうございます」

門番に礼を告げて中に入ると、意外と広い部屋になっている。全面石造りで、無機質なのは否めないが、ラッカにここが地下なのか高層なのかも分からせない為であろう。

大きな部屋は魔法がかかった鉄格子できっちり二分されていて、その鉄格子の中には小さなベッドと、角に間仕切りが施されていて、仕切りの奥は見えないが、トイレとシャワーが設置されているとのことである。

一福が着いても、ラッカはベッドの上で眠っていた。

それは一福が朝に訪れる時と、全く変わらない光景なので、ひょっとして自分は寝坊していないのではないかと錯覚させられた。

「まだ寝てらっしゃる？　いや、お昼寝かな。ラッカ様は昼寝でも枕を使われているんですね」

ラッカはドリームジャンボ枕《ピロー》を使っていた。そこで一福がなんとなく気になったのは、ラッカは昼寝では、一体何のダイヤルで寝ているのか、ということであった。

鉄格子に手をかけ、ラッカにこっそりと近づき、ダイヤルの絵を確認しようとした、その時である。

ラッカの瞳からボロボロと涙が零れているのを見てしまった。

「ら、ラッカ様？」

思わず声をかけてしまったが直ぐに片手で口を覆い、一福はゆっくりと離れる。

「…………」

ラッカはしばらく涙を流していたが、一福は背中を向けて声を殺し、彼が起きるのをじっと待っていた。

そして、それから程なくして、ラッカが夢から覚め、ゆっくりと目を開けた。

「…………あーあ、よく寝たぜ」

自分の頬《ほお》に触れ、横を向くと、一福の存在に気が付く。

「うわ……なんだよ、旦那じゃねえか。昼に来るのは初めてか？」

「ええ。その……」

珍しく言い淀む一福を、何故か愉快そうに眺めながら、ラッカの左手は自然と、自身の耳に触れた。

「…………はは。あはははは！！　あっはっはっはっはっは！！！！」

弾かれたように、ラッカはそこで、楽しそうに、嬉しそうに、転がって笑い始めた。

一福は何がなんだか分からずにその様子を困惑した表情で眺めることしか出来ない。

「……どうしたよ旦那？　昼間はどんな夢を見たのかって、聞かないのか？」

そう笑って、ラッカは鉄格子の隙間から、ドリームジャンボ枕《ピロー》を一福に放り投げる。

「さあ、こいつはもう必要ない。ありがとうよ」

「え？」

「マクラってのは前置きってことなんだろう？　それなら前置きは終わりだ。さあ、とっととここから出ようぜ。その後どうなるかは分かんねえけどな。すぐに死ぬかもしれねえし、運よく生き残れるかもしれねえ。それでも、いい加減囚われの身にも飽きてきたところさ」

そう言って笑うラッカは、どこか吹っ切れた表情をしていた。

一福のちょっと一服

看板のピン

若い衆が博打を打っているが、親がいなくなったので通りかかった老人にサイを振ってもらうように頼む。

昔はよく博打を打っていたという老人が、威勢よくサイを振ると、壺の外にサイコロが出てしまっている。その目がピンなので、若い衆は皆ピンに賭ける。すると老人は『さあ、皆はったな。皆ピンだな。じゃあ、この外に出していた看板は引っ込めよう……』と言って、外のサイコロを片付けてしまう。

その手法に感心して、そこにいた一人の男が真似してやってみて失敗する、という、定番の落語です。

異世界落語版も、全く一緒ですね。

サイコロをダイスと言ったりと、違う所を探す方が難しいぐらい、そのまんま演らせて頂きました。

『たぬさい』も以前演りましたけど、『へっつい幽霊』や『今戸《いまど》の狐《きつね》』等、博打が出てくる落語というのは幾つかあります。

また、博打が題材じゃなくても、登場人物が博打を打って貧乏暮らしをしている、などという設定としても、かなり多く使われているのではないでしょうか。

昔は娯楽が少なく、賭け事ぐらいしかやることがなかったからと言われていますが、異世界ではどうでしょうかね。

カジノがあるぐらいですから、賭け事が好きな人はいるんですが、博打で身を滅ぼすような方はあまりいないのかな、と思います。

博打好きな人の大半は冒険者さんなので、博打で身を滅ぼすより先にクエストでお亡くなりになられる確率の方が格段に高いのです。なので、カジノに借金をしている冒険者の方は、自分が亡くなった後の装備一式を譲渡するという誓約書を書かされていたりします。

あたしはあまり博打をやらないので、こういう噺《はなし》での、賽《さい》を転がして壺に入れる、なんていう定番の振りが難しくて。

大体、こういうのをどうやって練習するのかというと、実際にやってみるというのが一番なんですけど。

まあ、あたしなんて結局お酒も飲めないし煙草もやりませんので、こういった振りに関しては、噺家として随分と不利なんですよね。あ、フリだけに（笑）。

……さて、それではお後が宜しいようで。

七席　ラッカ＝シンサの目覚め

クランエは、物心ついた時には、石造りの四角い部屋にいた。

鍵のついた扉だけがあり、一つの窓もない。世界はそれだけで、何も変わり映えはしない。それが、クランエの幼少時代だった。

床は石畳だったが、ベッドはあり、食事も三食用意されていた。

門番なのかどうか分からないが、時折黒いフードを被《かぶ》った男がやってきて、ターミナルの言葉も教えてくれた。

今になって思うと、誰か、きっとかつて母に従っていた者が取り計らってくれたのだろうと、理解出来る。

だが当時のクランエは、自分が何故石の部屋にいるのか、分からなかった。そのことを特に疑問に思うこともなかった。何故なら、生まれてからずっとそこにいるのだから。他の人間もみな、自分と同じ生活を送っているのだろう、となんとなく考えていた。

ある日、クランエは歌を口ずさんだ。

『闇に眠れ、深く眠れ。吐息をふさぐ、闇で塗りつぶせ』

それは記憶の中にあった歌だった。多分、母のお腹の中にいた頃の記憶だろう。

それを聞いた黒いフードの男が、初めて驚いた気配を覗《のぞ》かせた。そして、もう二度とその歌を歌わないことを約束させられると、少しだけクランエ自身のことを教えてくれた。

クランエの母親はサイトピアでも大層身分の高い人であったこと。だけど、決して交わってはならない者と恋に落ち、捕らえられてしまい、病になって亡くなってしまったこと。

それによってクランエはここに幽閉されていることを聞いた。

そして、男は決してクランエをこのままにはしておかないと言ってくれた。

クランエはよく分からなかった。外の世界は知らないが、そういうものがあるなら、一度覗いてみたいとは思った。

それからは、男はクランエに学問や魔術の基礎を教え始めた。

元々才能を秘めていたクランエはそれをみるみる吸収して、様々な魔法を覚えていった。特に召喚術の才能には目を見張るものがあり、牢に魔法の結界が張られていなかったら、勝手に外へと飛び出してしまえる程の能力があった。

そして、あの日がやってきた。

二人の少年が、クランエの牢へとやってきたのだ。

クランエの境遇を知った、そのうちの温和そうな一人の少年が、彼を外に出す為の策を色々と考えてくれ、もう一人の凶暴そうな少年が、最終的に牢を壊して、クランエを連れ出してくれた。


それから、クランエは外の世界へ出て、魔術学校への入学も許された。その後も、宮廷に仕え、サイトピアの繁栄にその命を費やすと誓い、生きてきた。

どういう経緯があったのかは分からないが、今となって分かるのは、誰かがそのお膳立てを長い時間をかけてしてくれていた、ということである。

二人の少年の来訪は、きっかけに過ぎなかった。ひょっとすると、そのきっかけもその誰かが導いてくれたものなのかもしれない。今は、それが誰かもクランエは気が付いている。

彼をサイトピアの為になるように起用し、クランエが無謀なことをしようとする時には、代わりに身体を張ってまで阻止しようとしてくれた人物。そう、大臣だ。

大臣はサイケデリカの幼少期の教育係で、姫となってからも彼女に仕えていたそうだ。

大臣が、一番の恩人である。

それでも、二人の少年もまた、クランエの恩人に間違いなく、彼は二人を兄と慕って、背中を見て歩いてきた。

今では、一人は死に、一人は遥か遠い、マドカピアで囚われの身となってしまった。

誰からも祝福されずに生まれてきた、呪われた境遇であったが、自分を取り巻く全ての人々に、クランエは感謝しかない。

今度は、自分が救う番なのだ。更に、一福はクランエが召喚した責任もある。

今まで生かしてくれたサイトピアへの忠義も、まさにその身をもって返すことも出来る。

国王への謁見が許されたクランエは、謁見の間の扉を開ける。

宮廷召喚師のローブを身に纏《まと》い、サイトピアの紋章が施されたマントを背に、国王が座る玉座への赤い道を進む。王の両隣には、大臣と、預言師のヴェルツが並ぶ。

大臣は、今からクランエが何を言うのか分かっているのだろう。苦渋の表情である。

対して、ヴェルツは恰幅の良い身体を揺らしながら、顔の大きさに似合わない小さな丸眼鏡に手を添えて、不吉な笑みを浮かべている。

そしてクランエは、自身の叔父である、サイトピア国王に進言する。

「このままマドカピアの侵攻が続けば、近い将来、サイトピアは滅ぼされます。ですが、それを止める方法がございます。魔族の血を引く私を、差し出して下さい。その代わりに勇者ラッカ＝シンサと、救世主楽々亭一福の返還、更にはマドカピア軍の大陸完全撤退を交換条件として、交渉なさいませ」

◇　◇

『骨つり』の時、ラッカが見た「髑髏《どくろ》」のダイヤルの夢、川でピートとスケルトンを倒した夢には、続きがあった。

それはラッカが忘れることが出来ないクエストの記憶だった。三年前の、記憶である。

サイトピアの郊外で、呪われたモンスターが仲間を呼び、更にその類が友を呼ぶと、集結して、クエストレベルが一気に上がって手に負えなくなった洞窟があるという情報が入った。

このまま放置しておくと、やがてモンスター達は結託して洞窟を飛び出し、サイトピア全土に広がってしまう。それを阻止する為に二人で洞窟へと入った時のことであった。

洞窟への道のりの途中でスケルトンと戦い、ラッカはピートからスケルトンは人間の骨ではなく、骨のまま生まれてくるという話を聞いて、ダンジョンへと入った。

この後は、一福にも語っていない話である。

洞窟の中には即死系のモンスターが沢山いた。エンシエントゴーストの冷たい手に触れたら、死ぬ。ハイエンドマジシャンに笑いかけられたら、死ぬ。

そんな状況の中、ラッカとピートはとにかく目の前にいるモンスターを倒していく。

そして、一番の元凶であるアンデッドと化した古《いにしえ》の魔導師を倒した。

強敵、という程のものでもなかった。ラッカの実力は既にサイトピア一と言って良い程であったし、魔法剣士のピートが上手くサポートして、彼らに死角はなかった。

「いやあ、これでまた世界が救われたね、ラッカ」

「はあ？　何言ってやがんだよ。こんなチマチマした薄暗い洞窟で爺《じじい》の魔法使い倒したところで、誰も褒めちゃくれねえよ。世界を闇で支配した魔王とか、いねえのかよ。そんなの倒した方が盛り上がるに決まってる」

「はっはっは。まあそう言うなよ。勇者というのは、人知れず世界を救う、僕達みたいな奴等のことを言うのさ」

　柔らかい栗毛についた煤《すす》を落としながら、ピートが笑う。彼が笑うとチリンと、両耳のピアスが揺れた。右が太陽、左が月の形をしたピアスである。いつものことながら、欲もない呑気な相棒を横目にラッカはため息をついた。

「あーあ。もっとチヤホヤされてえなあ」

「十分優遇してもらっているじゃないか」

　二人の冒険者コンビとしての名は広まっていた。人々の為に、危険なクエストに挑む。おおっぴらに感謝をされることは少なくても、それはそれでピートは満足そうであった。

　そう、マドカピアの侵攻の影はまだその頃は少なく、このまま冒険者として、小さな平和を守っていくのも悪くないと思っていた。愚痴はこぼすが、実際にはラッカもそう思い始めていた。

「今日はどこで夕飯を食べるかね」

「極楽酒場でいいんじゃないの？」

「は！　お前は好きだねえ、極楽酒場。あそこのオムライスだろ？」

「そうだよ。あそこのを食べたら、もうよそでは食べられないよねー」

　そんな、日常の会話をしながら洞窟の出口が見えてきた、その時であった。

出口の側面の岩に毒矢の仕掛けを発射する魔物、トラップモンスターが生息していたのだ。ラッカ達を感知して、矢が、射られた。

……ああ、毒矢だ。帰る時に発動するトラップがあったのか。

そうラッカは冷静に考えたのだが、放たれた矢を、なんとなく呆然《ぼうぜん》と見つめていた。

避けようと思えば避けられた、筈《はず》なのに、何故か身体が動かなかった。

油断だったのか、ただボーッとしていたのか、今となっては分からない。

「ラッカ」

その逡巡《しゅんじゅん》が相棒に伝わらない訳がなかった。

ラッカに覆い被《かぶ》さるように、ピートは身を躍らせる。

顔を見合わせる形となる二人だが、ピートの表情は直ぐに青ざめる。

元々白い肌が目立つピートだったが、その瞬間の表情、顔色をラッカは忘れない。

「ピート?」

「………」

ゆっくりと、地面に崩れ落ちるピートを、ラッカは見つめていた。

現実が把握出来ずに、ラッカは相棒の名前を呼ぶ。

あっけなく、ピートは死んでいた。

それは冒険者をやっていたら当たり前に、日常に転がっているものであった。

パーティーを組んだ冒険者が、目の前でドラゴンの業火に焼かれて死ぬのを見たことがある。船に乗っていた時、クラーケンの襲撃に遭い、触手に捕まり、そのまま丸呑みされたこともある。

そう、流れる日常、続く日々の中には、当たり前に終わる現実が潜んでいるのだ。

それが、自分の相棒に襲いかかっただけのことであった。

それを、ラッカがどう処理したかも、もう忘れてしまった。

きっと彼がピートの亡骸を運んだ筈だった。

ピートの葬式をして、ミヤビに謝ったのかどうかも、覚えていない。

ピートの父のテトラには、勇者を守って死んだ息子を誇りに思うと言われた、気がした。


一福には洞窟に入ってからの顛末《てんまつ》を言わなかった。

だが、最初、ラッカが髑髏《どくろ》のダイヤルでこの夢を見た時、正直どうとも思わなかった。

何故なら、一定の周期でラッカは同じ内容の夢を見ていたからだ。

枕の力など使わなくても、サイトピアにいる時から、半年に一回は同じ夢を見ていた。

それが、枕で毎日見られることになった、くらいの感覚であった。

ラッカはそれに特に意味を見出さなかったが、退屈紛れに、あることを思いついた。

夢の中でピートを救ってみよう、と。

◇　◇

当然、その行為に意味がある訳がないことも分かっている。退屈な獄中生活を紛らわす程度の軽い気持ちで、定食屋で大盛りメニューを制限時間内にたいらげるチャレンジ等と同じ感覚で始めてみた。

だが、一福は毎朝やってきて夢の話を聞いてくる。それがなんとなく面倒くさかったので、一福が帰ってからの、昼寝の時に髑髏《どくろ》のダイヤルを使い、夜寝る時は別のものにするように決めた。

夢の中でピートを救う為に、ラッカはまずあることをした。

「どうしたの？　ラッカ？」

「いや、気を付けろよ。その……罠《わな》とか。トラップモンスターとか、いるかもしれないからね」

そう、「注意」である。ピートは元々がそんなに油断するタイプではない。口頭で注意すれば、それで十分だろうと考えたのだ。

洞窟に入る前に、一言注意する。

そして、ラッカ自身も気を付けるように心がける。ラッカの油断が、ピートの油断に繋《つな》がったので、当然だ。

「……珍しいねえ。ラッカこそぼーっとしないでよね」

「分かってるよ」

そして、それからは現実と同じ行程を辿《たど》った。洞窟に入り、モンスターを蹴散らし、ボスの古《いにしえ》の魔導師を倒して、出口へと向かう。

「さあ、気を付けろよ。油断は禁物だからな」

「………………」

そして、帰路。洞窟の出口が見えた。

ラッカはどこの岩の罠からトラップモンスターの毒矢が射られるのかも分かっている。

――あの岩陰だからな。

ある地点の床を踏むと、トラップモンスターが発動する気配を感じる。風を切るヒュッという音がした。

予想通りの場所から、矢が射られてきた。ラッカはすぐにその方向を見て、サイドステップで身体を躱《かわ》す。

――よし、避けたぞ。

ラッカは安心した。そうだ、こんな毒矢、簡単に避けられたのだ。

だが、彼はそこで油断をしてしまう。すぐさま二発目の矢が射出されていることに気が付かなかったのだ。

「ラッカ！」

完全に油断しているラッカの背中を庇《かば》うように、ピートが飛び出す。

そして、ピートは倒れた。

「…………」

無言で倒れているピートを見下ろして、ラッカはため息をつく。

「ええー……二発目かよ。知らねえよそんなもん。本当にあったの？　現実でも？」

本当の洞窟でも二の矢、三の矢があったのか。それは誰にも分からないが、ラッカが言い訳をしている途中で、その日は夢から覚めた。

次の日の昼寝も「髑髏《どくろ》」のダイヤルで夢を見る。

次は、毒矢の二発目も気を付けて、更には三、四発目も気を付ける。

「次も来るぞ！　更に次も！」

ラッカはピートに対して散々注意を続けて、ようやく避けることが出来た。

すべての矢を回避し終えると、二人ともはあはあと息を吐いていた。

「ラッカ、変だね。あんなに罠《わな》に敏感になるなんて」

「え？　まあ、そんなもんだろう」

ピートから少し怪訝《けげん》そうな顔で見られるが、ラッカは笑って誤魔化した。

――楽勝じゃねえか。これで俺もちったあ夢見が良くなるってもんだ。

得意になって口笛を吹きながら大股で歩いていると、出口の前で岩が崩れ落ちてきた。

「うわ！　トラップの岩だ！」

「ラッカ、危ない！」

完全に油断していたラッカは避けきれない。目の前にピートが飛び出してラッカを押し出す。

轟音《ごうおん》を立てて崩れ去っていく岩達につぶされ、あっという間にピートの姿は見えなくなった

「……マジかよ」

そこでようやくラッカは悟った。夢の中でもピートはなかなか助けられないようである、と。

それから、ラッカは少し考えるようになっていた。

このドリームジャンボ枕《ピロー》というのは、夢は夢でも何パターンかの種類に分けられる。

完全なる、なんでもありの夢。過去を投影した夢。それが混ざったもの。

そして、ラッカの潜在意識が関係した夢。

ラッカの潜在意識の中に「ピートは助からない」という思いがあったら、決して助けることは出来ないのではないだろうか。

そもそも、このピートとの最後のクエストを繰り返すことに、意味があるのか。

生かそうと思っても、死んでしまうのには、ラッカ自身を安心させるという作為が潜んでいるのではないか。

「あれは仕方なかった。何度やっても同じことだ」と思いたい自分がいるのではないか。

その為に、ラッカはこの夢を見ているのだろうか。そして、同じ結末を迎えて、安心しているというのか。


それから、次の日もその次の日も、ピートは死んでいく。

毒矢も岩も細心の注意を払ったとしても、更に別の、ラッカが見つけきれていないトラップが発動して死ぬこともあれば、「冒険の前に食堂で食べた肉にあたったみたいだ……」などとふざけたことを抜かして事切れるなどというとんでもない場合もあり、ラッカは途方に暮れた。


夢は変わるのに、ピートが死ぬのだけは止められない。

ラッカは半ば意地になり、ピートを救おうと考える。


そんな時、一福が牢にやってきて、落語の相談をしてきた。

ミャーゴに高価な皿で餌をやって、高値でミャーゴを買わせようという、『ミャーゴの皿』というネタを、背中を向けながら聞いた。

黙ったままでいようと思っていたラッカだが、我慢出来ずに一福に、ミャーゴではなくドラゴンにしたらどうかというアドバイスをしてしまう。

一福はラッカに礼を言って帰っていった。

「まったく、俺も人がいいぜ……」

そしてラッカはベッドに寝っ転がり、「金の夢」から握りしめて持ってきた一枚のコインを天井ぎりぎりまで弾くと、片手で受け止める。

「皿で気を引いて、ミャーゴを買わせる………か。なるほど」

それならピートが好きな洞窟の中にあるキノコや野草に目を引かせて、余計なことをさせないようにすればいいのかもしれない。

——少し苦しいかもしれないが、そうだ、やはり落語がヒントを握っているのかもしれねえな。

頭上にある枕のダイヤルをカチャカチャと弄《いじ》ってから、自分の頭の下に敷く。

「さてと、お昼寝の時間だな。じゃあ、今日もチャレンジしますかね……」

そしてラッカは夢へと落ちていくのであった。

夢の中ではあまり気にしていなかったが、洞窟の中は湿気が多く、沢山のキノコが生息していた。

「おいピート。このキノコ。なんだよ」

「ああ、そのキノコはアダマンテイストキノコだね。強いモンスターがいる洞窟にしか生息しないキノコで……」

ラッカの思惑通り、ピートは洞窟の中のキノコに夢中になっている。

——ようし、このままピートにはキノコに集中してもらって、後は俺が完璧にダンジョンを攻略すればいいんだろう。やっぱり、鍵はラクゴが握っていたんだな……。

「あ、これはマーベラスシャインキノコじゃないか。へえ、サイトピアに生息しているなんて、珍しい」

洞窟に入って入り口付近で小さく光るキノコを発見したピートは、興奮した面持ちで壁を触る。そこで、ラッカはあることに気が付く。

「あ、そこらへんには岩のトラップモンスターが潜んで……」

カチリと音がして、岩のトラップが発動する。

そして、ピートは死んだ。


「なにがラクゴが鍵を握るだよ。過去最短じゃねえかよ……」

牢獄のベッドで目を覚ましたラッカは、思わず悪態をつく。

なんでもかんでもラクゴで解決出来る訳ではないということを学んだ。当然だった。

それから数日後、一福が頭に珍しいドラポンを乗せてやってきた。

どうやら『ドラゴンの皿』は一福に恩恵がいっているようで、ラッカは思わず不満を口にしてしまう。

「え、マジかよ？『ドラゴンの皿』は俺のアドバイスで出来たっていうのに、俺の方じゃなくて旦那に恩恵がいくなんてこと、ある？ったく、だからこっちはあんまり上手いこと出来なかったって訳かよ……」

「え？ラッカ様も何か『ドラゴンの皿』でやられていたのですか？獄中で？お食事の皿とかで、ですか？」

「ああ、あはは。いやいや、それはなんでもなかったわ、やっぱり。こっちの話こっちの話。ていうかさ、普通と違うドラポンなら、なんか特殊な能力があるんじゃねえの？よく門番が通してくれたな」

一福には昼の夢に関しては話をしていない。それに、この期に及んで落語にヒントを求めたなどと、厚顔無恥なことを言える訳がなかった。

そして、それから何度目の夢だったか、ある時、ピートに気が付かれるという事態が起きてしまった。

それはラッカが半ば自棄で洞窟の中でピートに「食あたりに気を付けろ」「毒矢に、岩に気を付けろ」と喚《わめ》き散らしていた時のことである。流石《さすが》に夢の中のピートでも不審に思ったらしい。

「なんだか、ラッカらしくないね。そんなに繊細なこと言うなんて」

「いや、あはは」

「実際はそこそこ繊細で気遣いなのは知っているけど、それを見せない為に豪快勇者を気取っているから、ちょっといつもと違うよね」

「てめえ、グサッとくるようなこと言うんじゃねえよ」

夢の中でもピートはピートで、ラッカに対しては結構辛辣《しんらつ》な意見を投げてくる。

「……本当にラッカ？」

何度もピートに疑われた挙句《あげく》、面倒くさくなって、ラッカはついに笑って真実を告げてしまった。

「え？　あはは。いや、これは夢なんだよ」

「夢？」

「で、お前は夢の中のピートなんだ」

こんな話、ピートが信じる訳がないとたかを括ったラッカだったが、ピートは意外にも顎に手を当て、考え込んでしまった。

「……なるほど、その、僕が君の夢の中にいるというのは分かったけど、ラッカ、現実の君は今一体どこで何をやっているんだい？」

「ええ？　俺か？　俺は今マドカピアのヤツらに捕まって、牢屋の中だよ。その中でのんびり昼寝して、お前とのクエストの夢を見ているんだよ。あははは」

「どれだけ見ているの？」

何故ピートがそんなことを気にするのかは分からないが、ラッカはそれにも正直に答える。

「ええと、お前とこのダンジョンに挑んだ夢なら、十二回目かな？」

それを聞いたピートの片眉がピクリと動いた。

「なんだって。何を呑気に夢なんか見てるんだ！　今すぐ夢から覚めろ!!　ユメサマスメヲサマス　アサガクル　水属性魔法　サメザメ！」

「いや、夢の中でそんな魔法とかされてもいっちょん〜〜〜〜〜〜〜〜〜〜〜〜〜〜〜〜〜〜〜〜〜〜〜〜〜〜〜〜〜〜〜〜」

次の瞬間、ラッカは牢獄の天井を見上げていた。

「…………ばっちり効いてるじゃねえかよ。どういう原理？　魔法を喰《く》らったっていう、暗示を俺が受けちゃってるってだけ？」

むくりと身体を起こし、無理矢理覚醒させられた頭をボリボリと掻《か》く。

「ええー。面倒くさいぞ。何、こんなことあるの？　夢の中の自分が、夢って気が付いたら起きてしまうっていう現象は経験あるから分かるけど。夢の中の登場人物にも夢って気が付かれたら俺が起きてしまうわけ？」

夢の中で夢の中の登場人物から起こされるという奇妙な経験をしたラッカ。

ピートが死にやすい、というのはまだ序の口だったのだ。

「夢の中でピートを救ってみようチャレンジ」だったのが、「夢の中でピートに夢だと気が付かれずに救ってみよう（気が付かれた時点で即アウト）チャレンジ」にクラスアップした。

ラッカは、洞窟に入った時点で矢の仕掛けのトラップモンスターを見つけ出して退治しておこうと、なるだけこっそりと色々調べる。トラップモンスターは一見普通のトラップと何も変わらない。厄介なのは、それが移動する点である。どれだけ探してもラッカから逃げているようで、なかなか見つけられない。

「ラッカ。何をそんなに神経質になって洞窟を物色しているの？」

「ああ、いや。ちょっと念入りに洞窟を調べているだけだぜ。あは、あはは」

「いや、そんなことラッカはしないからね……おかしいな」

「いやいや、別にそんなおかしなことないだろう」

「ひょっとして……これは、夢？」

「いやいやいや……そんな訳ねえって。あはは、何言ってんの？」

「…………本当？　ラッカが嘘つく時って、大体笑うからね」

――こいつなんなの？　超ウゼえ。

それからはしばらく何をやってもピートに夢と気が付かれて緊急追放される失敗が続いた。

そんな時、一福が最近、頭の上に城が生えて、そこで宴会をする『ヘッドキャッスル』という ネタを演ったらしいという話を耳にする。

それを聞いたラッカは、ひょっとしたらその落語こそ、自分の今の状況を打破するものかもしれない、と思い始める。要はそれだけ、行き詰まっていたのだ。

「……いやいや、だけどよ。だって『ドラゴンの皿』の時だってよ、全然上手くいかねえしよ。ちょっと応用の仕方すらよく分からなかったじゃねえか。今回も多分、俺用のラクゴじゃないんだよ。だから、真に受けんなよ。でも、実際結構行き詰まってるからな。うーん、でもどうせ夢だし…………一回やってみるか」

駄目で元々と腹を括り、その日の昼間に、早速実行することにした。

「おい、ピート、お前、さっきの川でのスケルトンとの戦いで疲れただろう。俺が肩車してやるよ」

「は？」

クエストの洞窟に入るや否や、ラッカがそんなことを言い出したので、ピートは目を丸くする。

「肩車クエストチャレンジっつって、これ動画配信系冒険者の中で流行《はや》ってんだよ」

「ちょっと何言っているか分かんないし、これ、誰が動画撮ってんの？　うわあああ!!」

有無を言わさずに頭の上にピートを乗せてクエストを終わらせる。これぞ『あたまピート作戦』である。

「よっしゃあ!!　これで完璧だ！　待ってろよハッピーエンド！！！！！」

そして、二人はボスに行く前の雑魚《ざこ》モンスターに倒されて死んだ。『ドラゴンの皿』の記録を更新し、今までで一番早く死んだ。当然だった。だって、とても動きにくかったのだから。

そう、一福の落語はやはり役に立たなかったのだ。

それからも、ピートは夢で死に、夢に気が付いて強制終了する日々が続いた。

ラッカは嫌気がさすというよりも、強烈に面倒くさくなっていた。

簡単なのだ。枕のダイヤルを変えれば良いだけの話である。だが、昼になっていざ寝ようと横になると、ダイヤルはやはり髑髏《どくろ》にしてしまう。未練なのか、意地なのか、とラッカは思う。夢で救ったところでどうしようもないことぐらい、理解しているのだ。

それでもラッカは、どうしても髑髏の夢を見続けた。

そして、髑髏のマークに相応《ふさわ》しく、毎回相棒はラッカの目の前で、死んでいくのだ。

そして、その次の日、一福の落語『抜けドラゴン』を見せられた。

金を持たない旅人を宿に泊めたら、ドラゴンの絵を残していき、その絵からドラゴンが飛び出してしまう、という落語であった。


どうやら一福はその落語を使って、自身の問題を解決したいと思っているようであった。それを聞いて、ラッカは流石《さすが》に突っ込みを入れる。

「いやいや旦那。これはだな、俺が思うに、今まで旦那は特に自分のラクゴの影響なんか考えずに行動していたから、その、無心ゆえの結果、なんじゃないかと思うのよ」

「いやあ、こういうのは確かに予告ホームランみたいであまりあたしもやりたくないんですけど、そうも言ってられません事情、というものがありまして」

「そんなこと言ったって空振ってんじゃねえか。そういうの一番恥ずかしいよな。分かるぜ。俺もこの前の『ヘッドキャッスル』だっけ？　あれにはまんまと騙《だま》されて、恥ずかしい目に……」

「え？　ラッカ様、『ヘッドキャッスル』で何か試されたのですか？　全然気が付きませんで」

「あ、いやいや、勘違いだよ。なんでもない。で、なんだよ。え、今回のラクゴはじゃあ何を解決させたいんだ？　あ、あれか？　仲の悪い親子を仲直り、みたいな？」

「いいえ。そんなヤワな案件じゃあございません。今回の落語みたいに、なんとかして抜け出させたいものがありまして」

「ん？　ドラゴンか？　ドラゴンを抜け出させたいのか？」

「いやあ、もっともっとヤバい、モンスターなんですよ。手のつけようがない！　ドラゴンなんて、可愛い蛇みたいなもんですよ！」

「へえ、なんだ。そんなヤツがいたら大変だな。早く退治した方が良いんじゃないの？」

「いやいや、退治なんて、物騒な。えーと、穏便に、里に帰してあげたくて」

「ふーん、優しいんだねえ、旦那は」

結局一福はラッカからも有益な情報を得ることは出来ず、気を落として帰っていった。

なかなか珍しい反応である。どうやら、今回はどうしても当てに行きたかったらしい。

「ふうん。一体どんなモンスターなんだろうな。超巨大で、すげえ火とか吐いたりしたら、ウケるけど。にしても、イップクの旦那でも、ラクゴで解決出来ない問題があるんだな。プクク、ざまあみろだぜ」

自分が何度も夢で頼って駄目だった落語が、他の者の案件だと成功するのが気に食わなかったラッカは少し留飲を下げ、ベッドに寝転んで笑っていた。

「それにしても『抜けドラゴン』ねえ。絵に描いたドラゴンが外へ出るなんて、上級魔法ぐらいじゃないと不可能だろうな。……ううむ、絵の中のドラゴンか」

絵の中というのは、今のラッカにとってみたら、まるで夢の中だ。

「『抜けドラゴン』。夢の中から毒矢や岩を抜けさせればいいのか？　いや、違うな。どっちかというと、ピートから強制終了させられている俺の方が、『抜けラッカ』じゃねえか。ふざけやがって」

そう考えると、嫌気がさしてくる。

「そうだぜ。なんで夢の持ち主である俺があいつから何度もはじかれなきゃならねえんだよ」

そこで、ラッカはある結論に至る。

「……そうだよ。厄介なピートを、夢から追い出せばいいんだよ」

そう、まさに『抜けピート』である。

「どうやら、今回の『抜けドラゴン』にはまっている者は誰もいないみたいだし、まあ、やってみるか」

もう、試せるものはなんでも試す領域に入っていたラッカは髑髏《どくろ》のマークに合わせた枕を頭に当て、眠りに落ちた。


ラッカとピートはいつものように川でスケルトンを倒し、洞窟の前までやってくる。そこまでは同じである。何度も何度も何度も辛酸を舐《な》めた、二人の最後のクエスト。そのクエストを、今日終わらせる。

ピートが洞窟に入ろうとするのを制して、ラッカは高らかに宣言する。

「よし、ここからは『抜けドラゴン』ならぬ、『抜けピート』だな!!」

「は？　何言ってんの？」

夢の中のピートは、ラッカが突然おかしなことを口走り始めて、動揺している。

「実はここ、俺の夢の中なんだ!!」

「はあ??」

夢の話をするといつもならピートから魔法で弾かれるが、そうはさせない。先手を打って、ラッカは拳を握りしめる。

「だから、お前、俺の夢から出ていけよ!!」

遠慮は一切ない。ラッカは思いっきりピートをぶっ飛ばした。

ラッカのパンチを喰《く》らって吹っ飛び、キラリと空に消えていく相棒。その様子を安心して見つめ、腰に手をあてて、ラッカは満面の笑みを浮かべる。

「よし。これですぐ死ぬ邪魔者はいなくなったな」


邪魔者のピートがいなくなり、ラッカはせいせいして洞窟の中へと潜っていく。

中にいるモンスターを倒し、ボスを倒し、スキップをしながら出口へと向かう。

「ていうかさ、俺って、頭おかしいよな。ピートを救う為に、ピートが邪魔だなんてよ。あっはっは!!」

ラッカはなんとなく清々しい気持ちになった。

これが本来の自分だなんて、つゆとも思っていない。豪快な性格や、どうでもいいと言いながらも結局周りの顔色を窺《うかが》う質《たち》も、結局後からついてきたものだ。自分を守る為、勇者として、周りに虚勢を張る為だけに、彼は色々な性格を携えて、ここまで生きてきた。

本当の自分が、実際のラッカ＝シンサがどんな青年なのか、なんて、これっぽっちも分からない。

だが、悩んでも仕方がない。結局それすらどうでもよいのだということに、ラッカは気が付いた。


「うわあああ!!」

自分は何だったのか。何者でもない、ただ人生を楽しめれば、それで良いのだ。

過去のトンネルを逆に進むように、ピートといた時のことを思い出しながら、ピートがいないクエストをクリアして、ラッカはようやく思い出した。

自分は、自分でしかないということを。


もうすぐ出口だ。

そこに、なんとなくピートがいるような気がした。

随分と遠くまで飛んでいたのだろう。装備が汚れていて、本人もダメージを負っているようだが、彼に怒った気配はない。逆に、楽しそうに笑みを浮かべている程である。

ラッカも一切悪びれた様子なく、口を尖《とが》らせて不平をぶつける。

「おいおい、なんで戻ってきて中に入ってんだよ。意味ねえじゃねえかよ」

「なんで？　相棒に置いていかれて、勝手にクエストクリアされたんじゃあ、たまんないよ」

「何を言ってやがんだよ。置いていかれたのはな、俺の方だよ」

「…………」

ラッカがそう言ってもピートは既に怪訝《けげん》な顔すらしない。そう、この夢のピートは、既に自分が夢であることに気が付いているのだろう。

──そういうことか。いや、どういうことか、全然分かっちゃいないけどよ。

ピートの表情を見て、なんだか、ラッカは楽しくなってきた。ピートが無茶を言い、ラッカがその無茶を通す。それが二人だったような気もする。子供の頃に受けた、懐かしい風が頬《ほお》を撫《な》でた気がした。

「いいよ。そこで立ってろ。今からトラップモンスターが発動して、毒矢が射られるからな」

「うん」

「全部、俺が止めてやるから。お前は、死なないから」

「うん」

怪しむことなく、ラッカを目覚めさせることもない。そこには友を信じるたった一人の、親友がいた。

絶対的な安心感と、誰にも負けないこの感覚。そう、久しく忘れていた。

若く、勇敢で、無謀な二人は、強く、弱く、楽しく、情けなく、無敵だったのだ。

たとえそれが真実でなくても、彼らは、そんな顔をして、冒険していたのだ。

「ああ、無敵だ。なんで忘れちまってたんだろうな……」


そして、洞窟の中にいるトラップモンスター達から毒矢が一斉に放たれる。

ラッカは全身から湧き出す興奮を抑えることなく、冷静に、身体を動かす。

右。左。上。下。斜め上。真後ろ。真下。斜め右。斜め左。真上。

同時に放たれた筈《はず》の矢を、全て同時に掴《つか》む。

どうやってそれを為《な》したのかも、ラッカは分からない。

だが、彼の中ではその矢は全て止まってるように感じた、のかも分からない。

さらっと手を出したところ、次の瞬間、全ての矢が手中にあった、のかも知らない。

それぐらい不確かな、感覚ですらない、感触の波を泳いで、彼はその矢を捕まえたのだ。


そんなラッカを見届けて、ピートは子供のように手を叩いて喜んだ。

「あっはっは!! やったな、ラッカ」

「どうよ？　抜けピート作戦、成功だぜ」

掴《つか》んだ矢をばらばらと地面に落とし、ラッカはニカっと笑う。

「……ようやく助けることが出来たな」

そう言って、ラッカは小さく息を吐いた。

「いやあ、長かったな。鬼面倒くさかった。こうやれば良かったんだな」

「いや、おかしいでしょ？　相棒をぶっ飛ばして一人でクエスト攻略するなんて、意味ないし」

「あはは。そりゃあ、そうだな」

ピートの当然の突っ込みに、ラッカは愉快に笑った。

「で、何十回目だっけ？」

「あん？　三十八回くらいかな？　ようやく成功したな。ていうか、夢ってばれたら駄目なんじゃねえのかよ？」

「そこは、まあ、特に厳密なルールはないよ。君らしければ、いいんだよ。ラッカ。最近の君は、自分を見失っていたみたいだからね。髑髏《どくろ》のマークは、君さ。君の君らしさが死んでいたから、それが髑髏の夢だったんだ」

「は？　俺が髑髏？　お前だろうが」

自分を指差すラッカに、ピートは肩を竦《すく》めて尋ねる。

「で、何か意味があったかい？　繰り返すことに」

「意味なんて、この世の中にあるのかよ。ただ、夢の中でもお前を助けることが出来るのかって思ったら、やれるだけやってみようか、と思っただけだよ。思ったら、やってみる。それが俺だろう？」

「あはは、ラッカらしいね」

「さて、お前には言いたいことが沢山あるんだ」

「なんだい？」

ピートは栗毛を片手で掻《か》き上げる。耳についている太陽と月型のピアスが、チリンと音を立てた。

「何で俺を庇《かば》った、なんて野暮なことは言わないよ。俺が無様なだけだったんだ」

「いや。僕も全く覚えてないよ。気が付いたら死んでいた。正直、君を守ろう、とも思ってなかった。自然と、僕は死んだんだよ」

「それこそ、お前らしいな。ピート＝ブルースの生き様らしいし、死に様らしいじゃねえか」

「元気そうじゃない」

「元気じゃないよ。お前がいないと大変なんだよ。宿屋の手配だとか、金の管理や、旅先での交渉とかさ」

そんなラッカの言い草に、ピートは噴き出して笑う。

「雑用ばっかりじゃないか」

「雑用が一番大変で、面倒くさいだろうが」

「ふふ、僕の大切さが、ようやく分かったかい」

「ああ、身に染みてるよ」

ピートの前で虚勢を張る意味もない。ラッカは正直に答える。

「それじゃあ、次はラッカ＝シンサの生き様の番だね」

「捕らえられて、今にも死に体だがよ」

ラッカがそう吐き捨てると、二人は笑った。

何を話すということはなかった。

少し、昔話をして、今誰がどうしているだとか、あの時はモンスターに追いかけられてまいったな、なんてことをしばらく話した。

二人共、夢の終わりを感じていた。

「……うん。ありがとよ。お前と会えて良かった」

「僕もだよ」

その一言を、伝えることが出来た。その一言の為に、ラッカは何度夢に挑んだのだろうか。

ピートはクスリと笑って、ラッカに託す。

「世界を、頼んだよ」

「知らねえよ。俺は俺らしく、無理しながら生きていくよ。ここまでこうやってきたんだからよ。それを、教えてくれたんだろ？」

「誰にも頼らずにだね」

徐々に白く、薄くなっていくピート。

「…………」

それを見たラッカは、どうにもならないことを、やはり、口に出してしまう。

「だけど、なんとかならないのか？　やっぱりこれで、夢でお前を助けたらさ、現実でも、ボーナスで……とかさ」

「あはは。出来る訳ないことは、分かっているんだろう？」

「だってよ！！！！」

そこで、こらえていたものが、全て決壊する。

「俺、まだお前に何も返してないんだよ！！！！」

「お前がいなかったら、俺はとっくにくたばっていた！」

「俺を助けてくれたよな。あの時のことを、俺は、俺はお前に何も返していない！！！」

「俺を勇者でいさせてくれたのは、お前なんだよ!!」

「なにが、自分の命のことだけを考えて、自分本位に楽しく生きる、冒険者だよ。勝手に人のこと、庇《かば》いやがって！」

「……くそ。お前は、なんなんだよう。なんだってそう、その時、その瞬間、一番欲しい言葉をくれるんだよ。なのに、なんで、一番いてほしい時に……一緒にいないんだ!!　クソッタレが!!」

「ラッカ」

「皆大変なんだよ！　だけど、世界がどうなってもいい、なんて俺も思っちゃいないよ」

「ごめん」

「クソ!!　なんなんだよこの世界！　こんな、意味のない、お前のいない世界を救って、なんになるってんだよ!!」

「ごめん」

ラッカは抱えている全ての感情を、一切まとめることなく、抑えることなく、ピートに向けて放った。

弱音も本音も感謝も願望も後悔も、涙と共に全てを垂れ流すラッカに、ピートはただ謝る。

だが、特にピートはしんみりとしたラッカに付き合うこともせず、スタスタとラッカの元へ歩くと、肩に手を置いて言った。

「…………よし、ラッカ。僕たち、喧嘩《けんか》しよう。最後の、喧嘩さ」

始まりも、喧嘩だった。

拳を握りしめると、ラッカを思い切り殴った。

「ぐわ！！！」

地面を転がるラッカを見て、ピートは笑い声を上げる。

「あっはっは。僕を空の彼方へと吹っ飛ばしてくれたお返しだよ」

「てめえ、折角《せっかく》人がしんみりしてんのに、どんだけ空気読めないんだよ。怖い。死んでも怖い、お前のそういう所」

「あっはっは！　気の小さいこと言うんじゃないよ、ラッカ」

そして、ラッカもピートを殴った。ピートも負けじとラッカを殴る。殴る、蹴る。殴る、蹴る。それの繰り返しだった。

あの日、子供の頃のあの日に、二人は戻っていた。

そして、数分後には二人して地面に寝転がり、はあはあと荒い息を吐いていた。

先にピートが立ち上がり、ラッカを見下ろす。

「僕達は与えた分何かを返して、返した分何かを貰《もら》うような、そんな野暮な関係じゃない。友達っていうのはそんなんじゃないんだよ」

「君に与えた瞬間に、僕は同質のものを貰って、君から貰った瞬間、また同じ何かを与えている」

「つまりは、一緒なんだよ。僕と君という、同じ箱の中で、気持ちを行き来させていただけのことさ。だから、僕の中にまだ、君はいるし、君の中にも、僕はいる」

「それに、僕は君よりも二つ年上なんだ。年上が年下を守るなんて、当たり前だろう？」

「……お前は、もう、俺よりも年下だよ。あれから三年も経ってんだからよ」

ラッカがそう反論すると、ピートは少し寂しそうに、そして凄く嬉しそうに笑った。

「さあ、愛しい友人」

「なんだよ」

「友の拳で、目が覚めたかい？　目を覚まし、とっとと、世界を救ってくれよ」

「……ああ」

「寂しがるなよ。僕は君と共にいる。僕はピート＝ブルース、まだなにも為《な》していないし、もっと冒険したかったけど、楽しかったよ。君は？」

それは、初めて会った時の、自己紹介と同じだった。

それは、何も変わらない。

二人にとって、最後でもなければ、終わりでもない、別れの挨拶だった。

とめどなく流れる涙を、腕で乱暴にぬぐい、ラッカは笑顔を作ってみせる。次の瞬間にはまた熱いものが頬《ほお》を伝うが、彼は笑顔で、言った。

「俺はラッカ＝シンサ。これからすげーことを為し遂げる。世界を救う、勇者様だ。お前と会えて、楽しかったよ」

「こっちにはゆっくりおいで。ちなみに、こっちの料理は最高に美味しい草食料理しかないからね」

「へん、嘘つけ。最高のエンジェルウルフの肉でも用意して待っておきやがれ」

「死んだ後に、何度も君とクエスト出来てよかった。面白い枕だね」

「ああ、マクラってのはよ、ラクゴでも大事な前振り、らしいからな」

「じゃあ、僕と君の盛大な少年時代からの、思い出は、長いマクラなのかもしれないね」

「あん？」

「勇者ラッカが誕生する為の、必要な、マクラさ」

「上手いこと言った顔してんじゃねえよ……馬鹿」

そして、長いようで短かった、友を救い、救われる為の、ラッカの夢が終わった。

◇　◇

もう必要ないと、枕を渡された一福は、ラッカの憑《つ》き物が落ちた表情を見て、彼の中で何かの決着がついたことを直ぐに悟った。

やれやれと肩を竦《すく》めて、ため息をつく。

「まったく、ラッカ様は、本当に勝手に救われて。折角《せっかく》救世主としての自覚に目覚めたあたしの、救われ人第一号にして差し上げようと頑張っていたのに」

「なんだよそれ、気持ち悪いな。そんなのまっぴらごめんだよ」

一福の言いぶりにラッカは顔をしかめて舌を出す。

「本当に、大丈夫なのですか？」

「うん、欲しいもんは手に入ったからな」

そして、ラッカは先程と同じように、自身の耳に、触れる。

「それでも、あたしの持ってきたこの枕のお陰というのは忘れないで下さいね」

「あっはっは」

「で、夢の中で殴られました？」

「ああ、あん？　なんで知っているんだ？　俺、何か寝言でも言ってた？」

照れくさそうに頬《ほお》を撫《な》でるラッカに小さく首を振り、一福が答える。

「いえいえ、あたしも殴られましたから。この『髑髏《どくろ》』のダイヤルを使って」

「ああ、なるほど」

そういえばドリームジャンボ枕《ピロー》は一福の分もあったのだ。

一福も誰かとの夢の為に、髑髏のダイヤルを使ったとしてもおかしくはない。

「いやあ、飛行機に乗らせないようにしたり、喧嘩《けんか》をふっかけてみたり、色々してみましたが。しまいには『いつになっても終わっちまったことをウジウジと。往生際が悪い!!』ってぶん殴られましたよ。あっはっは。で、あんまりぐずるあたしを見かねて、これを貰《もら》いました」

そう言って一福は懐から扇子を取り出した。ラッカからは普段一福が使っているものと同じように見えるが、きっと、彼にとっては違うのだろう。

「どうだい？　後悔は薄れたか？」

一福の過去に何があったのか、ラッカは何も知らないし、これからも知るつもりはない。ただ、この質問に答えてくれるだけでよかった。

そんなラッカの問いに、一福は首を横に振って、答える。

「いえ、一切後悔はなくなりませんし、あの時ああしていたら、こう言っていたらの連続です。ですが……まあ……」

「まあ、なんだよ？」

「なんか、この扇子を夢から貰っただけで、無敵な気持ちになりますね」

それだけで、よく分かった。その気持ちが。

その一言だけで、ラッカは楽々亭一福という人物のことを、理解出来ないだろうが、だけど、共に歩むことは出来るような気がした。

「あんたがラクゴをやってるだけなら、俺はこうだな。俺はただ、ヘラヘラと剣を振るって、世界を救うだけだから。ってな」

「あっはっは。上等ですよ」

特に意味もなく、二人は笑い合った。

「で、どうやってここから逃げ出すんだ。そこは頼りにしていいんだよな？　旦那？」

ラッカが悪戯《いたずら》小僧のように笑うが、一福は一体何を言っているんだと言わんばかりの剣幕で言い返す。

「いや、だから言ったじゃないですか！　それが、全然作戦がないんですよー!!　どうしたらいいと思います!?」

「うえええええ！！！　なんじゃそりゃー」

「早くしないとラッカ様は裁判にかけられてしまいますから！」

「ラクゴでなんとかならんかい？」

「ラクゴラクゴってねえ！　落語は魔法でもなんでもないんですよ！　ったく、こちらの世界の方は何もかも落語でなんとかなるって思っていて。怖い！　落語崇拝が過ぎる！」

「その肩に乗っているへんてこは？　超レアモンスターなんだろう？」

「クモノスケにそんな大層なことは出来ませんよ」

そうだ、と返事をするように、肩のドラポンが「みゃあ」と鳴いた。

「良い、脱獄方法とか、ないですか？」

「うーん、そうだなあ。マドカピアの姫様でも人質にとって、というのはどうだ？」

「私、ですか？」

声が聞こえ、一福が後ろを振り返ると、いつの間に現れたのか、アヤメが立っていた。

「アヤメさんを人質っていうのは、やはり陛下に悪いですしねえ」

「それなら、どうしたいんだよ」

「あたし、アイテムがあるんですよ。落とし物を引き寄せる釣り竿《ざお》なんですけど。枕と同じ魔倶師《まぐし》さんが作ってくれたもので」

「ふんふん」

「それで、ラッカ様にはオクラさんを引き寄せて頂いて。今はスタン様の元にあるんですが」

「シーンダ＝スタンリバーの大将かよ。速攻気が付かれるわけだ」

「ええ、ですが、それも速攻逃げて、とにかく逃げて、あたしの知り合いの飛竜に乗せてもらって、脱出しましょう」

「ふむふむ」

真面目に話をしているが、アヤメがいることを忘れてもらっては困る。

「あの、二人共」

「ああ、アヤメさんはこの話聞かなかったことにして下さいね。ご迷惑がかかりますから」

「ああ、だからって逆に邪魔したりなんかもするなよ」

すっかり蚊帳の外でとても自分勝手に釘《くぎ》を刺されるアヤメは、呆《あき》れた表情で二人を見る。これが救世主と、勇者の会話なのだろうか。

「………いや、二人で盛り上がっているところ、大変申し訳ないのですが」

「え？」

「もう、ラッカ＝シンサがあちらに帰られる算段はついてますよ」

「え？」

完全に意表を突かれた表情だった。二人とも呆《ほう》けた顔でアヤメをまじまじと見つめる。

「そして、これは私も不本意なのですが、一福様もサイトピアに帰って頂きます」

「ええ！？？」

一福が驚きの声を上げる。

そこでアヤメは悔しい表情を浮かべて、事情を説明する。

「先手を打たれました。サイトピアから、一福様とラッカ＝シンサと引き換えに、クランエお兄様を、こちらに渡すと交渉してきたのです」

そこまで落ち込んだ声色だったが、アヤメはパッと顔を上げると、一点の曇りもない笑顔で一福に宣言する。

「あ、心配しないで下さいね一福様。直ぐにまたサイトピアへ攫《さら》いに行きますから」

「なんかこの人、怖いこと言ってるんですけど……」

「まあ、そう言ってやんなよ旦那。動揺してんだろう、この姫さんも」

まさに青天の霹靂《へきれき》。いや、一福とラッカにとっては渡りに船なのだろうが、どこか素直に喜べない事態でもある。

「まあ、なので、お二人には悪いんですが、今相談されていたような、格好良い脱獄の活劇はないです」

「恥ずい。滅茶苦茶恥ずかしいじゃないかよ。なんとかして今から格好良く脱出出来ないもんかね。どうせその人質交換ってのもよ、クラが自分で言い出したんじゃねえのか？」

「多分そうだろうと、ヒルケイツお兄様は仰ってました。勿論《もちろん》クランエお兄様がお父様とサイケデリカ王女の子供というのは内緒です。あくまでサイトピア側が捕虜として長年預かっておいた魔族の王の血を引く王子と、お二人との交換です」

「け、サイトピア側もそれならメンツを保てるってことで、食いついたんだな。自分を餌に、クラもよくやるよ。まあ、あいつの考えそうなこったが」

「だけど、変ですよ。こういってはなんですが、あたしとラッカ様にクランエ師匠と見合う価値はないと思うのですが」

間違った救世主と暴走する勇者である。もっと長くクランエを手駒にしておいた方が良いのは当然である。

「そうです。なのでそこで、更に条件をあちらは言ってきました。まあ、これは元々こちらも提案しようとしていたものなのですが」

更にマドカピアが完全に本土撤退することに関して伝えると、一福は大きく頷《うなず》いた。

「なるほど。それなら天秤が釣り合いますね。確かに、シノさんも完全に滅ぼすつもりはないと仰ってましたからね。陛下も」

「ここがマドカピアにとっても潮時だったってやつか？」

「まあ、そういうことですね。更には念願であったクランエお兄様が返還されるとならば、こちらも御の字ではあります」

「マドカピア国民の反応はどうなんでしょうかね」

「陛下の考えには皆、それぞれ勝手に厳かな理由付けをしてくれますから、問題ないですよ。反感を持たれたところで、恐怖で支配出来てますから」

「ははは。それは陛下の悩み所でもあるんでしょうけどね」

思わず笑ってしまった一福だったが、アヤメの言う通り、ある程度の無茶な国の方針でも、現国王、モーニングラウンドに反発する者はいなさそうである。そもそも、マドカピア兵にもその無事を祈って待っている家族がいるのだ。そんな者達からすると、朗報ともいえよう。

「結局、勇者ラッカと救世主一福様のお陰で、その名の通り世界は一時は平穏を取り戻す、ということでしょうね」

一福がサイトピアに返還されるからだろう、アヤメは全く釈然としない表情で、そう呟《つぶや》いた。それはラッカも同じようで、複雑な表情である。

「旦那はいいのかよ？　俺たちの代わりにクラがこっちに来るんだぜ？」

「複雑は複雑ですけど、まあ、あたしはマドカピアの人達としばらく接してますけど、クランエ師匠がこちらに来てもそうそう酷い目には遭わないと思いますよ。特に実力主義の土地なので、数日で皆から認められるんじゃないですか」

「来たよ……八方美人。見事なもんですなあ」

「何か言いましたか？」

ラッカの皮肉に笑顔で返す一福。

とにかく、自力で脱出する手立てがない現状、この流れに従うしかない、という結論に落ち着いた。

「まあ、あれだ。なんでもかんでもラクゴで上手くいく訳じゃねえってことを痛感させられたな」

「そうですね。やはり大勢を動かす程の力は、あたしにはありませんよ。トホホ……」

「捕虜交換は三日後です。それまでは面会も禁止になりますので。それでは一福様、行きましょう」

「はい」

アヤメに促されて牢を退室しようとする一福。だが、ふと違和感を覚えて振り返る。

「あれ？　そういえば……ラッカ様って、ピアスされてましたっけ？」

「ああ……気が付いたかい」

そう一福に指摘されラッカは照れくさそうに、左の耳についている月の形のピアスを見せる。

「これはな……親友が、夢でくれたのさ」

そう言ってサイトピアの勇者は、無敵の顔で微笑んだ。

口上　楽々亭一福

そこはマドカピアとサイトピアの境界の地。数キロ先にはグリバトル大河があり、大河を挟んでマドカピアと、サイトピア及び諸国とを分けている。

今、両軍が向かい合っているのは、サイトピア側の、ノーウェイと呼ばれる土地で、そこはどの国の領地ともされていない。

そんな、何も開拓されていない、ただの大きな平野に、両軍の精鋭が並んでいた。

サイトピア軍の数は二千。マドカピアも二千。事前取り決め通りの数である。

実際には戦闘を想定していない、捕虜交換及び休戦協定締結の儀であるが、万が一交渉が決裂した場合、両軍共に戦えるように、兵達がそこに集っているのだ。

サイトピア軍の背面には、屈強な兵士達に守られた、大きな御車にサイトピア国王が鎮座しており、その隣には預言師であるヴェルツが座っている。

それに対してマドカピア王、モーニングラウンドは自ら馬に乗り、先頭に立っていた。

その側には二人の息子である王子、ヒルケイツとシュトルブルグ。娘であり、秘書のアヤメが立っている。

サイトピアとは逆で、王族の後ろに付き従うように、マドカピア軍総司令官シーンダ＝スタンリバー率いるマドカピア軍が整然と整列していた。

このまま、お互いの国を滅ぼす為の最終決戦が始まってもおかしくない。そんな張り詰めた緊張感に満ち満ちていた。

どちらの国にとっても、歴史的分岐点であり、針が一本落ちた音さえも聞こえるのではないかという程、辺りは静まりかえっていた。

この捕虜交換を通しての休戦協定の知らせは、一気にターミナル全土に知れ渡った。

サイトピアではクランエがサイケデリカ姫の血を引いていることは一切知らされていなく、ただマドカピア国王の血を引く者が、長い年月間者《かんじゃ》として侵入していたという話が、各ギルドを通して発表され、衝撃となっていた。それは当然、自国のメンツを保つために、預言師ヴェルツが流させた偽情報である。

マドカピア側の情報はまた少し違っていて、サイトピアに長年捕らえられていた王子を、こちらの捕虜二人と、休戦協定を条件に、取り返すという話である。

サイトピアの感情は、全て今回明かされたクランエ召喚師の素性への怒りに集中していた。ただ、内心では、魔族との戦いを終わらせることの出来る切り札として活用することには誰もが賛成であった。

マドカピアの民も、長い迫害の対象だった自国が世界にその名を轟《とどろ》かせ、程なく覇権を手に出来たにもかかわらず、たった一人の王子の為に全て投げ出して撤退するという行為を愚行と批判する者も少なからずいたが、家族を徴兵されている国民の多くは、遠征が終わることへの安堵《あんど》感の方が上回り、期待を持って情勢を見守っている。


まず歩み出したのはサイトピア勢から、エルフドワーフ特別同盟隊の総隊長イリスであった。

銀の鎧《よろい》を装備して、普段は羽と斧《おの》の紋章が刺繍された同盟部隊のマントを着ているが、今日は正規軍のマントを羽織っている。金色の長い髪を風になびかせ、青い瞳で眼前のマドカピア勢を臆することなく見据え、凛とした一声を放つ。

「それではこれより、ターミナルの神々が古《いにしえ》より定めた軍事法規に基づき、サイトピア、マドカピア両軍、捕虜交換及び休戦協定の儀を行います。ここでは一切の武力は禁止され、ここで交わされた約束は絶対順守、破ることは許されぬものとします。調停人としてエルフ王の代理として、アナスタシア姫にも参列頂いております」

その場に似つかわしくない、絵画の世界から飛び出したように美しいエルフがイリスの斜め後ろに進み出た。アナスタシアの隣にはメイド服を着た銀髪のエルフのテレサが付き添い、その反対側にはエルフ軍元大将のクロカが立っていた。

アナスタシアは一冊の魔導書を両手に抱えている。そして、その透き通るような声が広大な大地に響き渡る。

「エルフ国王位継承権第三位、アナスタシア＝リリエンタール＝エルフィンの名に於《お》いて、ここでの捕虜交換、及び休戦条約の履行を、精霊の加護によって、執り行われることを誓約致します」

そう唱えると、宙に魔導書が浮き、そこで契約の証の光が宙を舞う。

光は両国の王の元へと飛んでいき、お互いがサインとして詠唱文字を空に描くと、目の前で消えた。

これで、協定を反故《ほご》にした場合、神々の怒りが発動し、死霊が現れて違反者を襲うこととなる。

更にイリスが今回の捕虜交換に関して補足を説明する。

「また、今回はこの捕虜交換が成立した時点で休戦協定も成立するものとします。その旨も、先程の両国王の調印により、既に承認されたものとします」

つまり、一福とラッカ、クランエとが交換され、お互いの国側へ戻ると同時に、ひとまず戦は終わるということであった。

「それでは捕虜の交換を始めます。まずは、マドカピア側から。ラッカ＝シンサ、楽々亭一福をこちらへ」

マドカピア軍の人垣の中から、石の手枷《てかせ》で拘束されたラッカと、一福が現れて、マドカピア側の先頭へと、ゆっくり歩いてくる。

一福は周囲を窺《うかが》いながら、何故か微妙な笑みを浮かべて少しビクビクした様子、一方ラッカは特に表情も変えずに、堂々と、淡々と正面を向いて立っている。

「ああ、イップクの旦那だ。元気そうじゃねえか。良かった」

「ラッカも、勝手に行って捕まりやがって、無茶しやがる」

「おおおお。一福様、よくぞご無事で……。ここにダマヤがおりますぞ」

こっそりとサイトピア軍の兵士側に忍び込んでいたレディスやセイ、ダマヤ等、一福を知る数人が安堵《あんど》の声を出す。

「さあ、次はクランエ王子を出してもらおう」

マドカピアの宰相が声を上げる。イリスの後ろに張られている陣幕の裏には既にクランエが控えていて、覚悟を秘めた瞳でその時を待っていた。

「…………」

だが、イリスは何も言わず、動かない。

「イリス様？」

不審に思ったクランエが陣幕の隙間から、イリスに声をかける。後はイリスに呼ばれるのを待つだけなのだが、イリスは時間が止まってしまったかのように、微動だにしない。

その表情を窺《うかが》おうにも彼女はクランエを振り返りもしない。

「イリス様？」

クランエの声を無視して、イリスは直ぐ後ろにいるアナスタシアに話しかける。

「……アナスタシア姫。先程の承認の魔法は、どういう条件でかけられましたか？」

「ええと。交換条件の魔法ですね。マドカピア側からは勇者と噺家《はなしか》、サイトピア側からは、マドカピア王の子との交換を精霊に約束しました。それが反故《ほご》にされると、神々の怒りが発動して、死霊が現れます」

アナスタシアの言葉を聞いて、イリスは小さく頷《うなず》く。

「……そうですか、それを聞いて安心しました。では、条件は変わりませんね」

「イリス、様？」

　イリスが何を言っているのか、誰も分からない。クランエは痺《しび》れを切らして声を上げる。

「イリス様。早くここを開けて下さい！　マドカピア王の血を引く、クランエはここにいます！　今、前に出ますので、捕虜交換を続けましょう！」

　そう自ら発信して、陣幕を蹴倒し、前に進み出ようとした瞬間、イリスが右手を出して、クランエの動きを制した。

「イリス、様？　だから何を…………!!」

　その場で、彼女の行動の理由が分かるのは、アヤメだけであった。

　──そう、それはカップの外に、弾かれたダイスの、1だった。

「やはり、来ましたね。イリス様。いや、イリス…………お姉様」

　イリスはマドカピア、サイトピア両軍の中間まで駆けると、その場にいる全員を見回して、叫ぶ。

「この捕虜交換、私がクランエ召喚師の代理となる。何故なら私もまた、マドカピア王モーニングラウンドの血を引く、マドカピア王族の子供だからだ!!」

そう宣言すると同時に、イリスは自らの魔力を解放して、一斉に闇の気を放った。

「な………!!」

その独特な魔力に、サイトピア、マドカピア、両陣営共に、衝撃が走る。


「なんて禍々しい闇の、魔力だ」

「嘘だろう。イリス様が……魔族の、王族の……娘」

「クランエと、姉弟?」

イリスの放った闇の気を受け、ヒルケイツとシュトルブルグが顔を見合わせる。

「これは、確実に僕達と同じ魔力だな」

「ああ、何よりも雄弁に我々の家族である証明となるな。子供は、クランエだけではなかったのだな」

その闇の気こそが、どんな証拠よりも証拠たりえる、マドカピア王族の証であった。

「いやはや、びっくりしたな。アヤメは気が付いていたみたいだね。イップクのラクゴかい?」

「ええ」

ヒルケイツの読み通り、その場にいる、アヤメだけがこの事実に気が付いていた。

「カップの中にはダイスが二つあったんです。つまり、投獄される前のサイケデリカ姫のお腹には――双子が身籠っていたということです」

「なるほど、双子か。つまり、サイケデリカ姫はイリスだけを侍女のお腹に送還したんだ」

モーニンググラウンドとの関係をサイトピアに知られたサイケデリカは、国外へと逃亡する機を逃してしまい、まもなく囚われるであろう未来を予期していた。そこで、せめてお腹の中の子供だけでも逃がそうと考えた。その手段は、侍女のお腹に我が子を送還すること。侍女の方から、その方法は提案された。サイケデリカは侍女の負担を考えて反対したが、主を一心に思うその瞳に説得され、了承したのだ。だが、お腹の中の双子を二人とも送還する力はサイケデリカには残っていなかった。そもそも、一人だけでも状態の整っていない女性のお腹に胎児を送還するには、危険がある。

なので、双子のうちの一人、イリスが送還され、サイトピアを脱出した。後にその侍女が出産して、子として育てられたのだ。

その事実を、イリスは十四歳の時に聞いた。そして、都には双子の弟がいることも聞かされた。

自らの身分を隠して幸せに生きることが母であるサイケデリカ姫の願いであったと伝えられたイリスだったが、全ての真実を聞くと、直ぐに都へ向かう覚悟を決めた。

父も母も反対はしなかった。都に残した王子のことを、彼らも案じていたからだ。

イリスは軍に所属しながら、弟であるクランエを見つけ出し、陰ながら見守っていたのだ。

衝撃的な事実で皆の思考がまだ定まらない隙をついて、イリスは主導権を握り、続ける。

「マドカピアでは女系王もいますが、やはり男系が主流。そもそも既に跡取りがいると聞いてます。ここで突然男性のクランエが行くより、私の方が軋轢《あつれき》も少なく穏便に済む話です。よもや、クランエを後継者にするつもりはないでしょうが、いかがでしょうか。我が父マドカピア王モーニングラウンド陛下は、話が出来る方だと存じております」

両軍共に耳を疑うようなことをイリスは言う。だが、サイケデリカを通してのモーニングラウンドの人柄に関して母から話を聞いていたイリスは、彼が魔族と呼ばれていても、人道を外れるような人物でないことは知っている。

「陛下、どうなさいますか？」

マドカピア陣営で、宰相が狼狽《うろた》えながらも、モーニングラウンドに尋ねる。

「……………さてな」

アヤメには父が今何を考えているのかが、凄く理解出来た。モーニングラウンドはとにかく涙をこらえているのだ。サイケデリカのお腹の子が双子とは知らなかったが、そのどちらもが成長した姿を今、見ることが出来て、感激している。

——おお、イリス。クランエ。すまなかった。サイケデリカ……。すまない。我々の子は、こんなにも大きく……育ったのだな。

イリスの言った後継者に関しては実際のところ問題ではなく、本来的にはどちらでも構わない。いや、どちらとも欲しいのが本音だろうが、それはサイトピア側が許さないだろう。

父親の無言を受け、ヒルケイツは冷静に答える。

「ここで交換対象者をイリスに替えるのに関して、僕は問題ないかと思う。多分、サイトピアも了承する筈《はず》だよ。勿論《もちろん》、二人返してと言っても絶対にオッケーはしないだろうけどね」

「そうですよね。人質がもう一人増えた訳で、あちらからするとええと、タナカラボタモチ？　ってことですもんね」

ボタモチの意味が分からないがマドカピア王族に古くから伝わる言葉で、アヤメが答える。

「だが、これじゃあ、今後のクランエのサイトピアでの立場はどうなるんだろうね」

「それは……」

「簡単じゃないよ」

クランエは今、サイトピアで非難の的にされていると聞いている。それ以前はサイケデリカの血もあるということで、特例として宮廷使いをしていたのだろうが、今国内ではクランエは魔族側の王子、であるという情報しか流されていないのだ。

その状態でサイトピアに帰ったところで、イリスよりもクランエの方が迫害の対象になってしまうのではないかと、ヒルケイツは深慮しているのであった。

だが、既にアヤメは決意していた。自分が再びサイトピアに潜入して、クランエを連れ戻してくることを。

「大丈夫です、私が……」

「アヤメの出る幕じゃない」

だが、そんな考えも兄に完全に読まれていた。シュトルブルグがアヤメの言葉を遮る。

その瞳は、熱く燃えていた。

「その時は俺が先陣を切ってサイトピアに攻め入る。クランエを助け出すくらい、朝飯前だ」

「シュト兄、様」

仕方がない。イリスもマドカピアのことを魔族と認識している筈《はず》だ。一福やラッカは過酷な環境で酷使されていると勘違いしているのだ。クランエを庇《かば》って、自らの命を犠牲にする気持ちで一歩を踏み出したに違いない。

「まったく、ままならないねえ。クランエをこちらに渡した後に、イリスは亡命してくれればよかったんだが。まあ、世界の僕達への印象を考えたら、我が妹を責める訳にもいかないか………」

ヒルケイツは、今日ほど一族にかけられた呪いを忌まわしく思うことはなかった。

そしてマドカピア側が考えている通り、サイトピアの予言師ヴェルッツは嬉しそうに大きな腹を揺らして、目じりを持ち上げていた。緩んで膨らんだ頬《ほお》の肉が小さな丸眼鏡を押し上げてずらすが、それを厭《いと》わない程、彼は興奮していた。

「ほー！　イリス総隊長が双子で、魔族の子供でしたか。まったく、どこに潜んでんのか分かりまへんな。ほんなら、カードとして、ここでイリスを使っておいて、クランエ召喚師は魔族撤退の担保として、預かっておく、ということが出来ますな。いや、勿論《もちろん》、こちらで丁重に、国賓扱いをさせてもらいますわ。敵国の捕虜としてのう……はっはっは!!」

サイトピアには得しかない。使える手札が突然倍になったのだから。ヴェルツは王に自分の考えを進言する。

その後ろでは、大臣とミヤビが絶望的な表情でイリスとクランエを見つめていた。

「なんとまた、運命とは残酷なのだ。だが、これでクランエ様はサイトピアでまた、守ることが出来る……。いや、でもイリス様もまたサイケデリカ様の大切なご息女。そちらもどうにかしなくては……」

「イリス様とクラ兄が……。時折、姉弟みたいに仲が良いと思っていたけど、まさか双子だったなんて」

イリスの衝撃発言から、両国で様々な思惑が、蠢《うごめ》き始めた。

そうなることも、分かっていた。誰かが損得を考え、また謀略が開始される。

イリスには何の思惑もなかった。

ただ、弟を守りたい。

その一心で、自らを犠牲にして、一歩を踏み出したのだ。

「イリス……様が、私の、双子の、姉？」

クランエは、信じられなかった。自分に姉がいるなんて、聞いたこともなかった。だが、確かにイリスと話している時に、言いようのない安心感があったのは、そういう理由だったのかと、妙に胸に納得するものを感じた。

「クランエ。ごめんなさい。ずっと近くにいたのに、言えなくて。そして、貴方だけサイトピアにずっと捕らえられ、辛い目に遭わせましたね。だから、私は誓ったのです。姉として、必ずあなたを守ると」

イリスはそこで初めてクランエを振り返る。今まで見たことのない、優しくて、柔らかい笑顔だった。

「あ、あ……ねえ、さん？」

その表情を見た瞬間、訳も分からず、クランエの頬《ほお》を涙が伝う。何故流れたのかは分からない。今、自分がどんな感情なのかも分からずに流れた、そんな涙だった。

「本当はそう親しくなるつもりはなかった。遠くで見守っているだけで十分だった。だから、あの時、極楽酒場で声をかけてくれた時は、嬉しくて、涙が出そうになった。お互い、好きな落語の話が出来て、楽しかった。あの時間は私の一生の宝物よ」

「イリス……姉さん。イリス、姉さん!!」

「クランエ。私の大切な弟」

そして、イリスは再び周囲を見回して声を出す。

「どうであろうか、両軍共！　突然の申し出で混乱させてしまい、誠に申し訳ないが、どうか、私の提案を聞き受けて頂けないだろうか！　両国共に、弊害はない筈《はず》だ!!」


イリスには分かっていた。

この機を利用して、得をするのはサイトピア側である。

サイトピアはイリスを差し出し、クランエは保険として、手にしておきたい。

マドカピアとしては、イリス、クランエ共に手に入れたいが、約束を反故《ほご》にして世界の反感を買う訳にもいかない。それはイリスなりの、サイトピアへ対する忠義でもあった。

それと同時に、クランエを救うのが、彼女の目的である。


「まあ、ここは、あの健気な妹の提案を聞いておいていいんじゃないかな。クランエのことは僕達で必ずなんとかするし」

「ああ。俺はあの妹が気に入った。とんでもない度胸と、信念だ」

ヒルケイツ、シュトルブルグの二人の王子もイリスに一遍に惚《ほ》れ込んでしまっていた。

元よりモーニングラウンドは頼りがいのある二人の王子の言うままである。

そう、イリスの思惑通り、決まりかけていた。

劇的に、状況は変わり、一人の姉の犠牲で、全てが解決しようとしていたのだ。

各々、複雑な感情は生まれたが、妥協点を見据え、そして次への思惑、策略、謀略が蠢《うごめ》き、情勢が動き出そうとしていた。


そこに。


「いやあ。まったく、色々と大変ですね。クランエ師匠も、イリス様も。生い立ちが複雑過ぎやしませんか？　えっへっへ」

そこで、一人の男が、のんびりと声を出した。

サイトピア側の、クランエとイリスの元へ、その男はゆっくりと歩み寄る。

「イリス様。こうやって直接お話するのは初めてですね。極楽酒場の壁際から二番目の椅子がお気に入りで、好きなネタは『ローリングBIGヘッド』でしたよね。特に大きなリアクションをする訳ではありませんが、あたしの落語を見て頂いて、いつも楽しそうな雰囲気は伝わってきておりました」

「一福様……。落語は素晴らしい文化です。私の心の支えになっておりました。また、落語がきっかけで弟とも話す機会が出来まして。人生で一番の思い出が生まれました。貴方様には感謝の念しかありません」

「そうですか……」

「貴方の解放が、私と、弟クランエの、心からの願いです。どうかサイトピアでまた、素晴らしい落語を披露されて下さい。皆が、貴方の帰りを待っております」

それだけ告げると、イリスはそのままマドカピア軍の方へとゆっくり歩いていく。一福とすれ違い、ラッカともすれ違い、そこで、捕虜交換が成立する。

「イリス様」

背を向けた状態のまま、一福がイリスに話しかける。

「待っていて下さい、約束します。いつか、あたしが世界を救います。それまで、特等席は空けておきますよ」

「一福様……」

「…………なんて、いつになるか分からないような約束、悠長なこと言うのは、よしときます」

「え？」

イリスは振り向いた。ラッカもクランエも一福の方を見る。

一福は苦々しい表情で、繋《つな》がれた両手で、頭を掻《か》いた。

両軍の丁度、間、中心に、一福は立っていた。

「いやあ、やっぱりあたしは……なんにも見えてないなあ。最悪だ。なんだかんだいって、体よく和平に成功した。これで一旦は平和になるんだ、なんて思っていたさっきまでの自分を、ぶん殴ってやりたいですよ。全然違う。これじゃあ、ダメなんだ。こんなんじゃあ、まったく、世界は変わらない。ああ、後でアヤメさんにぶん殴ってもらいましょう、なんて、これクセになってんですかねえ？　えっへっへ」

「え、一福様？」

クランエが、おかしな様子の一福に怪訝《けげん》な表情を見せる。

すう、と息を吸って、吐くと。一福は呟《つぶや》いた。

「うん。そうだな。…………うん。さあ、おでましなさい、クモノスケや」

いつの間にか、一福の頭に小さなドラポンが乗っていた。

「これは、エターナルエンシエント……ブリリアント、ドラポン」

クランエの呟きに返事するように、頭のクモノスケが「みゃあ」と一鳴きした。

一福の手枷《てかせ》が、砂になり、落ちた。

「え？」

その異変に気が付いた者は、まだ誰もいない。

ガタガタと、一福は震えていた。

「あはは。クモノスケ、あたしに力を貸して頂けるんですね？　陛下の言う通り、やっぱり凄いドラポンなんですね。あたしが腹を括れば……」

震えながら、一福はグッと口の端を持ち上げて、笑う。

「ああ、怖い！　少しのお節介でもまだまだ怖いっていうのに。お返しを貰《もら》うのにも、相当の覚悟がいったっていうのに、いやはや、これは流石《さすが》にやり過ぎだって！　無理だよ。でも、でも……上等ですよ。あたし……俺が、世界を救おうだなんて」

強張った表情のまま、着物の袂《たもと》から小さな種を取り出す。

しばらく、目を瞑《つぶ》り、それを額にあてた後、地面にぽとりと落とした。

「………!!」

瞬間、地面が輝く。

――とてつもない魔力だ。

イリスとクランエがそう感じると同時に、そこでようやく辺りも騒然となる。

サイトピアにマドカピア、両軍の兵が、光り輝き始める大地を目撃したのだ。マドカピアの宰相が一福に向かって叫ぶ。

「貴様！　何をした？」

「……何をした？　何にもしてなかったんですよ。今まで、だけど、ああ、怖い。こんなお節介。和平なんかじゃ、ないんですよ。そう、これじゃあ、まるで……宣戦布告だ」

手が震えている、歯が鳴る。その表情は苦悶《くもん》に満ちていた。

イリスは弟の為、自分の身を投げ出した。

そんな気持ちが、一福にあるのだろうか。

「目が覚めました。そして、むくむくと、お節介心が湧いてきた。妹さん、なのかな？　アヤメさんが言うんですよ、名付けたんですよ。あたしのこれを、お節介落語だって。あたしも滅茶苦茶ですね。前座で『崇徳院《すとくいん》』、どころじゃない。国を……おったてようってんですから」

そう呟《つぶや》くのと同時に、地面が盛り上がり、メキメキメキメキメキと、大きな建物が現れた。

「うわあああああ‼」

足元が変動して、当の本人の一福が、一番驚いている。

マドカピア陣営で、その光景を眺めていたヒルケイツが眉をひそめる。

「あれは、山？　違うな。城？」

「砦《とりで》じゃないのか兄者？　いや、違う。奇っ怪な作りだな」

城でもなければ、砦でもない。その建物は、斜めに屋根があり、屋根を形作るパーツの一つ一つが、小さな石造りのピースを重ね合わせて成り立っており、更にはその屋根の軒下に、見たことのない異様なランタンがズラッと並んでいる。窓もターミナルとは違う形で、あれは枠に紙が貼られているのだろうか。矢を射ればそのまま貫通しそうな、なんとも脆《もろ》そうな作りであった。

そう、この世界で見たことのない、その建物の名は。

アヤメだけが、見覚えがあった。そう、一福の過去で、彼女はこの建物を見たことがあった。

「あれは………ヨセゴヤ」

「クモノスケ」

そう呼ばれてみゃあと応えるドラポン。一福の肩からバサバサと羽を羽ばたかせる素振りを見せるが、見せかけの羽なので、飛べない。ふうと疲れたようにため息をつくと、全身を金色に輝かせて一福とイリスを丸いシャボンのようなもので覆い、そのままふわりと飛んでいき、屋根の上に着地した。

何が起きているのか理解出来ず、呆然《ぼうぜん》とする群衆を見下ろして、一福は鼻の下を擦りながら、悪戯《いたずら》小僧のように笑う。

「さて、姫君は頂きました。返してほしくば、真の魔王のこのあたしを倒すがいい、なんてね（笑）」

「貴様！」

自国の姫を攫《さら》われたマドカピアの魔法隊が色めき立ち、杖を構える。

その剣幕に一瞬で震え上がり、怯《おび》えてイリスの後ろに隠れる一福。

「ひええ！　怖い!!　い、イリス様、なんとか出来ますか」

「ええ!?　そんな突然!?」

自分で攫っておいた次の瞬間に、情けない声でその相手に助けを求める一福にイリスは驚きを隠せない。

だが、放たれた魔法は、全て二人の目の前で弾かれた。

そこには宙を舞いながら屋根の上に降り立つ、紫色の髪の、娘がいた。

「アヤメさん！！！」

アヤメの姿を見て、一福は安心しきって息を吐く。

「もう、どうするつもりだったんですか？」

「いえ、思いつくまま、考えなしに動いてしまいました」

そう言って舌を出す一福をアヤメは腰に手をあてて困ったように眺める。

「おいおい、俺も置いていくんじゃねえよ」

一人、下に置いていかれていたラッカも屋根の上にいた。どうやらアヤメが一緒に連れて上がってきたらしい。

「ああ、おいアヤメ。この腕のヤツ、解いてくれよ」

「はいはい」

アヤメはポケットから鍵を取り出して、ラッカの両手を拘束してある枷《かせ》を外す。ラッカは手をぶらぶらさせて、一福を指差して大笑いする。

「あっはっは！　とんでもないことやってくれるなあんた！！！　結局サイトピアに戻っても、なあ。なんて思ってたところだったんだが。だけど、最高なことやらかしてくれて。俄然《がぜん》、面白そうなのは、こっちだな。俺もあんたに乗るよ。で、アヤメもそのつもりなんだろ？」

「勿論《もちろん》、私もですよ。だって一生そばにいるって、誓ったんですから（誓ってない）」

渋々、といった口調だが、その頬《ほお》は真っ赤に染まっている。そして、その瞳は歓喜で潤んでいた。

「さて、お姉様、アヤメです。よろしくお願い致します」

「姉だなんて、まったく。無茶の仕方もよく似ているわねうちの子に」

「お主がお姉ちゃんじゃな。わらわは姫じゃ！　可愛がってくれよ、頼むぞな」

「……ど、どうも」

代わる代わる髪の色を変えて挨拶してくる妹に、目を丸くするイリス。

だが、そんな悠長なことは言ってられない。直ぐ後ろに、宙を浮く、鎌を持った死霊のような魔物が現れたのだ。それを見て、イリスが叫び声を上げる。

「いけません!!　約束を反故《ほご》にした為、アナスタシア姫の魔法が、神々の怒りが発動したんです」

「怖いアヤメさん！」

「誰が怖いアヤメさんじゃ。じゃがわらわになっていて良かったな!!」

挨拶の為に顔を出していた姫がそのままふわりと宙を浮き、死霊を迎え撃つ。

「これでも、喰《く》らうのじゃ！」

死霊に向かって拳を繰り出すと、敵はあっけなく一発で「ぐおおお」と雄たけびをあげながら、空中で消えていった。

それを見て一福が拳を握って歓声を上げる。

「凄いです！　怖いアヤメさん」

「……いやあ、これは違うな。ありゃあ勝手に退いてくれたみたいじゃ。わらわの力でも神の使いの死霊をグーパン一つで倒せやせん。ってだから誰が怖いアヤメさんじゃ」

「すると、アナスタシア姫様が……」

下を見ると、アナスタシアがこちらに向かって悪戯《いたずら》っぽく片目を瞑《つぶ》り、人差し指を唇にあてた。

「おお……アナスタシア姫様、ありがとうございます」

「協定は破棄された。謀反者を始末しろ!!　弓矢隊、一斉に構え!!　射れ！！！」

安心したのもつかの間。今度はサイトピア軍が仕掛けてきた。

一福達に向かって、一斉に矢を放ったのだ。

「ラッカ様、あぶない！」

後ろからきている矢にラッカが気が付いていないと思った一福は、思わずラッカの背中に回り込み、庇《かば》おうとする。

「………!!」

そこで一瞬、ある光景が浮かび、ラッカは硬直してしま――わない。

一福をそのまま右手で抱き寄せる。そして、左手が動いた。一福の頭を貫通しようとした直前の矢を、片手で、掴《つか》む。

「ひいいいい。こ、怖い！」

「ったく、素人が危ない真似すんじゃねえよ。代われ」

次の矢が到着する一瞬の間で、ラッカは一福と居場所を入れ替わり、ラッカはなんなく全ての矢を受け止めてみせる。

「あはは……流石《さすが》です」

「ふん。どうってことない、よ。夢の中で何人殺してきたと思ってんだ」

「はい？」

首を傾げる一福だったが、ラッカはそれ以上何も言い返さなかった。

何度も夢に見た、矢を掴む、あのイメージが生きたかどうかは、分からない。偶然かもしれない。

だが、そこでラッカの左耳にぶら下がっている月が小さく揺れた、気がした。

「はっはあ！　こいつは、無敵だなあ……」

ラッカは晴れ渡る空を見上げて、豪快に笑うのだった。


「そうだ。旦那、良いアイテムあったよな。迷子を探すってやつ」

「ああ、マジック竿《ロッド》ですね」

「よこせ」

懐から出そうとしている途中の一福からふんだくって特に使用法も考えずに放り投げる。針はマドカピア軍営の後方へと飛んでいき、しばらくすると、漆黒の魔剣を捕まえて飛んできた。

『うわあああああ!!　空を飛んでいるううう！！！　ってなんだよ、ラッカじゃねえか。久しぶり。元気？』

「うるせえよ。お前の顔なんて見たくもねえけどよ。ちょっと力貸せ」

釣り竿《ざお》の先に引っかかった魔剣オクラホマスタンピードを外し、回転させながら肩に担ぐと、ラッカはニヤリと笑った。

その時には両軍からの、魔法や弓矢、飛竜隊など、様々な攻撃が一福達を襲おうとしていた。

「ああ、虫みてえにブンブンと、面倒くせえなこいつら。おい、オクラ。どうせたんまり闇の気を溜めてんだろう。全部出せや。ここはもうマドカピア領じゃねえから。いらねえだろう」

『あ？　はあ、嫌だよそんなの勿体《もったい》ないじゃないか』

「うおりゃあああああああああああああ！！！」

魔剣の言うことには耳を貸さず、ラッカは屋根の上で大きく振りかぶって一閃《いっせん》する。すると、蓄積された闇のエネルギーが巨大な波動となり、周囲にいる兵を全て吹き飛ばす。また、姫アヤメもラッカとは逆方向に闇魔法を放ち、地面は爆発し、空から黒い矢が飛んできて、兵達は散り散りになって逃げ惑う。

比べ物にならない圧倒的な力で蹂躙《じゅうりん》されるその光景は、数千もの兵の戦意を喪失させるのに、十分であった。

『があああ!!　闇の気が全て吹き飛んでいっちまったあああ。ああ、備蓄してちょっとずつ食べようと楽しみにしてたのにい。なんだよラッカ。長いことマドカピアにいたから、闇に慣れちまったのかよ。つまらねえな！』

「いや、そんなんじゃねえよ。俺は俺だってことに、気が付いただけさ」

一体、目の前の光景はなんなのだろうか。

サイトピアの勇者と、マドカピアの姫が寝返り、一人の男を守っているのだ。全ての策略も、なにもかもを壊していく男。

サイトピア国預言師のヴェルツが、小さな眼鏡をずらしながら叫ぶ。

「ちっくしょう！！！　一体奴はなにものなんやあああ！！！」

あれは、一体何者なのか。

ラッカとアヤメが戦っている間に、一福がマジック竿《ロッド》でクランエもそそくさと釣り上げる。

「はいはい、あなたもこっちに来ましょうかね」

屋根へと着地したクランエは一福を睨《にら》みつけると、大声で非難の声を口にする。

「一福様！　なんてことをしたんですか!!　こんな、とんでもない。あ、あの、せめて私だけでもサイトピアに残らなくては。そ、それでなんとか一福様もお見逃し頂けるようにお願いしますので……」

「てい」

取り乱すクランエの頭を、一福は軽く扇子で小突いた。

「一福、様？」

「まったく。貴方は初めて会った時からそうですね。全てを自分でしょいこもうなんて、烏滸《おこ》がましいですよ。イリス様もクランエ師匠もよく似ています。姉弟って、良いもんですねえ。お二人は一緒にいて下さい。あたしはもう、逃げませんよ」

　周りの攻撃を凌《しの》ぎ、戦力を削った後、一福、ラッカ、アヤメ、イリス、クランエの五人は屋根を伝って、一番近くにある窓から建物の中への侵入を試みる。

「いやあ、これは確かに寄席小屋《よせごや》ですね」

「旦那がラクゴやってたまんまの所なのか？」

「うーん。そうですね。そっくりですけど、一応あたしの頭の中のイメージが反映されているみたいなんで、ちょっとしたディティールは違うかもしれませんね」

　建物全体を見回しながら、アヤメが感心して、呟《つぶや》く。

「古典魔法ヘッドキャッスル。それにしても凄いアイテムですね」

「あっはっは。これも全て、落語の力です！」

　そんな一福の発言にクランエとイリスは驚きを隠せない。サイトピアにいた時には、こんな風に落語の力を仄《ほの》めかすことはしなかった。一体、彼に何が起きたというのだろうか。

皆が窓から寄席小屋《よせごや》に入る中、ラッカは最後に入ろうとする一福を制止する。

「ああ、王様はまだ外に用事があるんじゃねえか？」

「え？」

「外の連中がポカンとした顔で待ってるだろ？　マクラだけでも喋《しゃべ》っていけよ」

「王様？　あたしがですか？」

「決まってんだろう？　サイトピアとマドカピアの丁度中間のこんな所に、でっかい城を建てて、今更何言ってんの？　丁度いいじゃねえか。そもそもどちらの領地でもなかったんだからさ。貰《もら》っちまえよ」

ラッカの言うことはもっともである。一福は苦渋に苦渋を重ねた表情で、頭を掻《か》く。

「うわあーー、滅茶苦茶大事《おおごと》になっちゃったなー。いや、本当に、こんなつもりじゃなかったんですよ？」

一福はしばらくそんな後悔を口にしていたが、自分を見つめるラッカやアヤメ、イリス、クランエの顔を見ると、うんと頷《うなず》き、動き出した。

屋根の上を歩く噺家《はなしか》。瓦で足を滑らさないように、慎重に歩いているのだが、それが周囲には余裕を持って、ゆったりと歩を進めているように映る。

もう、誰も彼に攻撃を加えようともしない。誰も喋らない。

水を打ったような静寂の中、一人の優男が、舞台に立つのを待っている。

全体が見渡せる、屋根の一番高い場所に位置取ると、噺家はへらへらと笑いながら、口を開いた。

「ええと、ですね。皆さま、そんなに喧嘩《けんか》ばかりしていても、楽しくないですよ。ね、折《せっ》角《かく》生き別れだった双子の姉弟さん達が対面したというのに。離れ離れっていうのも、違うと言いますか……ええと、ラブ＆ピースという言葉があたしの世界にはあり……あーーー……違うな」

そこで一福は顔をしかめてぶんぶんと頭を振ると、髪を掻きむしる。

「うん、違うな。はは、こんなの――全然違う」

そして頭を上げると、ギラギラした表情で、大きく口を開いて、世界へ向かって叫ぶ。

「やいやいやいやいやい！！！！　いいかよく聞け!!　最高で最低なくそったれな異世界様よ！　異世界ターミナル!?　俺はあんたらに言いたいことが沢山あるんだよ！」

口から唾を飛ばし、一福は大声を張り上げる。

「ふざけやがって!! 勝手にそっちの都合で連れてきて、救世主様? いえ、間違いでした? 用はない? で、必死に落語をやっていたら、やれ凄い、これは面白い? こっちでも、あっちでも、たらい回し。で、どっちでもやってたら、裏切り者、どっちの味方かって? ふざけんな! 落語をなめんじゃねえよ!!!」

怒りに満ちたその感情と口調。それは、この世界で誰も見たことのない一福の姿であった。

「まあ、今のに関しては俺もクラも、なんとも言えねえな」

「まあ、そもそも召喚したのは私ですからね……」

「私なんて、たらい回しの元凶ですよ……」

窓から顔を出してラッカとクランエとアヤメがしみじみとそんなことを言うものだから、イリスはこんな状況にもかかわらず、思わず噴き出してしまう。

「高座ってのは、敵味方関係ない、前も後ろも右も左も関係ねえんだよ。目の前にいる、お客さんの為に、こちとら死ぬ覚悟でやってんだよ。そっちがその気なら構わねえよ。俺は別に問題ない。いいか。望み通り、世界を救ってさしあげますよ！！！」

一福は宣言する。誰もが彼を見上げる。

争いを続ける二つの国が、異世界から召喚された男を目撃する。

「何がサイトピアだマドカピアだ穢《けが》れ人《びと》だ魔族だ。どっちが悪い、こっちが、悪い？　はあ!?　そんなもん俺の知ったことか!?　上等も上等、最上等だよ！！！！！！！！！！！　良いも悪いもひっくるめて、業も罪も罰も呪詛《じゅそ》も呪いも全てを笑いに変えるのが、落語なんだよ」

そして一福は片足を屋根の頂点に置くと、扇子をバッと開いた。

「この俺が良いも悪いも、ひっくるめて、世界を笑顔にしてやるよ！　首洗って待ってやがれ!!　争うのがバカらしくなるぐらい………笑わせてやるからよ」

空は一点の曇りもなく晴れ渡り、太陽を背負う噺家《はなしか》は大きく見える。

それは、見事な楽々亭一福の口上であった。

「なので、まずはここに城をおったてることから始めました。あたしの世界では寄席小屋《よせごや》っていうんですがね。まあ、噺家《はなしか》にとっては城みたいなもんです。人間だろうがエルフだろうがドワーフだろうが魔族だろうが、あたしの国では平等です。そうですね。この劇場《国》の名前は、世界に笑いを招くという意味で……招笑亭と名付けましょうかね」

そう言って、堂々と開国宣言をする一福。

傍《そば》に仕えて後見を務めしは、両国ゆかりの勇者と王子に、姫二人。

「近日開店、好御期待、両軍共にしっかり覚えて帰って下さいな!! あたしの名は、楽々亭一福。世界を救う、噺家ですよ!!!」

これは一人の噺家が、世界を救う物語。

彼の伝説は、始まったばかりである。

〈『異世界落語 7』完〉

この作品に対するご感想、ご意見をお寄せください。

●あて先●

〒101-0052 東京都千代田区神田小川町3−3
主婦の友インフォス　ヒーロー文庫編集部

「朱雀新吾先生」係
「深山フギン先生」係

ヒーロー文庫

ヒーロー文庫

異世界落語《いせかいらくご》 7

朱雀新吾《すじゃくしんご》

2020年8月10日 第1刷発行

発行者 前田起也

発行所 株式会社 主婦の友インフォス
〒101-0052 東京都千代田区神田小川町 3-3
電話／ 03-6273-7850（編集）

発売元 株式会社 主婦の友社
〒141-0021
東京都品川区上大崎 3-1-1 目黒セントラルスクエア
電話／ 03-5280-7551（販売）

印刷所 大日本印刷株式会社

ISBN 978-4-07-445015-2